文心雕龍

名言疏解

编 著
朱供罗 胡 辉

社会科学文献出版社
SOCIAL SCIENCES ACADEMIC PRESS (CHINA)

序

戚良德

《文心雕龙》是中国文论的元典。所谓“元典”，乃首要之典、根本之典。中国文论浩如烟海，但真正可以称之为元典的著作，主要就是《文心雕龙》，其后很多著作、理论，特别是很多范畴和命题，都可以说是以《文心雕龙》为根基、从《文心雕龙》生发出来的。所以清人谭献赞之曰：“文苑之学，寡二少双”，洵非虚言。《文心雕龙》更是中国文章写作的宝典，凡诗赋书记，史传诸子，“按辔文雅之场，环络藻绘之府，亦几乎备矣”（《序志》），正如黄叔琳所说：“于凡文章利病，抉摘靡遗，缀文之士，苟欲希风前秀，未有可舍此而别求津逮者。”对此，明人有着大量切中肯綮的论述，冯允中谓之“作者之指南，艺林之关键”，方元祯谓之“方圆之规矩，声音之律吕”，顾起元谓之“述作之金科，文章之玉尺”，张之象谓之“作者之章程，艺林之准的”，均为实事求是之概括。《文心雕龙》是打开中国文学宝库的一把钥匙，明人朱载玺谓之“文苑之至宝，而艺圃之琼葩”，佘诲谓之“文章之奥区，声音之律吕”，清人黄叔琳谓之“苞罗群籍，多所折衷”，从而成为“艺苑之秘宝”，亦均堪称知音之论。

刘勰之所以“搦笔和墨”而论文，乃源于孔夫子的召唤。所谓“大哉，圣人之难见也，乃小子之垂梦欤”（《序志》），如此隆重的“仪式感”，说明其重任在肩，也就意味着其所论之“文”乃非同一般。《宗经》有云：“夫文以行立，行以文传；四教所先，符采相济。”即是说，《文心雕龙》之“文”，乃“文行忠信”的“四教”之首。所谓“唯文章之用，实经典枝条，五礼资之以成，六典因之致用，君臣所以炳焕，军国所以昭明”（《序志》），这个“文章”，既关乎军国大政，亦不离人伦日用，与社会生活的各个方面密切相关，凡是需要动笔的事情，都是《文心雕龙》所要研究的范围，其折射出一个人全部的文化修养和教育背景，此即所谓“人文化成”的问题，也就是孔门四教之“文教”。因此，《文心雕龙》的“文”，不等于今天的“文学”，其范围要宽广得多，地位也重要得多。以《文心雕龙》为代表的中国文论，关乎所有政治、经济以及社会领域的人生通识，其最终达成通向人生自由境界的文化能力。故刘勰说“安有丈夫学文，而不达于政事哉”，不仅学文是建功立业的手段，“文”与“政”原本也是密不可分的，所谓“文武之术，左右惟宜”（《程器》），学文和达政乃是一致的，学文必然达政，因为“文”的能力也就关乎“政”的能力，这才是一部《文心雕龙》之作的出发点。

正因如此，《文心雕龙》在中国古代文化领域有着广泛的传播，尤其是对中国古代文论的渗透和影响，可以说无处不在。近代以来，随着著名学者黄侃把《文心雕龙》作为一门学科搬上北京大学的讲坛，这部文论经典更是吸引了无数研究者流连忘返，从而产出了一大批卓越的研究成果，进而形成一门学问——龙学。一百多年来，“龙学”的专门著述已经超过八百种，专题文章超过一万篇，世界各地均有不少喜欢进而研究《文心雕龙》的读者和学者。如何让这样一部文论经典走近大众？这是一个富有挑战性的工作，也是《文心雕龙》研究者义不容辞的责任。朱供罗、胡辉编著的《〈文心雕龙〉名言疏解》一书，便是这样一种自觉努力的结果，可以说他们做了一次极为有益的尝试。

朱供罗、胡辉二位是龙学的后起之秀，均有龙学著作问世。供罗君的《“依经立义”与〈文心雕龙〉的理论建构》（云南人民出版社，2019），从一个较为新颖的角度把握《文心雕龙》的理论建构，是一部极有价值的龙学著述。胡辉君则有《刘勰诗经观研究》（云南大学出版社，2015）一书，是一部非常难得的龙学专题研究之作。他们在对《文心雕龙》进行专门研究的基础上，合作编著了这部《〈文心雕龙〉名言疏解》，可以说为龙学的普及工作做出了重要贡献。《文心雕龙》的注释、翻译本很多，既有全注全译，也有选注选译，但一般都是着眼《文心雕龙》五十篇的每一篇，从理解其作为文论经典的思路出发，力求把握刘勰论文的思路和理论内容。从名言警句的角度认识《文心雕龙》，进而选出其中对各方面都有指导意义的名言加以疏解，这对《文心雕龙》的普及和推广显然是非常有利的，这样的尝试目前还极为少见，因而是值得充分肯定的，也是值得期待的。该书对所选名言进行注释、翻译、疏解，从多方面帮助读者理解刘勰“名言”之要义，尤其是“疏解”一项，时有画龙点睛之笔，能够加深我们对《文心雕龙》的认识，把握《文心雕龙》的思想精髓。如谓“性灵熔匠，文章奥府”二句：“既点出了五经的道德教化功用，又点出了五经的文章学价值。刘勰评论了五经的‘道德’‘文章’两方面，‘道德文章’也是中国社会和历史对个人进行评判的基本坐标。”这一评价要言不烦，较为深入地挖掘出了刘勰名言的思想价值，因而是富有启发意义的。

粗翻这部“名言疏解”，笔者喜欢的《文心雕龙》名言，可以说大都囊括其中了，比如“精理为文，秀气成采”，“渊岳其心，麟凤其采”，“标心于万古之上，而送怀于千载之下”，“一朝综文，千年凝锦”，“摛文必在纬军国，负重必在任栋梁”等，这说明二位学者的眼光是可以信赖的，基本可以代替我们找出《文心雕龙》的名言，这也是本书富有独特价值的重要基础。当然，《文心雕龙》体大思精，刘勰的骈文修养达到登峰造极之境，名言警句数不胜数，欲穷其选是不太可能的，比如“文胜其质”“英华日新”，“开学养正，昭明有融”，“师心独见，锋颖精密”等，在笔者看来亦均为名言。两位作者显然也考虑到了这种不同的选择标准问题，所以本书后面附上了《文心雕龙》的原文，也就可以补充选择之不足。因此，我们基本可以说，手此一编，《文心雕龙》之名言尽收眼底，岂不快哉！

笔者曾说过，《文心雕龙》不应只是专业人士研究的对象，龙学也不应自居于学术象牙塔之中，而应当在社会生活中发挥其应有的作用，比如各种公文写作、调查研究报告的写作，其他许多实用文体的写作，都需要刘勰所讲的“文章”功夫，都离不开《文心雕龙》的具体指导，更不必说中小学生的作文基本功训练了。因此，新世纪的“龙学”必将走向更加宽广的舞台。我们有理由相信，供罗、胡辉二君的这部大著将融入更加广泛的社会文化生活，发挥龙学专业的现实作用。我们更殷切期待，能有越来越多的这类龙学普及之作问世，这应该也是刘勰的愿望，所谓“眇眇来世，倘尘彼观也”（《序志》）。《文心雕龙》的魅力是无限的，这正是龙学的巨大生命力之所在。

癸卯年九月谨序于鸢都白浪河畔

前　言

刘勰的《文心雕龙》作为中国古代文学理论史上最杰出的作品之一，被誉为“体大而虑周”“体大思精”。其宏大的体制，精深的理论，精妙的点评，引人入胜；其扬榷古今文体的大气魄，融合史、论、评的大手笔，贯穿儒、道、佛的高境界，令人惊叹！

《文心雕龙》自齐梁之际诞生以来，受到众多评点者的推崇。沈约作为当时的文坛领袖，以为“深得文理，常陈诸几案”（《梁书·刘勰传》）。以后的唐宋时期，评点《文心雕龙》者不乏卢照邻、皮日休、黄庭坚等人。明清两代，《文心雕龙》的地位不断提升。张之象称其为“作者之章程，艺林之准的”；黄叔琳称其为“艺苑之秘宝”，认为凡是想要在文坛出类拔萃、追仰前贤的，除了《文心雕龙》别无他途（“缀文之士，苟欲希风前秀，未有可舍此而别求津逮者”）。

近代以来，《文心雕龙》逐渐成为专门之学——“龙学”。1914 年黄侃把《文心雕龙》搬上北京大学讲堂，被视为“龙学”成立的标志。此后，“龙学”名家辈出，范文澜、杨明照、刘永济、詹锳、王利器、牟世金、王元化、王运熙、祖保泉、周振甫、王更生、张文勋等老先生，或专注于校注释译，或致力于理论阐发，或熔训诂义理于一炉。“龙学”论著也成果丰硕，据戚良德先生初步统计，目前研究《文心雕龙》的专书约有 800 部，单篇论文更不计其数。“龙学”研究也日渐走出国门，日、韩、美、德、法、意等国家，均有《文心雕龙》的译介与研究。

就《文心雕龙》的推广普及而言，学界也呈现出方兴未艾之势。《文心雕龙》的普及大概有以下五种方式。（1）大学开课。不少学校开设有

《文心雕龙》精读，要求背诵相关篇目等。(2) 系列讲座。武汉大学李建中教授以系列讲座形式推广《文心雕龙》，其整理成果《文心雕龙讲演录》已由广西师范大学出版社出版。(3) 开设读书会。不少高校开设了《文心雕龙》读书会，有的大学还将《文心雕龙》与《昭明文选》联合起来开设“双文读书会”。(4) 全本翻译。目前，“龙学”界有不少的《文心雕龙》全译本，如周振甫的《文心雕龙今译》、王志彬译注的《文心雕龙》等。(5) 编撰辞典。目前“龙学”界有辞典类科普著作面世，如周振甫的《文心雕龙辞典》，贾锦福的《文心雕龙辞典》等。

可以说，《文心雕龙》的研究与普及都取得了非凡成就。但是，细思之下，我们不得不承认，由于《文心雕龙》的难读难懂，一定程度上影响了它的研究与普及。

《文心雕龙》的难懂大致有以下四方面原因。首先，《文心雕龙》是用文言写成的，理解起来比起现代白话有难度。对于脱离文言语境的现代人而言，要理解古文，比理解现代白话显然要难一些。其次，《文心雕龙》是用骈文写成的，要讲究平仄、对仗，句式整齐而互文见义，比起一般的古文要难很多。再次，《文心雕龙》是用骈文写成的理论性作品，比起普通的讲求个性与情采的文学性骈文，其理解的难度又要更上一层。最后，《文心雕龙》作为独一无二、体系严谨、结构宏大的理论性骈文而言，其理解的难度还要再上一层楼。

所以，如何让《文心雕龙》变得容易接受，是我们不得不思考的一个问题。本书选择对《文心雕龙》的名言进行注释、翻译与疏解，正是基于让《文心雕龙》变得容易接受的考虑。相对于《文心雕龙》的有关辞典而言，本书以名言为切入点，更加注重整句的理解，能够保持全书各篇的主要观点与基本脉络。相对于大学开课、开设讲座、开设读书会而言，本书的服务对象既不限于大学生，也不限于大学课堂，而是面向全社会，特别是“名言疏解”的方式可能更合适于中小学学生和普通爱好者。相对于全本翻译而言，“名言疏解”的方式在篇幅上更短小，内容上更紧凑，可能会减少其阅读阻力。此外，“名言疏解”的方式可以化整为零，让人们在碎片化时间里一窥古代文论经典的概貌。

本书选择《文心雕龙》短小精妙、内蕴丰富的名句作为解析对象，以此来对《文心雕龙》进行科普。这在“龙学”史上算是一个创新。其基本体例为分篇择取名言，再分别对名言进行注释、翻译、疏解，这样的体例安排富有特色。

首先，《文心雕龙》的名言很多，但以往的研究成果往往只有单句的引用而缺少集中的展示，或者如颐和园那样有众多名言的展示又缺少必要的注释与翻译，或涉及众多名言却没有重点强调，本书以名言为重要抓手，对《文心雕龙》的名言进行了集中而深入的研究。

其次，本书只对《文心雕龙》全书精选的名言进行疏解，而不是对全书或多篇进行校注和注疏，这样既短小精悍又突显精华。

最后，本书的疏解有五种方式，或追溯名言的源流，或解释名言的内涵，或列述名家的评点，或举证现实的应用，或点出前后的呼应，这些疏解方式往往相互交织，共同支撑，以文艺理论为主又延伸至文学、文化等领域，比较自由。

体例上的特色，使本书能将普及性与学术性融为一体。一方面，本书对精选《文心雕龙》的有关名言，进行注释与翻译，实现了对名言的科普，进而对《文心雕龙》重要观点与文章脉络也进行了科普，这是普及性的一面。另一方面，本书将疏解作为重点阐发的领域，通过追溯来源、解释内涵、列述评点、举证应用、点明呼应等多种形式的疏解，特别是结合黄霖的《文心雕龙汇评》，刘咸炘阐说、戚良德辑校的《文心雕龙》，以及笔者完成的国家社科课题和相关论文，在疏解中较为自由地阐发与疏解，从而使本成果的学术性得到了提升。

当然，本书也面临两个难点。一是名句如何选择。《文心雕龙》的精论要语比比皆是，选择太多就和全本翻译差不多，选择太少又不能体现本书的理论精华。二是名句疏解如何深入浅出。对于第一点，本书大体依据《文心雕龙》全书脉络，每篇都选择六七句既有理论内涵又能给人思想启迪的句子来分析，尽量兼顾名言的数量与质量。关于名言如何疏解，本书大体从以下五个方面入手：追溯名言的渊源、申述名言的内涵、列述名家评点、举例说明名言的现实运用、梳理名言在全书的关照呼应，至于是否实现了“深入浅出”，笔者也心怀忐忑。

不过，笔者相信，本书通过解析《文心雕龙》名句，追溯源头、解释内涵、列述评点、引用举例等，一定程度上有助于《文心雕龙》的推广普及，从而实现古代文论优秀遗产的现代转化，为弘扬优秀文化、提升文化自信做出应有的贡献。

最后需要说明的是：本书所选《文心雕龙》名言，以戚良德先生辑校、上海古籍出版社 2015 年出版的《文心雕龙》为底本。该书“熔清代黄叔琳对《文心雕龙》的辑注以及纪昀的评语、近代李详对黄注的补正以及著名国学大师刘咸炘对《文心雕龙》的阐说于一炉，并以新校《文心雕龙》原文为底本，为读者和研究者提供一个《文心雕龙》的独特文本。”①。此外，黄霖先生编著的《文心雕龙汇评》（上海古籍出版社 2005 年版）也是本书大量引用的版本。因此，本书要对黄霖先生和戚良德先生致以特别感谢！此外，本书在注释与翻译方面，参考陆侃如、牟世金先生的《文心雕心译注》较多，在此也特别感谢！

---

① 刘勰：《文心雕龙》，黄叔琳注，纪昀评，李详补注，刘咸炘阐说，戚良德辑校，上海古籍出版社，2015，第 1 页。

目　录

《原道》第一

1. 文之为德也，大矣[1]！与天地并生者[2]，何哉？

【注释】

[1] 文之为德：文章的功能、意义。

[2] 与天地并生：与天地同时产生。

【翻译】

文章的意义很重大啊！它是和天地同时产生的吧？

【疏解】

《文心雕龙》开篇第一句，即点明文章的重大意义。据戚良德先生统计，《文心雕龙》共有 587 个“文”字，除去人名、地名、篇名、引文、衍文外，共有 516 个“文”字，称得上是《文心雕龙》的第一术语。①“文”意义一般指文学或文章，有时指广义的文化、学术，有时指作品的修饰，有时指花纹、彩色。此处泛指文章、文学。“与天地并生者”，语出《庄子·齐物论》：“天地与我并生，而万物与我为一。”这里是说天地成形，“文”也就产生了。

2. 日月叠璧[1]，以垂丽天之象[2]；山川焕绮[3]，以铺理地之形[4]。

【注释】

[1] 璧：圆形的玉。

---

① 戚良德：《中国文论话语的还原——以〈文心雕龙〉之“文”为中心》，《〈文心雕龙〉与 21 世纪文论研究国际学术研讨会论文集》，学苑出版社，2009，第 42 页。

［2］垂：垂显，表现。丽：附着。

［3］焕绮：鲜明华丽。

［4］铺：陈列。

【翻译】

太阳和月亮就像璧玉生辉，显示出天上灿烂的景象；山川与河流如同锦绣溢彩，铺展出大地华丽的姿容。

【疏解】

日月叠璧，语出《庄子·列御寇》："吾以天地为棺椁，以日月为连璧，星辰为珠玑。"

理地，语出《周易·系辞上》"仰以观于天文，俯以察于地理"，孔颖达正义："天有悬象而成文章，故称文也；地有山川原隰（xí），各有条理，故称理也。"《论衡》："天有日月星辰谓之文，地有山川陵谷谓之理。"

3. 仰观吐曜[1]，俯察含章[2]；高卑定位，故两仪既生矣[3]。惟人参之[4]，性灵所钟，是谓三才[5]。为五行之秀气，实天地之心生[6]。

【注释】

［1］吐曜：发出光彩，指天上的景象。

［2］含章：含有文采，指地上的风光。

［3］两仪：指天地。《周易·系辞上》："易有太极，是生两仪。"

［4］参：三，人与天地相配为三。

［5］钟：聚集。三才：指天、地、人。《周易·说卦》："是以立天之道，曰阴与阳；立地之道，曰柔与刚；立人之道，曰仁与义。兼三才而两之，故易六画而成卦。"

［6］五行：水、火、木、金、土，古人认为这是构成世界的五种基本元素。

【翻译】

抬头看到日月发出光耀，俯视山川表现文采；上下的位置确定，就产生了天地。人与天地相配为三，聚集聪明才智，与天地并称"三才"。人是万物之灵秀，是天地之精华。

【疏解】

“仰观俯察”二句本《周易·系辞上》“仰以观于天文，俯以察于地理”句，“仰观俯察”也是古人体悟世界的重要方式，《兰亭集序》也说“仰观宇宙之大，俯察品类之盛”。据夏成钢《湖山品题：颐和园匾额楹联解读》，颐和园治镜阁下层有匾额“仰观俯察”①。

“性灵所钟”与《尚书·泰誓》“惟天地万物父母，惟人万物之灵”相通。“为五行之秀气，实天地之心生”，这是对于“人”的赞美，与莎士比亚在《哈姆雷特》的名言“人啊，天地之精华，万物之灵长”有异曲同工之妙。

图1　写有《原道》篇文段的颐和园廓如亭匾额

上部正中间的钤印为“慈禧皇太后御笔之宝”，左边的钤印为“数点梅花天地心”，右边的钤印为“和平仁厚与天地同意”。

4. 龙凤以藻绘呈瑞[1]，虎豹以炳蔚凝姿[2]。云霞雕色[3]，有逾画工之妙[4]；草木贲华[5]，无待锦匠之奇。

【注释】

[1] 藻绘：文饰彩绘，此处指龙凤鳞羽的光彩。

① 夏成钢：《湖山品题：颐和园匾额楹联解读》，北京出版社，2019，第360页。

[2] 炳蔚：指光彩动人的形式。炳：光亮。蔚：繁盛。凝：聚集、凝结。凝姿：构成毛色的美，光彩亮丽繁盛，此处指虎豹皮毛的斑斓。

[3] 雕色：色彩的搭配、形成。

[4] 逾：超过。

[5] 贲：按《周易·序卦》传“贲者，饰也”，“贲”指装饰。“华”即“花”。

【翻译】

龙凤用美丽文采来呈示祥瑞，虎豹借其皮毛的斑斓而展现雄姿。云霞色彩的形成，超过画师设色的高妙；草木开花，不需要能工巧匠的高超手艺。

【疏解】

龙凤虎豹有文采，云霞草木也有文采，这是形状颜色方面的文采，谓之“形文”，与此相关的还有“声文”“天文”“地文”“人文”等。刘勰此段描述，旨在说明“文之为德也大矣，与天地并生”。

吴林伯先生考证：“刘宋鲍照《登大雷岸与妹书》：‘西南望庐山又特惊异，上常积云霞，雕锦缛。’本篇‘云霞’二句，从此蜕化。”

值得注意的是，北京颐和园 700 多米长廊中有不少匾额，其中有两块匾额题正是本句中的“藻绘呈瑞”“草木贲华”（见图 2、图 3）。

图 2　颐和园近西轩“藻绘呈瑞”三环式匾额

图 3　颐和园留佳亭"草木贲华"蝠式匾额

5. 夏后氏兴[1]，业峻鸿绩[2]；九序惟歌[3]，勋德弥缛[4]。

【注释】

［1］夏后氏：指夏后族的部落首领禹。

［2］业、绩：均指事功。峻：高。鸿：大。

［3］九序：指治理天下的各种工作都有了秩序。

［4］勋：功。缛（rù）：繁盛。

【翻译】

夏朝兴起，事业宏伟，各种工作都上了轨道，受到歌颂，功德也更加巨大。

【疏解】

张文勋先生曾在《新建云南大学图书馆碑记》中说"碧鸡振翮，金马奋蹄，英才辈出，构厦多材，业峻鸿绩，诚万世之基也"，表达对图书馆伟大功绩的期许。

6. 重以公旦多才[1]，振其徽烈[2]，制诗缉《颂》[3]，斧藻群言[4]。

【注释】

［1］公旦：周公名旦。

［2］振：振兴，发扬。徽：美。烈：功业。

［3］制：创作。缉，即“辑”，辑录。

［4］斧藻：斧削藻饰，意为修改加工。

【翻译】

周公多才多艺，继续文王的事业，他自己写诗，并辑录《周颂》，对各种作品进行修改润色。

【疏解】

周公摄政六年，制礼作乐。据杨明照《文心雕龙校注》，《诗经》中的《小雅·常棣》《大雅·文王》《周颂·清庙》《周颂·时迈》，都是周公所制。“斧藻群言”，指周公旦曾对各种文辞修订润饰，这是对周公文化功绩的赞扬。现在的颐和园长廊有一块写着“斧藻群言”的匾额（见图4）。

图4　颐和园清遥亭“斧藻群言”横匾

上部正中有“慈禧皇太后御笔之宝”的钤印。

7. 夫子继圣，独秀前哲[1]。镕钧“六经”[2]，必金声而玉振[3]；雕琢性情，组织辞令；木铎启而千里应[4]，席珍流而万世响[5]；写天地之辉光，晓生民之耳目矣。

【注释】

［1］秀：出众。前哲：前代贤人，包括尧、舜、禹、文王、周公旦等。

［2］镕钧：指对古书的整理。镕：铸器的模子。钧：造瓦的转轮。“六经”：《诗》《书》《礼》《乐》《易》《春秋》六种儒家经典。

［3］金声玉振：演奏音乐时以钟发声，以磬收韵，集音之大成，来比喻孔子能集一切圣贤之大成。金：钟；玉：磬。

［4］木铎：古代施行教化的器具，木舌金铃。这里借指孔子所施的教化。

［5］席珍：席位上的珍宝，指儒者有珍贵的道德学问以供请教，典出《礼记·儒行》“儒有席上之珍以待聘”。

【翻译】

孔子承续过去的圣人，却又超过了他们。他整理六经，融会贯通而集大成；他抒写情性，铺展文辞；教化所及千里响应，道德学问万世传扬；他写出天地万物的光彩，开启老百姓的聪明才智。

【疏解】

本句是对儒家圣人孔子的高度赞扬，突出孔子文献整理的价值，强调其道德学问的深远影响。“金声玉振”，语出《孟子·万章下》：“孔子之谓集大成。集大成也者，金声而玉振之也。金声也者，始条理也；玉振之也者，终条理也。”

8. 故知道沿圣以垂文，圣因文而明道；旁通而无涯[1]，日用而不匮[2]。

【注释】

［1］旁通：广通，通贯一切，犹言遍通。

［2］匮：缺乏。不匮：不穷。

【翻译】

所以，可以得知大道依靠圣人而垂显于文章，圣人凭借文章而彰明着大道精义；贯通一切而没有滞碍，处处通达没有阻碍，天天运用不会匮乏。

【疏解】

这句话为《原道》篇的核心观点，它点出了“道”“圣”“经”的紧密关联，也昭示了《文心》前三篇的篇章顺序。

9.《易》曰：“鼓天下之动者，存乎辞。”[1] 辞之所以能鼓天下者，乃道之文也[2]。

【注释】

[1] 辞：本指爻辞，泛指一切文辞。

[2] 道之文：指圣人之道的文采。

【翻译】

《周易·系辞上》说“能够鼓动天下的，就在于文辞”。文辞之所以能够鼓动天下，因为它是道的体现。

【疏解】

刘勰在《原道》篇结尾借用《周易》“鼓天下之动者，存乎辞”的说法，并将辞由专指的“爻辞”扩大泛指一切文辞，从而突出了文章的巨大功用，“鼓天下之动”，即风行地上之义也①。这与文章开头所谓“文之为德也大矣，与天地并生者”相呼应。这也是一种“依经立义”的话语模式。

---

① 刘勰：《文心雕龙》，黄叔琳注，纪昀评，李详补注，刘咸炘阐说，戚良德辑校，上海古籍出版社，2015，第8页。

《征圣》第二

1. 夫作者曰圣，述者曰明。

【译文】

创造礼乐经典的人叫圣人，阐述圣人经典的人叫贤人。

【疏解】

此话出自《礼记·乐记》：“故知礼乐之情者能作，识礼乐之文者能述，作者之谓圣，述者之谓明。明圣者，述作之谓也。”张华的《博物志》亦有言：“圣人制作曰经，贤者著述曰传。”

图 5　颐和园廓如亭写有《征圣》文段的匾额

上部正中有“慈禧皇太后御笔之宝”的钤印。

2. 志足以言文，情信而辞巧，乃含章之玉牒[1]，秉文之金科矣[2]。

【注释】

[1] 含章：蕴藏着文采，引申指写作。玉牒：重要的文件，此处为重要法则之意。

[2] 秉：操持、掌握。秉文：写文章。科：条文。金科：重要的条律。

【翻译】

情感真实充足而文辞华丽巧妙，这就是写作的金科玉律了。

【疏解】

“志足而言文”来自《左传·襄公二十五年》“言以足志，文以足言”，“情信而辞巧”来自《礼记·表记》“情欲信，辞欲巧”。这是刘勰以儒家圣人为检验标准得出的一条写作方面的基本原则。

3. 夫鉴周日月[1]，妙极机神[2]；文成规矩[3]，思合符契[4]。

【注释】

[1] 鉴：察看。周：普遍。鉴周：全面、周密的观察认识。日月：代指天地宇宙，整个自然界。

[2] 极：穷尽。机神：微妙精深。

[3] 规矩：法则，指文章的法度、规模。规：画圆形用的器具。矩：画方形用的器具。

[4] 符：古代作为凭证用的东西，以两者相合为凭。契：约券。符契：完全符合。

【翻译】

圣人的观察像日月遍照，能够全面深入地探索、考察自然万物，并深入到其中精深奥妙的地方去；所以写成文章成为典范，思路吻合有如信物相符。

【疏解】

吉川幸次郎认为：“‘鉴周日月’是因，‘文成规矩’是果；‘妙极机神'是因，'思合符契'是果。"① 其实，也可以将"鉴周日月，妙极机神"统一看作写作的前期准备，将"文成规矩，思合符契"看作整体的写作效果。"文成规矩，思合符契"，一方面突出文章的典范性，另一方面突出思路的完整连贯，两者结合，可用作教师对学生的寄语。

4. 或简言以达旨，或博文以该情[1]，或明理以立体[2]，或隐义以藏用[3]。

【注释】

[1] 该：兼备。

[2] 体：指文章的体制。

[3] 藏用：隐藏其作用，即不明显地表示文章的作用。

【翻译】

圣人的著作，有时用简单的语言来表达意旨；有时用较多的文辞来详尽地抒发情意；有时用显明的事理来树立文章的体制；有时用含蓄的思想而不直接显示文章的作用。

【疏解】

"繁简隐显"都是经典中就存在的手法。明代曹学佺认为："四句，文之妙的。"② 黄侃认为："文术虽多，要不过繁简隐显而已。"③ 刘咸炘认为："举简言四端，极精。"④

5. 繁略殊制，隐显异术，抑引随时[1]，变通适会，征之周、孔[2]，则文有师矣。

---

① 吉川幸次郎：《评斯波六郎〈文心雕龙原道、征圣篇札记〉》，王元化选编《日本研究〈文心雕龙〉文论集》，齐鲁书社，1983，第35页。

② 黄霖编著《文心雕龙汇评》，上海古籍出版社，2005，第16页。

③ 黄侃：《文心雕龙札记》，周勋初导读，上海古籍出版社，2000，第13页。

④ 刘勰：《文心雕龙》，黄叔琳注，纪昀评，李详补注，刘咸炘阐说，戚良德辑校，上海古籍出版社，2015，第12页。

【注释】

[1] 抑引：抑止或引申，即详细或简略。

[2] 征：检验。周、孔：周公、孔子。

【翻译】

各种文章在表现手法上，有详与略、隐与显的区别，所以写文章时，或压缩，或加详，要随不同的时机而定，写作上的千变万化，需适应不同的具体情况。如果以周公、孔子的文章来检验，那么在写作上就算找到老师了。

【疏解】

纪昀评论“抑引随时，变通适会”：“八字精微，所谓文无定格，要归于是。”①

6.《易》称“辨物正言，断辞则备”[1]，《书》云“辞尚体要，不唯好异”[2]。故知正言所以立辨，体要所以成辞，辞成则无好异之尤[3]，辨立则有断辞之美。虽精义曲隐，无伤其正言；微辞婉晦，不害其体要。体要与微辞偕通，正言共精义并用[4]；圣人之文章，亦可见也。

【注释】

[1] 辨物：辨明事物。正言：端正语言。断辞则备：使文辞明断，语意完足。

[2] 体要：体察切要。

[3] 尤：过失。

[4] 并用：同时运用。

【翻译】

《周易·系辞下》说：“辨明事物并使用规范的语言，文辞果断并语意

① 刘勰：《文心雕龙》，黄叔琳注，纪昀评，李详补注，刘咸炘阐说，戚良德辑校，上海古籍出版社，2015，第11页。

完足。"《尚书·毕命》说："文辞应该抓住要点，不应该一味追求奇异。"由此可见，规范的语言才能确立论点，体察要义才能构成文辞。这样的文辞，就能避免单纯追求奇异的毛病；这样建立起来的论点，就能有措辞明断的好处了。那么虽然内容精深曲折，但不会影响语言的规范；虽然文辞微妙婉转，但不会妨碍它体察切要。体察要义和隐微的文辞相通，规范的言辞和精妙的意义并存，这些情形，在圣人的文章里都可以看到。

【疏解】

"体要与微辞偕通，正言共精义并用"，纪昀评论道："通人之论。作文如此，乃无死句；论文如此，乃为神解。"① 刘咸炘认为，"'精义曲隐，微辞婉晦'，乃文家要诀。"②

7. 圣文之雅丽，固衔华而佩实者也[1]。

【注释】

[1] 衔：口含。"衔华""佩实"，谓既有文采又有内容。

【翻译】

儒家经典既典雅又华丽，本来就是既有文采又有内容的。

【疏解】

《论语·雍也》子曰："质胜文则野，文胜质则史。文质彬彬，然后君子。""文质彬彬"原指人既要有内在的道德修养，又要有外在的服饰仪表。刘勰所谓"雅丽""衔华而佩实"，可与此参看。

8. 天道难闻[1]，且或钻仰[2]；文章可见，宁曰勿思[3]？

【注释】

[1] 天道：自然界的道理与规律。

---

① 刘勰：《文心雕龙》，黄叔琳注，纪昀评，李详补注，刘咸炘阐说，戚良德辑校，上海古籍出版社，2015，第 11 页。

② 刘勰：《文心雕龙》，黄叔琳注，纪昀评，李详补注，刘咸炘阐说，戚良德辑校，上海古籍出版社，2015，第 12 页。

［2］钻仰：深入研求。

［3］胡宁：何以，为什么。

【翻译】

自然之道很难领悟，还是有人去钻研它；圣人的文章可以看见，为什么不好好加以考究呢？

【疏解】

“钻仰”来自《论语》颜渊对孔子的赞扬：“仰之弥高，钻之弥坚”，“天道难闻，且或钻仰”是一个让步从句，表示难闻的天道尚且有人钻仰，那可见的“文章”更应该有人钻仰。“胡宁”表示反问，意在突出学习圣人的文章更要深入思考。

9. 妙极生知[1]，睿哲惟宰[2]。精理为文，秀气成采[3]。鉴悬日月，辞富山海。百龄影徂[4]，千载心在[5]。

【注释】

［1］妙极：精妙非常。生知：生而知之者，指圣人。

［2］睿：智慧。睿哲：圣哲。宰：主宰。

［3］精理：精深之理。秀气：卓绝的才气。

［4］徂：往。影徂：犹形逝，形影消逝。

［5］心：心志、文心，指文章。

【翻译】

妙到极点的是生而知之的圣人，因为他们赋有非凡的才智，能够以高度的智慧作主宰，穷究妙理为文章，凭运英秀之气构成文采。他们的识鉴犹如日月高悬，辞藻丰富如山似海。人生百岁虽然身影消逝，可是圣人的思想精神却因著作而流传千载。

【疏解】

前两句说圣人是生而知之，聪明异常，合乎《尚书》“思曰睿，睿作圣”的思想。中间四句说圣人以“精理”“秀气”为文采，所以能够看得通透，著作丰硕。最后两句说圣人因文章而永垂不朽，赞扬圣人的同时也寄寓着对自己“千载心在”的期望。值得一说的是，“精理为文，秀气成采”，既可表达对圣人的赞美，也可用作寄语，表达对学子修得精理与秀气成就一番文采的寄望。

《宗经》第三

1. 三极彝训[1]，其书曰经。经也者，恒久之至道，不刊之鸿教也[2]。

【注释】

[1] 三极：三才，指天地人。极，有把天地人的道理推究到极致之意。彝：常。彝训：日常的训诫。

[2] 刊：削；不刊，喻不可修改。鸿：大。

【翻译】

推究天地人恒常的道理，这样的书叫“经”。经书，是恒久的最高道理，不可刊改的伟大教训。

【疏解】

《周易·恒·象》：“天地之道，恒久而不已也。”杜预的《春秋左氏传序》：“左丘明受经于仲尼，以为经者不刊之书也。”刘勰将这些说法融合成“恒久之至道，不刊之鸿教”，简明地点出了“经书”的真理性、恒常性。

2. 道心惟微[1]，圣谟卓绝[2]；墙宇重峻[3]，吐纳自深[4]。譬万钧之洪钟[5]，无铮铮之细响矣[6]。

【注释】

[1] 道心：道的精神。微：精妙。

[2] 谟：谋议、谋略。圣谟：圣人的谋议或见解。

[3] 宇：屋宇。这里用“墙宇”喻指圣人的道德学问。峻：高。重峻：深而高。

[4] 吐纳：偏义复词，指言论，这里指著作的内涵。

[5] 钧：中国古代重量单位，古三十斤为一钧。万钧：千万斤重。洪：大。

[6] 铮铮：金属碰击的声音。

【翻译】

大道的精义极为微妙，圣人的见解非常高深；如重门叠户的高墙深宅，表达的内容极为深广。好比千万斤重的大钟，自然不会发出细微的响声。

【疏解】

“道心惟微”，语出《尚书·大禹谟》“人心惟危，道心惟微，惟精惟一，允执厥中”，这是所谓的尧舜禹递相传授之“十六字心传”①。“墙宇重峻”，其意出自《论语·子张》“夫子之墙数仞，不得其门而入，不见宗庙之美，百官之富”，古时以七尺或八尺为一仞，后人觉得“夫子之墙数仞”不足以表达对孔子的敬仰，就将“数仞”改为“万仞”。嘉靖元年(1522)，胡缵宗将“万仞宫墙”题写在曲阜城门之上。现在看到的曲阜城门“万仞宫墙”石额是乾隆皇帝御笔所写。

刘咸炘认为，“吐纳”二字极要，所谓“倾群言，漱六艺”也。陆机《文赋》有言：“倾群言之沥液，漱六艺之芳润”，意为写作之时能凝聚子史精萃，吸收六艺芳华。

3.《尚书》则览文如诡[1]，而寻理即畅；《春秋》则观辞立晓，而访义方隐。

【注释】

[1] 诡：反常，异常。

① 意即“人心危险难安，道心微妙难明，保持精纯专一，信守中庸之道”。

【翻译】

《尚书》的文字看起来古奥诡异，但沿着理路去就会畅通无碍；《春秋》的文字乍一看很容易明白，但要探索它的含义，却又深奥难懂。

【疏解】

纪昀评述此句："四语括尽两经。"① 的确，刘勰对《尚书》和《春秋》的评价，在文字表面与意义内涵两个方面，深刻地揭示出两部经典的显著差异。

4. 至于根柢盘固[1]，枝叶峻茂[2]，辞约而旨丰，事近而喻远。是以往者唯旧，而余味日新；后进追取而非晚[3]，前修久用而未先[4]。可谓太山遍雨[5]，河润千里者也。

【注释】

[1] 根柢：树根。盘：回绕。

[2] 峻：高。峻茂：高大茂盛。

[3] 后进：后世的学者。

[4] 前修：前贤。

[5] 太山：即泰山，在今山东泰安市。

【翻译】

经书中的文章像树木一样，根深柢固，枝大叶茂，文辞简练、意义丰富，叙事浅近而寓意深远。因此过去的经书历时虽已久远，但它们遗留下来的意义却历久弥新，体会它的无穷意味一天天有新的启发。后辈从中探索并不嫌迟，前辈长久运用并不见得占先，它像泰山上的云彩，可甘霖普降，能使普天之下都受到它的雨露恩情，好比黄河里的水，滋润着千里沃野。

---

① 刘勰：《文心雕龙》，黄叔琳注，纪昀评，李详补注，刘咸炘阐说，戚良德辑校，上海古籍出版社，2015，第16页。

【疏解】

司马迁《史记·屈原列传》赞《离骚》云：“其称文小而其指极大，举类迩而见义远。”① 此即“辞约而旨丰，事近而喻远”之意，说明了五经的特点。“太山遍雨，河润千里”，语本《公羊传》：“触石而出，肤寸而合，不崇朝而遍雨乎天下者，唯泰山尔。河海润乎千里”②，说明五经的巨大功用。

5. 故论说辞序，则《易》统其首；诏策章奏，则《书》发其源；赋颂歌赞，则《诗》立其本；铭诔箴祝，则《礼》总其端；记传盟檄，则《春秋》为根。并穷高以树表[1]，极远以启疆[2]；所以百家腾跃[3]，终入环内[4]。

【注释】

[1] 表：标。

[2] 启疆：开拓疆土，这里指扩大文章的范围。

[3] 腾：跃起。腾跃：比喻文坛上的活动。

[4] 环：范围。

【翻译】

所以论、说、辞、序等体裁，都从《周易》开始；诏、策、章、奏等体裁，都发源于《尚书》；赋、颂、歌、赞等体裁，都以《诗经》为本原；铭、诔、箴、祝等体裁，都从《礼经》开端；记、传、盟、檄等体裁，都以《春秋》为根本。这些经书为后世文体树立了最高的标准，开辟了最广阔的领域；因此，在创作上任凭诸子百家怎样驰骋活跃，归根到底总是超不出经书的范围。

---

① （汉）司马迁撰《史记》，中华书局，1959，第2482页。

② （汉）何休注，（唐）徐彦疏《十三经注疏·春秋公羊传注疏》，上海古籍出版社，1997，第2263页。

【疏解】

纪昀认为："论说辞序，则《易》统其首……记传盟檄，则《春秋》为根"，是"强为分析，似钟嵘之论诗，动曰源出某某"，刘咸炘则认为，"论说数语极精，非强为分析，此乃辨体之论。"① 此处，刘勰不仅"辨体"，而且"尊体"。他认为论说辞序诸类文体，均源于五经，而且"穷高以树表，极远以启疆"，意为经书在文体上树立了最高的标准，开启了最广阔的疆域。这是刘勰"文体尊经"的核心表述。

张文勋先生在《新建云南大学图书馆碑记》中曾用"穷高树表，斯文在兹"表达对图书馆的赞颂。

6. 若禀经以制式[1]，酌雅②以富言[2]，是即山而铸铜，煮海而为盐者也。

【注释】

[1] 禀经：接受经书的榜样。禀：接受。

[2] 酌：取。雅：指经书中雅正的语言。

【翻译】

如果能根据经书来制定文章的体式，学习经书中的词汇来丰富语言，这就如同靠近矿山来炼铜，煎熬海水来制盐（是取之不尽用之不竭的）。

【疏解】

"即山而铸铜，煮海而为盐"，典出《史记·吴王濞传》："即山铸钱，煮海为盐"，意即若能禀经酌雅，就有取之不尽用之不竭的资源了。"禀经制式"，可宽泛地理解为依据经典来确定体式规格，这是一种"依经立义"的话语模式。颐和园700米长廊中有不少匾额，其中有一块写的正是"禀经制式"（见图6）。

---

① 刘勰：《文心雕龙》，黄叔琳注，纪昀评，李详补注，刘咸炘阐说，戚良德辑校，上海古籍出版社，2015，第16-17页。

② "雅"，戚良德辑注《文心雕龙》作"《雅》"，但不加书名号涵义更为丰富。

黄侃认为："禀经以制式，酌雅以富言"，是《宗经》篇正意。①

图 6　颐和园秋水亭"禀经制式"蝠式匾额

上部正中有"慈禧皇太后御笔之宝"钤印。

7. 故文能宗经，体有"六义"[1]：一则情深而不诡[2]，二则风清而不杂[3]，三则事信而不诞[4]，四则义贞而不回[5]，五则体约而不芜[6]，六则文丽而不淫[7]。

【注释】

[1] 体：体制，包含文章的情态、事义、文辞等方面，斯波六郎所谓"文章内容与形式的浑一之姿"。义：宜也，善也。

[2] 诡：这里指虚假。

[3] 风清：风格清新。

[4] 诞：虚妄荒诞。

[5] 回：枉曲。

[6] 约：精练。芜：繁杂。

[7] 淫：淫靡，过度。

① 黄侃：《文心雕龙札记》，周勋初导读，上海古籍出版社，2000，第 17 页。

【翻译】

所以文章能够宗法经书，文章整体就有六个优点：一是感情深厚而不怪邪，二是风格清新而不混杂，三是叙事真实而不虚妄，四是义旨端正而不枉曲，五是体制简约而不繁冗，六是文辞华美而不浮靡。

【疏解】

曹学佺认为，“此书以心为主，以风为用，故于六艺首见之，而末则归之以文，所谓丽而不淫，即雕龙也。”① 黄侃评论：“此乃文能宗经之效。六者之中，尤以事信、体约二者为要。”② 詹锳认为，“‘情深’是首要的。”③

刘咸炘评曰：“论宗经之美极当。‘情深而不诡’者，意纳言谨，当乎人情，不过于深刻，陷于吊诡也。‘风清而不杂’者，取材皆当理，无悖道之言，嚣杂之气也。‘事信而不诞’，本《书》也。‘义直（贞，一作直）而不回’，本《春秋》也。‘体约’‘文丽’，又其词章之善矣。”④

8. 夫文以行立，行以文传；“四教”所先[1]，符采相济[2]。迈德树声[3]，莫不征圣；而建言修辞，鲜克宗经[4]。是以楚艳汉侈[5]，流弊不还。极正归本，不其懿哉！

【注释】

[1]“四教”：《论语·述而》：“子以四教：文、行、忠、信。”（孔子用四种内容教育学生：历代文献、生活行迹、对待别人的忠心、与人交际的信实。）

[2] 符采：玉的横纹。济：帮助。

[3] 声：名声。

---

① 黄霖编著《文心雕龙汇评》，上海古籍出版社，2005，第20页。

② 黄侃：《文心雕龙札记》，周勋初导读，上海古籍出版社，2000，第17页。

③ 詹锳：《文心雕龙义证》，上海古籍出版社，1989，第85页。

④ 刘勰：《文心雕龙》，黄叔琳注，纪昀评，李详补注，刘咸炘阐说，戚良德辑校，上海古籍出版社，2015，第17-18页。

［4］鲜：少。克：能。

［5］楚：指《楚辞》。汉：指汉赋。

【翻译】

文辞靠德行来建立，德行靠文辞来传播；孔子“四教”推以为先的“文、行”，是内符外采互补生辉。勉进德行树立名誉，没有不师法圣人的；而作文修辞，却很少能够宗法经书。因此《楚辞》艳丽汉赋浮夸，流风成弊往而不返。追求正脉回归根本，不是很好吗？

【疏解】

黄叔琳评论：“承学之徒……亦思八代中固有具如许眼力，能为如许评论者乎！”言下之意，刘勰能提出“宗经为文”的观点，能作出“楚艳汉侈、流弊不还”的评论，是卓有眼力的。纪昀却说刘勰“善于论文”，但他写的文章（《文心雕龙》）也“不脱六代俳偶之习”，还是没有脱离魏晋文学的浮靡之弊。纪昀看到了刘勰“论文”与“作文”之间的不一致，是很有见地的，不过，刘勰处于追求文学形式之美的齐梁时代，用骈文的体式来写理论性的文章，除了受时代风气的影响，可能也与刘勰想要“成一家之言”的抱负分不开。

9. 三极彝道，训深稽古[1]。致化惟一[2]，分教斯五[3]。性灵镕匠[4]，文章奥府[5]。渊哉铄乎[6]！群言之祖。

【注释】

［1］稽：查究、考究。稽古：考察古代典籍。

［2］化：教化。致化：达到教化的目的。

［3］斯：则，就。五：指五经，即《周易》《尚书》《诗经》《礼记》《春秋》。

［4］性灵：指人的精神。熔：熔铸，陶冶，这里比喻陶冶性情。

［5］府：储藏之所，府库。

［6］渊：深远，指经义之深。铄：美好，指经文之光辉灿烂。

【翻译】

经书上阐述了天、地、人的常理，道理深奥需要深究古代典籍。它们本着一个总的教育目的，但具体进行教育的经典，则可以分为五种。它们不仅可以陶冶性情、培养精神，又是文章的巨大宝库。经书是这样的精深和美好，渊深和辉煌啊，堪称一切文章的宗祖。

【疏解】

“性灵熔匠，文章奥府”，既点出了五经的道德教化功用，又点出了五经的文章学价值。刘勰评论了五经的“道德”“文章”两方面，“道德文章”也是中国社会和历史对个人进行评判的基本坐标①。

① 王建光：《道德文章》，《光明日报·国学》2013 年 7 月 8 日。

《正纬》第四

1. 夫神道阐幽[1]，天命微显[2]；马龙出而大《易》兴[3]，神龟见而《洪范》耀[4]。故《系辞》称："河出图，洛出书，圣人则之。"斯其谓也。

【注释】

［1］神道：神妙之理，自然之道。阐：阐明。幽：幽隐，微奥。

［2］天命：天的意志，自然的法则。微：精微、幽深。

［3］马龙出：相传黄河出图，由形似马的龙负出。《易》兴：相传伏羲据河图制成八卦，周文王为八卦作卦爻辞而成《易》。兴：兴起。

［4］神龟见：相传大禹时洛水有龟负书（洛书）而来。见：通"现"，出现。《洪范》：大法，《尚书·洪范》中说：天赐给禹以洪范九类。耀：显耀，发出光彩。

［5］则：效法。

【翻译】

神秘的天道隐幽地得以阐明，精微的天命幽隐地得以彰显；黄河中马龙背负河图出现于世，《易经》就此兴起；洛水中神龟背负洛书现身，由此就有了《洪范》闪耀光芒。所以《周易·系辞上》说："黄河出图，洛水出书，圣人效法它。"讲的就是这个道理。

【疏解】

"神道阐幽，天命微显"，古人相信，由一些幽隐的征象中可以感知背后的"神道""天命"，这种神秘主义的认知，其思想基础是"天人感应"的世界观。"河出图，洛出书，圣人则之"，河图洛书的神话传说很早就有，究竟是什么内容，难有定论，河图洛书归属哪位圣人也有不同说法，大体而言，河图洛书可视作中国历史文化的渊源。

2. 世敻文隐[1]，好生矫托[2]；真虽存矣，伪亦凭焉[3]。

【注释】

[1] 敻（xiòng）：遥远。隐：隐晦。

[2] 矫托：假托。矫：假造，指谶纬假托圣人的话。

[3] 凭：依据。

【翻译】

时代久远，记载不明，容易出现假托；真迹虽然存在，伪作也会凭此而生。

【疏解】

“真虽存矣，伪亦凭焉”，说明刘勰认可河图洛书的真实性，同时，他认为后世的纬书是假托的。当然，我们不能苛责刘勰反对谶纬不彻底，这和他的“依经立义”立场有关。《周易·系辞上》有言“河出图，洛出书，圣人则之”，儒家经典这样记述，刘勰“依经立义”，也会认可河图洛书是真纬。刘勰认为后世的纬书则是伪作。

“真虽存矣，伪亦凭焉”，虽是就纬书的源流而言，但这句话也符合文献传承的一般情况。原始文献（“真”）虽然留存下来，但伪造的文献（“伪”）也借此而兴起，造成真假并存、鱼目混珠，在这种情况下，文献考证、甄别以定真伪的价值就体现出来了。

3. 酌经验纬，其伪有四：盖纬之成经，其犹织综[1]，丝麻不杂，布帛乃成。今经正纬奇，倍摘千里[2]，其伪一矣。经显世训[3]；纬隐神教[4]；世训宜广，神教宜约。而纬多于经，神理更繁，其伪二矣。“有命自天”[5]，乃称符谶[6]，而八十一篇，皆托于孔子[7]，则是尧造绿图，昌制丹书[8]，其伪三矣。商周以前，绿图频见；春秋之末，群经方备：先纬后经，体乖织综，其伪四矣。

【注释】

［1］织综：织布时经纬线交织。

［2］倍摘：乖违，背反。

［3］世训：关于世事常理的训导。

［4］神教：以微妙神秘之理来说明。

［5］“有命自天”，语出《诗经·大雅·大明》：“有命自天，命此文王”，意为上天降下的命令。

［6］符谶：符命预言，托为天命的预言。

［7］八十一篇：指河图纬9篇，洛书纬6篇，七经纬36篇，还有“自黄帝至周文王所受文本30篇”，共81篇（见《隋书·经籍志》）。

［8］尧造绿图，昌制丹书：《尚书中候·握河纪》说尧得绿图，《尚书中候·我应》说周文王姬昌得丹书，但只说“得”，未说“造”。绿图即河图，古代谓为“天授神物”，旧说其图皆为绿色。丹书，传说周文王时有赤雀衔来祥瑞之书。

【翻译】

斟酌经书检验纬书，可证明其为伪作的四点理由：用纬书辅助、成就经书，犹如纺织（经纵纬横、经主纬从）一样，无论用丝还是用麻，经正纬成的关系不杂乱，布帛才能织成。现在经书雅正而纬书怪异，二者相悖千里，这是证明纬书为伪作的第一点。经书意义显明，说的是世事常理；纬书隐晦，用于神道设教。为世事常理内容应当广泛，为神道设教表述理应简约。然而纬书多于经书，神秘的说法更是冗繁，这是证其为伪作的第二点。“有命自天”——天降意旨，方可称为符命、谶语，然而八十一篇谶纬皆托为孔子所作；还说尧造出绿图，文王姬昌制作丹书，这是证其为伪作的第三点。在商周以前，所谓绿图就频繁出现；而至春秋末年，各种经书方才齐备：先有纬书后有经书，岂不违背先经后纬的纺织体例！这是证其为伪作的第四点。

【疏解】

曹学佺评论“四伪”为“贬驳极当”①。刘咸炘认为刘勰“四伪”的论述是正确的，“四伪极是。显、隐、广、约言极精当”②。

4. 故河不出图，夫子有叹[1]；如或可造，无劳喟然[2]。

【注释】

[1] 孔子曾说：“凤鸟不至，河不出图，吾已矣夫。”（《论语·子罕》）

[2] 喟然：感叹的样子。

【翻译】

所以黄河不再出现天授神物的绿图，孔子发出长叹；如果绿图可以人造，也就不用感叹了。

【疏解】

刘勰认为，河图洛书，是上天降下的灵瑞，不是人为的。而纬书或托名孔子所作，或是“尧造绿图，昌制丹书”，就不属于“昊天休命”，就是伪作。如果可以人造，孔子就不必喟然长叹了。

纪昀认为：“此驳分明”③。

5. 至于光武之世[1]，笃信斯术[2]；风化所靡[3]，学者比肩[4]。沛献集纬以通经[5]，曹褒选谶以定礼[6]：乖道谬典[7]，亦已甚矣。

【注释】

[1] 光武：东汉第一个帝王光武帝（25-57）。

[2] 笃：深。斯术，指谶纬之术。

[3] 风化：这里指影响。靡：即披靡，指影响之大。

---

① 黄霖编著《文心雕龙汇评》，上海古籍出版社，2005，第22页。

② 刘勰：《文心雕龙》，黄叔琳注，纪昀评，李详补注，刘咸炘阐说，戚良德辑校，上海古籍出版社，2015，第23页。

③ 刘勰：《文心雕龙》，黄叔琳注，纪昀评，李详补注，刘咸炘阐说，戚良德辑校，上海古籍出版社，2015，第22页。

［4］比肩：并肩，指趋向谶纬的人很多。

［5］沛献：光武帝第二子刘辅，封沛王，死后加号“献”，故称沛献王。《后汉书·沛献王辅传》说他“善说《京氏易》《孝经》《论语传》及图谶，作《五经论》，时号之曰《沛王通论》”。

［6］曹褒：字叔通，东汉人。汉章帝召他定礼制，他杂用五经和谶书中的说法，写了冠婚吉凶制度一百五十篇。

［7］道：指圣人之道。典：指儒家经典。

【翻译】

东汉时期，由于光武帝深信谶纬；致使谶纬风靡一时，学习谶纬的人摩肩接踵争先恐后。沛献王刘辅混杂一些纬书上的说法来通论经书，曹褒挑选一些谶书中的意见来制定礼制：这种离经叛道的做法，实在是太过分了。

【疏解】

光武帝笃信谶纬的故事，史书多有记载。所谓“上有所好，下必甚焉”，藩王和大臣都选用谶纬来“通经”“制礼”，这样的做法，在刘勰看来是“乖道谬典”，无法容忍。“乖道谬典”与“离经叛道”同义，这样的评判，体现了刘勰的“依经立义”立场。

纪昀在评论《正纬》篇时曾说：“（正纬）此在后世为不足辨论之事，而在当日则为特识。康成千古通儒，尚不免以纬注经，无论文士也。”① 郑玄（郑康成）尚且以纬注经，可见当时的谶纬神学对经学的影响之大，也可见出刘勰的见识卓越。

6. 若乃羲、农、轩、皞之源[1]，山渎、钟律之要[2]，白鱼、赤雀之符[3]，黄银、紫玉之瑞[4]，事丰奇伟，辞富膏腴[5]，无益经典而有助文章。

---

① 刘勰：《文心雕龙》，黄叔琳注，纪昀评，李详补注，刘咸炘阐说，戚良德辑校，上海古籍出版社，2015，第22页。

【注释】

［1］羲、农、轩、皞：纬书里有伏羲、神农、黄帝、少昊的神话传说。

［2］山渎：高山大川，泛指水。钟律：音乐。要：会。汉代的谶纬神学认为，某些音乐的出现，预兆着一定的灾异。

［3］白鱼、赤雀：据《史记·周本纪》，周武王伐商时，渡河中流，有白鱼跳入船中。据《尚书中候·我应》："季秋，赤雀衔丹书入酆，止于昌（按：姬昌）户。"①

［4］黄银、紫玉：有纬书称，君主有乘着金德做天子的，有黄银紫玉出现。

［5］丰、富：互文见义，丰富、充裕的意思。

【翻译】

至于纬书中伏羲、神农、黄帝、少皞的传说，高山大川和黄钟律吕灵应的会合，周文王得赤雀丹书和周武王得白鱼的符命，黄银紫玉现于深山的祥瑞等等，叙事非常奇特伟丽，文辞非常丰富，它们虽然无益于经书，但对文章写作有帮助。

【疏解】

纪昀评价此段文字："至今引用不废，为此故也"。② 的确，刘勰点出了纬书所载神话传说、灵应故事的奇特伟丽、文辞丰富，"无益经典而有助文章"这一对句式判断，既揭示了纬书的文章学价值，也体现了刘勰的辩证眼光。

7. 荣河温洛[1]，是孕图纬[2]。神宝藏用[3]，理隐文贵[4]。世历二汉[5]，朱紫腾沸[6]。芟夷谲诡[7]，采其雕蔚[8]。

---

① 〔日〕安居香士、中村璋八：《纬书集成》，河北人民出版社，1994，第411页。

② 刘勰：《文心雕龙》，黄叔琳注，纪昀评，李详补注，刘咸炘阐说，戚良德辑校，上海古籍出版社，2015，第22页。

【注释】

［1］荣河：指黄河泛出光彩。纬书上说："帝尧即政，荣光出河。"温洛：纬书上说："帝盛德之应，洛水先温。"

［2］孕：孕育。图纬：这里指河图、洛书。

［3］藏用：蕴藏着巨大的作用。

［4］理隐：道理深刻。文贵：指河图洛书上的花纹文采。理隐文贵：道理深奥，文采宝贵。

［5］二汉：西汉、东汉，又称前汉、后汉。

［6］腾沸：这里是指到了汉代纬书繁多。朱紫腾沸：像朱色和紫色混杂，喻指经书与纬书严重混淆。

［7］芟夷：铲平、除去、删除，这里指剔除纬书中的糟粕。谲诡：诡诈，虚假。

［8］雕蔚：美丽的文采。

【翻译】

祥光四射的黄河，和暖如春的洛水，是孕育河图、洛书的所在。这种神圣的珍宝包藏着巨大的作用，它的义理深奥，其文采可贵。可是经过两汉，由于大量的纬书出现，真伪错杂，混乱异常而搅乱了经书。在文学创作上，应该剔除其中的谲诡荒诞之说，吸取其中华美的辞采。

【疏解】

此段赞语首两句说明纬书的起源，三四句说明纬书的性质，五六句点明纬书在汉代大量造伪，以假乱真，最后两句点明对待纬书的正确态度。"芟夷谲诡，采其雕蔚"，一弃一取，强调了纬书藻采的文学意义。

刘师培《谶纬论》认为，纬书有五善：一曰补史，二曰考地，三曰测天，四曰考文，五曰征礼①，可作"酌乎纬"的补充。

① 刘师培：《谶纬论》，载《刘申叔遗书》，江苏古籍出版社，1997，第1371-1372页。

《辨骚》第五

1. 自《风》《雅》寝声[1]，莫或抽绪[2]；奇文郁起[3]，其《离骚》哉！固已轩翥《诗》人之后[4]，奋飞辞家之前[5]；岂去圣之未远，而楚人之多才乎？

【注释】

[1]《风》《雅》：指《诗经》中的《国风》《大雅》《小雅》。寝：止息、停息。寝声：声音沉寂。

[2] 莫或：没有人。抽：延引。绪：丝端、余绪。抽绪：意谓像抽丝那样相继不断，指继承，继续写下去。

[3] 奇文：指新奇独特、瑰丽动人的屈原作品。郁：繁盛。郁起：繁盛兴起。

[4] 固：确实。轩翥：高飞。《诗》人：《诗经》的作者。

[5] 辞家：指屈原以后的辞赋家。

【翻译】

自从《诗经》问世之后文坛消沉，没有继承三百篇而创作的诗章了，后来涌现出一种奇特的妙文，蓬勃兴起，那就是《离骚》一类的作品了。它确实是在《诗经》作者之后高飞，在辞赋家之前奋起。难道是距离圣人不算久远，楚人又特别有才能吗？

【疏解】

刘勰认为以《离骚》为代表的新兴文体，上承《风》《雅》之传统，下开辞赋之先河，是“郁起”的“奇文”，充分肯定了这种文体的重要地位。刘勰对于屈原也特别推崇，认为他是“多才”的“楚人”，是连接“《诗》人”和“辞家”的关键人物。这表现了刘勰超乎前人的卓越见解。刘勰何以要特别地赞扬、推崇屈原及其《离骚》呢？从《离骚》的思想艺术特色以及其深远影响来看，其具体表现有三个方面：一是“取镕经旨，自铸伟辞”；二是“惊采绝艳，难与并能”；三是“衣被词人，非一代也”。

2. 王逸以为，诗人提耳[1]，屈原婉顺[2]；《离骚》之文，依经立义。

【注释】

[1] 提耳：《诗经·大雅·抑》有言“匪面命之，言提其耳”，意思是不但当面教导他，而且提着耳朵叮嘱他。“提耳”表示对人的恳切教诲。

[2] 婉顺：优柔和顺。

【翻译】

王逸以为，屈原讽谏君王的措辞比《诗经·大雅·抑》中“耳提面命”的方式还要和缓一些。《离骚》的文字依据经典而确立意涵。

【疏解】

王逸评论《离骚》的原文是“夫《离骚》之文，依托五经以立义焉”，刘勰将其简缩为“《离骚》之文，依经立义”。“依经立义”典型的标志是：“子曰”“《诗》云”，如《左传·郑伯克段于鄢》赞扬颍考叔，“颍考叔，纯孝也。爱其母，施及庄公。《诗》云：‘孝子不匮，永锡尔类’。其是之谓乎？”“依经立义”作为一种重要的文化现象，一种话语模式和学术范式，对中国思想史、学术史、文化史产生了深远的影响，但要推源其定名之功，还得归属于刘勰。

3. 四家举以方经[1]，而孟坚谓不合传[2]；褒贬任声[3]，抑扬过实，可谓鉴而不精[4]，玩而未核者矣[5]！

【注释】

[1] 方：比。

[2] 孟坚：班固，字孟坚。

[3] 声：名声，引申指事物的外表。与下文的“实”相反。

[4] 鉴：鉴别。

[5] 玩：玩味领会。核：考究，核实。

【翻译】

四家都以经书比拟《离骚》，班固却说它与《左传》不符。褒奖或贬抑都局限于表面，有脱离实际之嫌，可以说是有鉴别却不够精深，有玩味却不切实情。

【疏解】

“褒贬任声，抑扬过实”在评论界是常见的情况，究其原因可能还是“鉴而弗精，玩而未核”。所以，评论者要保持客观公正，就要深入理解原作，不能停留在外表。

4. 将核其论，必征言焉[1]。

【注释】

[1] 征言：以语言来验证。

【翻译】

要核查这些论述是否准当，必须以屈原作品的语言来验证。

【疏解】

“将核其论，必征言焉”，代表着以文本说话、对照文本来核验前人论述的实证精神，刘勰的这句话对于我们今天的文学评论与文学研究，仍然有着重要的指导意义。不过，也应该看到，有些文本中的“语言”，可能有其特定的使用场合，也可能有其特殊的“言外之意”，研究者在解读这些“语言”时要注意阐释的局限性与误读的可能性。

5. 故论其典诰则如彼，语其夸诞则如此。固知《楚辞》者，体宪于三代[1]，而风杂于战国[2]；乃《雅》《颂》之博徒[3]，而词赋之英杰也[4]。观其骨鲠所树[5]，肌肤所附[6]，虽取镕经旨，亦自铸伟辞。

【注释】

［1］体宪于三代：体旨效法三代的《书》《诗》。宪：效法。

［2］风杂于战国：夹杂着战国时代的浮夸风气。

［3］博徒：博戏之徒，身份常被人轻视。

［4］英杰：杰出的英雄。

［5］骨鲠：比喻对作品起强力支撑作用的主干内容。

［6］肌肤：比喻作品的外在形式，如辞采。《附会》篇有言："辞采为肌肤。"

【翻译】

所以说楚辞有以经书为典范的一面，也有夸诞失实的另一面。可以说，楚辞承传了夏、商、周三代的体式，又杂有战国的风尚，它与《诗经》相比，像是博戏之徒，在辞赋中却是卓越的英豪。考察其核心内容与外在形式，虽然从旨意上取法经典，但在文辞上却有着伟大的创造。

【疏解】

曹学佺认为，刘勰指摘楚辞的"夸诞"，是"爱而知恶也"，体现了刘勰"扶风雅之切"①。刘勰"辨骚"的目的，并不在于"扶风雅"，而在于"为文"，所以，文章才提出"凭轼以倚《雅》《颂》，悬辔以驭楚篇"的观点。

刘勰对于"楚辞"的看法，指出了楚辞对《诗经》的继承、楚辞对战国风气的吸收，也看到了楚辞在辞采上的伟大创造，客观允当，成为对"楚辞"的经典评价。

6.《骚经》《九章》，朗丽以哀志；《九歌》《九辨》，靡妙以伤情；《远游》《天问》，瑰诡而慧巧[1]，《招魂》《大招》，耀艳而采华；《卜居》标放言之致[2]，《渔父》寄独往之才。故能气往轹古[3]，辞来切今[4]，惊采绝艳，难与并能矣。

① 黄霖编著《文心雕龙汇评》，上海古籍出版社，2005，第25页。

【注释】

[1] 瑰：奇伟。慧：机智。

[2] 标：显出。放：旷达。

[3] 轹：践踏，这里有超过的意思。

[4] 切：切断。切今：类似于“空前绝后”的“绝后”。

【翻译】

《离骚》《九章》明朗华丽，申述哀苦的心志；《九歌》《九辨》绮靡美妙，抒发忧伤的情怀；《远游》《天问》内容奇伟诡谲而文辞机巧，《招魂》《大招》艳丽夺目文采华美，《卜居》标举旷达放任的兴致，《渔父》寄托遗世独立的才情。所以说屈原的才气凌轹古代作家，其辞章表现出横绝后世的气势，惊人的辞采绝世美艳，难以和他媲美了。

【疏解】

刘咸炘认为，“朗丽”是因为屈原气势旺盛而通达（“气强而达”），其他人如宋玉、景差等只是无病呻吟（“宋、景以下，多无病而呻”）。

有意思的是，曾用五色笔评点过《文心雕龙》的明代大才子杨慎对本段话特别喜欢，用双红圈标记此段文字，并评论：“‘耀艳深华’，尤尽二篇（按：指《招魂》《大招》）妙处，故重圈之。皮日休评《楚辞》‘幽秀古艳’，亦以此何相表里？予稍易之云：‘《招魂》耀艳而深华，《招隐》① 幽秀而古朗。’”②

7. 故其叙情怨，则郁伊而易感[1]；述离居，则怆怏而难怀[2]；论山水，则循声而得貌[3]；言节候，则披文而见时[4]。

【注释】

[1] 郁伊：抑郁的样子。

[2] 怆（chuàng）怏（yàng）：悲愁的样子。

---

① 唐写本作《大招》。

② 黄霖编著《文心雕龙汇评》，上海古籍出版社，2005，第25-26页。

[3] 循声：顺着声律。

[4] 披文：披阅文辞。

【翻译】

楚辞叙写怨尤之情，令人心情抑郁易受感染；表述离乡背井，叫人难以释怀、怏怏不乐；描摹山水，让人顺着声情可以感知景物状貌；叙述季节，使人披阅文辞就能看到时令。

【疏解】

此段文字举例说明楚辞的艺术表现力和艺术感染力。曹学佺认为，"'山水循声而得貌，节候披文而见时'，此极真之文也。若纬书只伪惑矣，乌能真！"① 刘咸炘认为，"'论山水，言节候'，词赋敷陈之祖。'叙情怨，述离居'，词赋哀伤之祖。"②

8. 是以枚、贾追风以入丽[1]，马、扬沿波而得奇[2]；其衣被辞人[3]，非一代也。故才高者苑其鸿裁[4]，中巧者猎其艳辞[5]，吟讽者衔其山川[6]，童蒙者拾其香草[7]。

【注释】

[1] 枚：枚乘。贾：贾谊。追风：跟随屈、宋的风格。入丽：进入了华丽的境界。

[2] 马：司马相如。扬：扬雄。沿波：循着屈、宋的余波，即学习屈、宋。

[3] 衣被：加惠于人，这里是给人以影响的意思。

[4] 苑：一作菀，取的意思。鸿裁：宏大的体制。

[5] 中巧：心巧。猎：猎取。

[6] 吟讽：吟咏诵读。衔：含在口中，这里是指经常诵读。

[7] 童蒙：指初学写作的人。

---

① 黄霖编著《文心雕龙汇评》，上海古籍出版社，2005，第26页。

② 刘勰：《文心雕龙》，黄叔琳注，纪昀评，李详补注，刘咸炘阐说，戚良德辑校，上海古籍出版社，2015，第30页。

【翻译】

因此枚乘、贾谊追随屈原的文风进入“丽”的境界，司马相如、扬雄沿其波流发展得到“奇”的美妙；屈原惠及和影响到的作家，不只是一两代而已。才华高超的人蕴蓄其宏大的体制，内心巧慧的人猎取其华艳的文辞，经常讽诵的人玩味其山川景色，初学写作的人拾取其美人香草的比喻。

【疏解】

此段文字说明楚辞的巨大影响力。杨慎点评：“‘拾其香草’，尤奇句。”① 鲁迅在《摩罗诗力说》中赞美“立志在反抗，指归在动作”的摩罗诗人，认为：“刘彦和所谓‘才高者菀其鸿裁，中巧者猎其艳辞，吟讽者衔其山川，童蒙者拾其香草’，皆著意外形，不涉内质，孤伟自死，社会依然，四语之中，函深哀焉。”②

9. 若能凭轼以倚《雅》《颂》[1]，悬辔以驭楚篇[2]，酌奇而不失其贞[3]，玩华而不坠其实；则顾盼可以驱辞力[4]，欬唾可以穷文致[5]，亦不复乞灵于长卿[6]，假宠于子渊矣[7]。

【注释】

[1] 凭：靠着。轼：车前横木。

[2] 辔（pèi）：缰绳。驭：驾驭，控制。

[3] 贞：正，正常、正规、正当。

[4] 顾盼：回望睥睨。

[5] 欬唾（kài tuò）：一咳唾之间，指时间很短。

[6] 乞灵：请教，求助。

[7] 假：借。子渊：王褒，字子渊。

【翻译】

若能（像观阵的君主）倚靠车前横木那样倚重《雅》《颂》，把控缰

① 黄霖编著《文心雕龙汇评》，上海古籍出版社，2005，第26页。

② 鲁迅：《鲁迅全集》卷一，人民文学出版社，1973，第62页。

绳驾驭马匹一样驾驭楚辞，酌用《离骚》之“奇”而不失《诗经》之“正”，玩味华美文辞而不忽略坚实内容；那么回望睥睨之间就可以恣意驱遣文辞，片刻之间就可以穷尽文章情致，就再也不用向司马相如和王褒去讨教写作了。

【疏解】

刘勰主张融合《诗》《骚》而作文，这样的文章能实现奇正相参，华实相扶，也可以实现写作的自由。黄叔琳评论：“‘酌奇玩华而失坠真实者，李昌谷之歌诗也。’故曰：‘少加以理，则可奴仆命《骚》。’”①

10. 不有屈平，岂见《离骚》？惊才风逸[1]，壮志烟高[2]。山川无极[3]，情理实劳[4]。金相玉式[5]，艳溢锱毫[6]。

【注释】

[1] 惊才：惊人的才华。风逸：像风一样飘逸。

[2] 壮志：豪壮的志向。烟高：像烟一样高远。

[3] 无极：无穷。

[4] 劳：通“辽”，有广阔遥远的意思。

[5] 金相：金质。玉式：犹玉质。金相玉式：金相玉质，最美好的质地。

[6] 锱：古代重量单位，锱重六铢，二十四铢为两。锱毫：微细处，指作品的细节。

【翻译】

假如没有屈原，哪能出现《离骚》这样的杰作呢？他惊人的才华像风一样飘逸、奔放，他雄壮、宏大的志愿像云烟一样悠远辽阔。山川悠远，一望无际，伟大作家的情思也同样的无边无际；它真是如金如玉的好文

① 刘勰：《文心雕龙》，黄叔琳注，纪昀评，李详补注，刘咸炘阐说，戚良德辑校，上海古籍出版社，2015，第29页。按：“诗鬼”李贺（字昌谷），文才超卓，可惜早亡。杜牧评价他，如果不早死，再提升文理，屈原的《离骚》和他的作品相比，就像奴仆写成的，差着主人好远。奴仆命骚，后演变为成语，表示文彩卓异，词彩华美，也形容自高自大。

章，为文学创作树立了很好的榜样，极细微处都充溢着艺术的美。

【疏解】

本段赞语对屈原及其开创的楚辞，不吝赞美之词。“不有屈原，岂见《离骚》”，赞扬屈原开创之功。“惊才风逸，壮志烟高”，是对屈原才华和情志的描述，也可借用来赞美鼓励有志青年。“山川无极，情理实劳”，指出情思与景物的无边辽阔，与《物色》篇所谓“屈平所以能洞鉴《风》《骚》之情者，抑亦江山之助乎”可相互发明；“金相玉式，艳溢锱毫”，充分写出楚辞的光彩艳丽。整段赞语突出楚辞的审美价值，与以往评论家出于“依经立义”的模式、强调儒家功利主义文艺观的评论显然有别。

《明诗》第六

1. 大舜云："诗言志，歌永言。"[1] 圣谟所析，义已明矣。是以"在心为志，发言为诗"[2]，舒文载实[3]，其在兹乎！故诗者，持也[4]，持人情性[5]。"三百"之蔽，义归"无邪"[6]，持之为训[7]，信有符焉尔[8]。

【注释】

[1]"诗言志，歌永言"见于《尚书·尧典》。永：延长，咏唱。

[2]"在心为志，发言为诗"见于《毛诗序》。

[3] 文：指文辞。实：指情志。

[4] 持：扶持。《诗纬·含神雾》："诗者，持也"。

[5] 持人情性：扶持人的性情，使不失坠。

[6]"三百"之蔽，义归"无邪"：《论语·为政》"子曰：《诗》三百，一言以蔽之，曰：'思无邪'。"

[7] 训：训诂，即解释。

[8] 符：合。

【翻译】

大舜说："诗言说人的心志，歌咏唱歌词。"圣人经典所分析的诗的意义已经明了。因此"存于内心的是志，志用语言表达出来就是诗"，抒写文辞表达内在情志，大概就靠诗了。所谓"诗"即是"持"之意，守持、陶铸人的情性。孔子说《诗经》可用一句话概括，就是"没有不正当的思想感情"，可见用"持"来解释"诗"，确实是符合孔圣意旨的。

【疏解】

杨慎评论："（诗）训为持……千古诗训字，独此得之。"① 纪昀评论："此虽习见之语，其实诗之本原莫逾于斯。后人纷纷高论，皆是枝叶功夫。'大舜'九句（按：从"大舜"到"其在兹乎"）是'发乎情'，'诗者'七句（按：从"诗者"到"信有符焉尔"）是'止乎礼义'。"② 刘熙载《艺概》说："诗之言持，莫先于内持心志，而外持风化从之。"③ 刘咸炘认为："持者，持其志。持志无暴气，故怨诽而不乱，《小弁》之怨是也。故知粗豪芜漫，不足为诗。"④ 詹锳认为："持有制义，'持人情性'就是节制人的情感。"⑤

2. 人禀七情[1]，应物斯感，感物吟志[2]，莫非自然。

【注释】

[1] 禀：领受、承受，引申为禀性，即生来具有。七情：人的七种情绪，指喜、怒、哀、惧、爱、恶、欲。

[2] 感物吟志：心有感触乃发而为诗。

【翻译】

人禀受了天赋的喜、怒、哀、惧、爱、恶、欲七种感情，因应外物触发而感动，因外物而触动内心的情志，是很自然的。

【疏解】

曹学佺评论："诗以自然为宗，即此之谓。"⑥ 曹学佺在本篇的评点中还多次提到"自然"的观点。如认为"尧有《大章》之歌，舜造《南风》

① 周振甫注《文心雕龙注释》，人民文学出版社，1981，第50页。

② 刘勰：《文心雕龙》，黄叔琳注，纪昀评，李详补注，刘咸炘阐说，戚良德辑校，上海古籍出版社，2015，第37页。

③ 刘熙载：《艺概》，袁津琥校注，中华书局，2009，第386页。

④ 刘勰：《文心雕龙》，黄叔琳注，纪昀评，李详补注，刘咸炘阐说，戚良德辑校，上海古籍出版社，2015，第38页。

⑤ 詹锳：《文心雕龙义证》，上海古籍出版社，1989，第173页。

⑥ 黄霖编著《文心雕龙汇评》，上海古籍出版社，2005，第27页。

之诗”，这两首诗之所以“辞达”是因为诗歌语言自然——“达者，自然也”。春秋时期外交使臣“酬酢以为宾荣，吐纳而成身文”，赋诗言志，用诗妥帖，这也是一种“自然”——“此即自然也”。曹学佺还认为刘勰“难易转化”的观点是合乎自然规律的——“‘其易也方至’，则近于自然也”。①

3. 自商暨周，《雅》《颂》圆备[1]，“四始”彪炳[2]，“六义”环深[3]。子夏鉴绚素之章[4]，子贡悟琢磨之句[5]，故商、赐二子，可与言《诗》矣。

【注释】

[1] 圆：全。

[2] 四始：指《国风》《大雅》《小雅》《颂》。彪炳：光彩。

[3] 六义：指风雅颂三种诗体和赋比兴三种手法。环：围绕，引申为周密。

[4] 子夏：孔子弟子，姒姓，卜氏，名商，字子夏。鉴：明白。

[5] 子贡：孔子弟子，姓端木，名赐，字子贡，善辞令。悟：领悟。

【翻译】

从商代到周代，《诗经》已经相当成熟周全，《国风》《小雅》《大雅》《颂》“四始”文采焕发，风、雅、颂、赋、比、兴“六义”手法完备精深。子夏赏析“素以为绚兮”一章的联想，子贡对“如切如磋，如琢如磨”的悟解，举一反三的解读得到孔子“可与言《诗》”的肯定。

【疏解】

“‘四始’彪炳，‘六义’环深”是对《诗经》高度赞誉。“子夏鉴绚素之章”，据《论语·八佾》记载，子夏从“巧笑倩兮，美目盼兮，素以为绚兮”中悟出“仁”是先在的内在修养，礼是外在的强制规范。“素以为绚”本指绘画要先有白色的粉地，再加彩饰。这句诗不在现存的《诗经》里，是逸诗。“子贡悟琢磨之句”，据《论语·学而》记载，子贡从“如切

---

① 黄霖编著《文心雕龙汇评》，上海古籍出版社，2005，第30页。

如磋，如琢如磨”领悟到孔子劝他不要自满之意。“如琢如磨”，语出《诗经·卫风·淇澳》。子夏、子贡因《诗》而感悟，“闻此知彼”，因而得到孔子赞扬。

4.（《古诗》）观其结体散文[1]，直而不野[2]，婉转附物[3]，怊怅切情[4]，实五言之冠冕也。

【注释】

[1] 结体：结撰文体。散文：散布文字。

[2] 直：直率表达，不掩饰，不做作。不野：有文采之意。

[3] 婉转：委婉曲折。附：寄托。

[4] 怊怅：悲恨。切：切合。

【翻译】

考察《古诗十九首》的文体构结和文辞表达，直抒胸臆而不粗野，描写物态委婉曲尽，倾吐伤感惆怅切合真情，确实可居五言诗之首。

【疏解】

“五言之冠冕”，是刘勰对《古诗十九首》的文学史地位的经典描述。杨慎评论：“评《古诗十九首》得其髓者。钟嵘评《十九首》云：‘文温以丽，意悲以远，惊心动魄，一字千金’，可与此互相发。”① 纪昀由《古诗十九首》转到汉代诗歌，认为“‘直而不野’，括尽汉人佳处。”② 刘咸炘认为：“古诗之妙，全在婉转关生，其章句不必整齐，而比兴略无沾滞，谓为冠冕，诚探本之论也。”③

5. 暨建安之初，五言腾跃。文帝、陈思[1]，纵辔以骋节[2]；王、徐、

---

① 黄霖编著《文心雕龙汇评》，上海古籍出版社，2005，第28–29页。

② 刘勰：《文心雕龙》，黄叔琳注，纪昀评，李详补注，刘咸炘阐说，戚良德辑校，上海古籍出版社，2015，第37页。

③ 刘勰：《文心雕龙》，黄叔琳注，纪昀评，李详补注，刘咸炘阐说，戚良德辑校，上海古籍出版社，2015，第39页。

应、刘，望路而争驱。并怜风月[3]，狎池苑[4]，述恩荣[5]，叙酣宴。慷慨以任气[6]，磊落以使才[7]。造怀指事[8]，不求纤密之巧；驱辞逐貌，唯取昭晢之能：此其所同也。

【注释】

[1] 文帝：魏文帝曹丕，字子桓。陈思：曹植，字子建，曹丕的弟弟。封于陈，死后加号“思”，所以称陈思王。

[2] 辔：马缰绳。节：节制。纵辔：放宽辔头驰骋争先。骋节：有节制地驰骋。

[3] 怜：爱。

[4] 狎：亲近。

[5] 恩荣：恩典荣宠。

[6] 任气：让志气充分发挥。任：听凭。

[7] 磊落：胸怀坦白。

[8] 造怀：抒写怀抱。指事：阐述事理。

【翻译】

到了建安初年，五言诗创作空前活跃。曹丕、曹植在文坛纵横驰骋；王粲、徐干、应玚、刘桢等作家，在创作道路上争相迈进；他们流连风光月色，徜徉清池名苑，述说身受的恩典荣宠，记叙酣畅的饮宴，慷慨豪放意气张扬，胸襟坦荡展示才华；抒怀叙事不图纤密细巧，运用文辞描摹物象只求清晰明了，这是他们的共同点。

【疏解】

曹学佺评论“‘怜风月’至‘磊落以使才’”四句，“彦和伤时之意也”，意即刘勰不能像魏晋才子那样任意挥洒其文学才华，伤其“时”不遇也。黄叔琳认为“慷慨以任气，磊落以使才”说出了建安文学的准确情形。① 刘咸炘认为：“‘不求纤密，唯取昭晰’，盖主于达意，得婉转之意，此建安之所以有《十九首》遗意也。其用比兴，率任自然，虽风月池苑而

① 黄霖编著《文心雕龙汇评》，上海古籍出版社，2005，第 29 页。

侈陈者甚尠。”①

6.（晋世群才）采缛于正始[1]，力柔于建安。

【注释】

[1] 采：辞采。缛：繁缛。

【翻译】

[西晋三张（张载、张协、张亢）、二陆（陆机、陆云）、两潘（潘岳、潘尼）、一左（左思）] 文采比正始时期繁缛，气力不如建安时代刚劲。

【疏解】

这是刘勰对西晋的评价，杨慎称之为“此千古不易之言”②。刘咸炘则对西晋诗歌“采缛”与“力柔”之间的关联进一步思考，认为，“采缛则力必柔”③。

7. 江左篇制[1]，溺乎玄风，羞笑徇务之志[2]，崇盛忘机之谈[3]。

【注释】

[1] 江左：这里指东晋。

[2] 嗤笑：讥笑。徇务：致力于政务。

[3] 忘机：忘掉机心。

【翻译】

东晋的诗歌创作，沉溺于玄谈风尚，耻笑献身世俗事务的志趣，崇尚淡忘功利机巧的清谈。

---

① 刘勰：《文心雕龙》，黄叔琳注，纪昀评，李详补注，刘咸炘阐说，戚良德辑校，上海古籍出版社，2015，第 39 页。

② 黄霖编著《文心雕龙汇评》，上海古籍出版社，2005，第 29 页。

③ 刘勰：《文心雕龙》，黄叔琳注，纪昀评，李详补注，刘咸炘阐说，戚良德辑校，上海古籍出版社，2015，第 39 页。

【疏解】

东晋诗坛受到清谈风气的影响，崇尚坐而论道的玄谈，讥笑致力世务的志向。这样的风气使得军备弛废，政令难行，东晋的灭亡与此大有关系。所以，“清谈（空谈）误国、实干兴邦”是千百年来人们从历史经验教训中总结出来的治国理政的一个重要结论。

8. 宋初文咏，体有因革；庄、老告退，而山水方滋[1]。俪采百字之偶[2]，争价一句之奇；情必极貌以写物，辞必穷力而追新[3]：此近世之所竞也。

【注释】

［1］滋：增多。

［2］俪：对偶。

［3］穷力：竭力。

【翻译】

宋初的诗歌，体制上有因袭也有变革，玄言诗逐渐退出诗坛，山水诗方兴未艾；追求上百字的对偶，因某个句子的奇特而竞相追逐；抒情要穷尽对于物象的描绘，遣词要尽力追逐新颖。这是近代诗坛竞相追求的。

【疏解】

黄叔琳认为，宋初的诗坛上，竞相追求骈偶之长，语句求新求奇，这样的风气东晋谢灵运就为之倡导了。刘咸炘认为：“极貌写物，穷力追新，惟大谢足当。”①

9. 若妙识所难，其易也将至；忽以为易，其难也方来。

【翻译】

如果深刻地认识到写诗的难处，觉得写诗容易的情形就要来了；如果

① 刘勰：《文心雕龙》，黄叔琳注，纪昀评，李详补注，刘咸炘阐说，戚良德辑校，上海古籍出版社，2015，第39页。

轻视写诗之难、以为轻易就能写出诗来，那创作艰难的时刻也就快来了。

【疏解】

这是刘勰对于写诗难易的辩证看法。有意思的是，此话可以指导我们辩证地看待生活、学习、工作中的“难”与“易”问题。张师国庆先生曾以此句鼓舞攻读博士的弟子们——“妙识所难，其易也将至；忽以为易，其难也方来。”这句话启示我们，要充分认识困难的复杂性，只有这样才可以化难为易；反之，思想上放松，精神上不够重视，则就算很容易的问题也不能好好解决。

10. 民生而志[1]，咏歌所含。兴发皇世[2]，风流二《南》[3]。神理共契[4]，政序相参[5]。英华弥缛[6]，万代永耽[7]。

【注释】

[1] 民生而志：民生来就有情感意志。

[2] 皇世：指上古时期的伏羲、神农、黄帝三皇之世。

[3] 风流：流风余韵，这里指诗歌的传统。二《南》：指《诗经》中的《周南》《召南》，代指《诗经》。

[4] 神理共契：“神”与“理”相契合而成诗。

[5] 政序：政治更替之顺序。

[6] 英华：精华。弥缛：更加繁多。

[7] 耽：喜爱、爱好。

【翻译】

人生来都有感情意志，吟咏诗歌的根子就扎在这里了。诗歌产生于上古三皇的时代，其风韵流播在周南、召南地区。它是精神与事理相契合的产物，并可参看当时的政治秩序。优秀的诗歌便会越来越繁荣，它的文采丰富，具有不朽的价值，为后世万代的人所永远爱好。

【疏解】

“民生而志，咏歌所含”合于“诗言志”的传统认识，但刘勰认为“生而有志”则情感意志的自然生发就推到了先民时代，所以在诗歌的起源问题上，刘勰主张“兴发皇世”，即上古的三皇时代。此观点与郑玄在《诗谱序》的“诗之兴也，谅不于上皇之世”意义相反。不过，有学者认为，郑玄的说法可能是“诗之兴也，谅不出于上皇之世”，如此，则刘勰的思想与郑玄的思想相通。沈约也有“歌咏所兴，宜自生民始也”（《宋书·谢灵运传论》）的观点，反映了沈约与刘勰在诗歌起源问题上的一致看法。

鲁迅对此问题有很有趣味的阐发。“我们的祖先的原始人，原来是连话也不会说的，为了共同劳作，必需发表意见，才渐渐的练出复杂的声音来，假如那时大家抬木头，都觉得吃力了，却想不到发表，其中有一个叫道‘杭育杭育’，那么，这就是创作；大家也要佩服，应用的，这就等于出版；倘若用什么记号留存了下来，这就是文学；他当然就是作家，也是文学家，是‘杭育杭育派’。”①

“我想，在文艺作品发生的次序中，恐怕是诗歌在先，小说在后的。诗歌起于劳动和宗教。其一，因劳动时，一面工作，一面唱歌，可以忘却劳苦，所以从单纯的呼叫发展开去，直到发挥自己的心意和感情，并偕有自然的韵调；其二，是因为原始民族对于神明，渐因畏惧而生敬仰，于是歌颂其威灵，赞叹其功烈，也就成了诗歌的起源。”②

综合来看，鲁迅先生也认为：诗歌起源于原始先民时代，具体来说，可能起源于原始生民的劳动和宗教。

---

① 鲁迅：《鲁迅全集·且介亭杂文·门外文谈》，人民文学出版社，1973，第99-100页。

② 鲁迅：《鲁迅作品精选·理论：中国小说的历史的变迁》，中国文史出版社，2002，第318页。

《乐府》第七

1. 夫乐本心术[1]，故响浃肌髓[2]。先王慎焉，务塞淫滥[3]；敷训胄子[4]，必歌九德[5]：故能情感七始[6]，化动八风[7]。

【注释】

[1] 心术：运用心思的方法，这里指思想情感的表述。

[2] 浃：深入透彻。

[3] 塞：堵塞，防止。淫：过分，不节制。滥：不恰当，不切实。

[4] 敷：实施。胄子：贵族子弟。

[5] 九德：即“九功之德”，九功是指有关国计民生的九种大事，这里泛指各种政治措施。

[6] 七始：指天、地、人和春、夏、秋、冬。

[7] 化：教化。八风：八方的风俗。

【翻译】

音乐根源于内心思想情感活动，所以声响深入人的肌肤骨髓。先王敬慎，致力于阻止其淫邪泛滥。教育贵族子弟时，一定要选择有关政治功德的乐曲：所以，乐曲中所表达的情感，起源于对天地人和春夏秋冬四时的感触；其教育作用可以远达四面八方。

【疏解】

纪昀评：“务塞淫滥”四字为一篇（按：指《乐府》篇）之纲领。刘咸炘认为，（乐府）被于歌乐，主于声容，故敷陈多而“响浃肌髓”①。

颐和园长廊挂有“化动八风”的匾额，也有着教化无远不至的政治寓意（见图7）。

图7　颐和园石文亭“化动八风”蝠式匾

上部正中有“慈禧皇太后御笔之宝”的钤印。

2.《桂华》杂曲[1]，丽而不经[2]；《赤雁》群篇[3]，靡而非典[4]。

【注释】

[1]《桂华》：据《汉书·礼乐志》，汉高祖姬唐山夫人作《安世房中歌》，其中第十章为《桂华》。

[2] 丽而不经：华丽但不合经典。

[3]《赤雁》：据《汉书·礼乐志》，汉武帝太始三年（公元前94年）行幸东海获赤雁作《赤雁》篇。

[4] 靡而非典：浮夸而不合典制。

【翻译】

《桂华》等驳杂乐曲，华丽而不合正道；《赤雁》等众多篇章，浮靡而不合典则。

【疏解】

纪昀认为：《桂华》“尚不至于‘不经’”，《赤雁》等篇“亦不得目

① 刘勰：《文心雕龙》，黄叔琳注，纪昀评，李详补注，刘咸炘阐说，戚良德辑校，上海古籍出版社，2015，第47页。

之为‘靡’”，但刘勰“深恶涂饰，故矫枉过正。”① 刘勰评论《桂华》《赤雁》篇“不经”“非典”，其实和刘勰深受儒家思想影响，遵守“依经立义”的立场有关系。

3. 自雅声浸微[1]，溺音腾沸，秦燔《乐经》[2]，汉初绍复[3] ……虽摹《韶》《夏》，而颇袭秦旧，中和之响，阒其不还[4]。……暨后汉郊庙，惟新雅章，词虽典文，而律非夔、旷[5]。

【注释】

[1] 浸：渐渐。微：衰微。

[2]《乐经》：相传是《六经》之一。有人认为根本没有这部书（见邵懿辰《礼经通论》），也有人认为秦始皇时并未烧掉它（见范文澜《文心雕龙注·乐府》）。

[3] 绍复：继承恢复。

[4] 阒（qù）：没有声音。

[5] 夔：舜帝时的乐官。旷：指先秦晋国乐官，著名音乐大师师旷，称为乐圣。

【翻译】

自从雅正的音乐逐渐衰微，淫溺的音乐就逐渐兴盛沸腾了。秦朝燔烧乐经，汉初继承恢复……（汉高祖时创作的《武德》，汉文帝时创作的《四时》等歌舞），虽然模仿《韶》《夏》的音乐，却还是沿袭秦乐的旧貌，中正平和的雅乐，沉寂而不再复还……到了后汉祭天祭祖庙，杂用一些古雅乐章，歌词虽然典正文雅，音律却已不合夔、师旷的古调了。

【疏解】

杨慎曾痛惜雅乐的消亡，说“乐声之亡，千古心恨”②。

---

① 刘勰：《文心雕龙》，黄叔琳注，纪昀评，李详补注，刘咸炘阐说，戚良德辑校，上海古籍出版社，2015，第 47 页。

② 黄霖编著《文心雕龙汇评》，上海古籍出版社，2005，第 32 页。

4. 至于魏之三祖[1]，气爽才丽，宰割词调[2]，音靡节平[3]。观其《北上》众引[4]，《秋风》列篇[5]，或述酣宴[6]，或伤羁戍[7]，志不出于慆荡[8]，辞不离于哀思，虽三调之正声[9]，实《韶》《夏》之郑曲也[10]。

【注释】

［1］魏之三祖：曹操被追尊为太祖，曹丕为高祖，曹睿为烈祖，合称三祖。

［2］宰割：分裂。词调：指汉乐府。宰割词调：指曹操等人以古题乐府写与古题无关的内容，即古题乐府写时事。

［3］音靡：音调浮靡。节平：节奏平庸。

［4］引：乐曲。《北上》：指曹操的《苦寒行》，其首句是“北上太行山”。

［5］《秋风》：指曹丕的《燕歌行》，其首句是“秋风萧瑟天气凉”。

［6］酣：痛饮。

［7］羁戍：指士兵出征守边不归。

［8］慆荡：放荡。

［9］三调：指汉乐府中的《平调曲》《清调曲》《瑟调曲》。

［10］《韶》《夏》：是舜、禹时期的雅乐。郑曲：郑国的音乐。孔子曾说“郑声淫”（《论语·卫灵公》，后儒多以郑声为不正派的音乐。

【翻译】

到了魏国的三祖，意气骏爽才华富丽，割裂乐府原有词调，音调浮靡节奏平淡。看看“北上”等歌曲，“秋风”等篇章，有的描述酣畅宴饮，有的伤感困苦远征，情志不外乎放荡，文辞离不开哀思，虽然算是三调里的正声，实在属于《韶》《夏》中的郑曲。

【疏解】

纪昀评论，“此乃折出本旨，其意为当时宫体竞尚轻艳发也。”① 言下

① 刘勰：《文心雕龙》，黄叔琳注，纪昀评，李详补注，刘咸炘阐说，戚良德辑校，上海古籍出版社，2015，第47页。

之意，《乐府》篇谈论的是诗歌的音乐问题，但本段话不谈音乐问题，而是谈论诗词内容，这样说虽与本旨不合，却对当时文坛轻艳文风有所批判。刘咸炘也认为，“魏以后词多径直矣，取达其意，故淫荡哀思，善入人耳。彦和评为‘韶夏郑曲’，盖探其意旨也。”①

5. 故知诗为乐心，声为乐体。乐体在声，瞽师务调其器[1]；乐心在诗，君子宜正其文。

【注释】

[1] 瞽师：古代宫廷用盲人作乐师。

【翻译】

所以知道诗歌是音乐的心灵，声调是音乐的形体。既然音乐的形体在于声调，乐师一定要调整好他的乐器；既然音乐的心灵在于诗歌，君子应当要端正好他的文辞。

【疏解】

曹学佺认为：“先心后器，先诗后声，此极得论乐府之体。”② 黄叔琳评论此段话——“语语透宗”，意即每句话都显出其宗旨。刘咸炘也认为这是刘勰的“探本”之论，“侧重乐心，意先正，文旨归于雅正。律调之从违，犹其末也。有障狂澜之功。”③ 言下之意，让人沉溺的淫辞郑曲有如狂澜，而刘勰搬出“诗心诗体”之论，对此狂澜有巨大的劝阻作用。

6. 若夫艳歌婉娈[1]，怨诗诀绝[2]，淫辞在曲，正响焉生?

【注释】

[1] 婉娈：亲爱的样子。

---

① 刘勰：《文心雕龙》，黄叔琳注，纪昀评，李详补注，刘咸炘阐说，戚良德辑校，上海古籍出版社，2015，第47页。

② 黄霖编著《文心雕龙汇评》，上海古籍出版社，2005，第32页。

③ 刘勰：《文心雕龙》，黄叔琳注，纪昀评，李详补注，刘咸炘阐说，戚良德辑校，上海古籍出版社，2015，第47页。

[2] 诀：割断联系。

【翻译】

至于艳歌婉转缠绵，怨诗辞语决绝，淫邪的辞语存在歌曲之中，雅正的音调哪里还能够产生？

【疏解】

曹学佺认为，“此非声之罪也，辞之罪也”①。但黄叔琳认为，“声诗虽别，亦必无诗淫而声雅者。固知郑声既淫，则诗不待言。”②

7. 八音摛文[1]，树词为体[2]。讴吟坰野[3]，金石云陛[4]。《韶》响难追[5]，郑声易启[6]。岂惟睹乐[7]？于焉识礼[8]。

【注释】

[1] 八音：指金（如钟）、石（如磬）、土（如埙）、革（如鼓）、丝（如琴）、木（如柷）、匏（如笙）、竹（如篪）为原料做成的八种乐器。摛：发布。文：文采，这里指音乐悦耳动听。

[2] 树：创作。体：主体。

[3] 坰野：郊野。

[4] 金石：钟磬类乐器，八音中的两种，这里泛指音乐。陛：宫殿的高阶。云陛：刻有云纹的阶石，这里指宫殿。

[5]《韶》：舜时乐曲，这里用舜乐来代表古代优良的音乐。

[6] 郑声：靡靡之音。启：发展。

[7] 岂惟：岂止是。

[8] 于焉：于此。识礼：识别礼仪的兴废，如“季札观乐”。

【翻译】

用八种乐器演奏的乐曲，都用好的辞藻来作为它的骨干。村野里有民

① 黄霖编著《文心雕龙汇评》，上海古籍出版社，2005，第33页。

② 刘勰：《文心雕龙》，黄叔琳注，纪昀评，李详补注，刘咸炘阐说，戚良德辑校，上海古籍出版社，2015，第47页。

歌吟唱，宫廷中谱制成种种乐章，钟磬齐鸣。卓越古雅的《韶》乐难以企及，浮靡的俗曲却容易流传。从这里不仅看到了音乐的演变，也借此来认识礼制的兴衰。

【疏解】

刘咸炘认为，赞末话语有深意，表达了“礼乐相关”的意思。其实，礼乐相依的思想在先秦儒家即已有认识，孔子就说过：“礼云礼云，玉帛云乎哉？乐云乐云，钟鼓云乎哉？”（《论语·阳货》）

《诠赋》第八

1.《诗》有“六义”，其二曰赋。赋者，铺也，铺彩摛文[1]，体物写志也。昔邵公称：“公卿献诗，师箴瞍赋①。”[2]《传》云：“登高能赋，可为大夫。”[3] ……刘向明“不歌而颂”[4]，班固称“古诗之流也”[5]。

赋也者，受命于《诗》人，而拓宇于《楚辞》者也[6]。

【注释】

［1］摛：分布。

［2］邵公：即召公，姓姬名奭，周初封于召（今陕西省岐山县西南）。“公卿献诗，师箴瞍赋”，语出《国语·周语上》，原文是“故天子听政，使公卿至于列士献诗，瞽献曲，史献书，师箴，瞍赋，蒙诵。”瞍：没有瞳仁的盲人。蒙：有瞳仁的盲人。

［3］《毛诗·墉风·定之方中》传：“升高能赋……可以为大夫。”

［4］《汉书·艺文志》“不歌而颂谓之赋”，此说源于刘向《别录》。

［5］班固《两都赋序》：“赋者，古诗之流也。”

［6］受命：受名，得名。拓宇：开拓疆界。

【翻译】

《诗经》有“六义”的说法，列第二的叫“赋”。赋就是铺示，就是铺陈文辞展示华彩，体察外物以抒写情志。以前邵公有言：“公卿献诗，师箴、瞍赋。”毛传：“登高能赋，可为大夫。”……刘向说明“不歌唱只

① 按：戚良德辑校本《文心雕龙》定为“瞽赋”，但《国语·周语上》原文应是“瞍赋”，故从“瞍赋”。

诵读的叫赋”，班固说赋是古代诗歌发展出来的一个支流。……赋这种文体源出《诗经》，而在楚辞中有了广阔的发展空间。

【疏解】

这是关于“赋”的几种释义。“赋者，铺也；铺彩摛文，体物写志也”，侧重于从“赋”的功能定义。“瞍赋”侧重于从主体角度来定义。“登高能赋”乃大夫“九能”之一，登高能赋则可见作者的才华，这是考察其政治才能的重要途径。“不歌而颂谓之赋”侧重于赋的表现形式，不需要有“歌”的配合；“古诗之流”将赋看作诗的一个分支。“受命于《诗》人，拓宇于《楚辞》”，则看重《楚辞》在赋的发展中的重要推动。

纪昀评论：“‘铺采（彩）摛文’，尽赋之体；‘体物写志’，尽赋之旨。”①

3. 遂客主以首引[1]，极声貌以穷文。[2]

【注释】

[1] 客主首引：汉赋常用主客两人对话的形式开端。

[2] 极声貌以穷文：极力形容事物的声貌，尽力展示华丽的文采。

【翻译】

汉赋往往用主、客对话开篇，极力描绘事物的形貌，尽力展示华丽的文采。

【疏解】

这句话揭示了汉赋形式上的特点。一是客主问答的形式。二是极力铺排外物的声貌。前者让赋体结构比较完整，后者让作者的表现力得以尽情展示。

4. 若夫京殿苑猎[1]，述行叙志[2]，并体国经野[3]，义尚光大。

---

① 刘勰：《文心雕龙》，黄叔琳注，纪昀评，李详补注，刘咸炘阐说，戚良德辑校，上海古籍出版社，2015，第53页。

【注释】

[1] 京殿：描写京城和宫殿的赋，如班固的《两都赋》、王延寿的《鲁灵光殿赋》等。苑猎：描写苑囿和狩猎的赋，如司马相如的《上林赋》，扬雄的《羽猎赋》等。

[2] 述行：写远行的赋，如班彪的《北征赋》，班昭的《东征赋》等。叙志：抒写自己志向的赋，如班固的《幽通赋》、张衡的《思玄赋》等。这类作品常常带有自传的性质。

[3] 体国经野，这是《周礼·天官·冢宰》中的话，意思是进行全国范围内的重要规划。体：划分。国：城中。经：丈量。野：郊外。

【翻译】

至于说到京殿、苑猎的描写，述行、叙志之作，都关乎王者建国盛事，义在光大鸿业。

【疏解】

这是汉代大赋的主要内容和基本价值。

5. 至于草区禽族，庶品杂类[1]，则触兴置情，因变取会[2]。拟诸形容[3]，则言务纤密；象其物宜[4]，则理贵侧附。斯又小制之区畛，奇巧之机要也。

【注释】

[1] 草区禽族，庶品杂类：指草木、禽兽、杂物。区、族：都是类的意思。

[2] 取会：取合，求其合于物象。

[3] 拟诸形容：描写其形貌。

[4] 象其物宜：比拟其内含之理。

【翻译】

至于草、木、禽、兽，各类杂物，则能让作者触物起兴、安置相应的情感内容，因循变化求取心物的会合；诉诸文字形容，言辞要细致贴切；

描摹物象要与其特征吻合，事理表述以切附物象为贵。这又属小赋制作的范围，以奇巧求胜的诀窍了。

【疏解】

这段话点出了汉代小赋的特点：(1) 内容为微小之物；(2) 作者触物生情而作，有感而发；(3) 描写真切，寓理于物。“拟诸形容”“象其物宜”出自《周易·系辞上》，刘勰对于小赋的艺术特征的归纳是依经而立义的。刘咸炘认为，“拟诸形容，则言务纤密；象其物宜，则理贵侧附”，四句极妙，书写实物的赋是这样，书写虚象的赋也是如此（“实物固然，虚象亦是”）①。

6. 原夫登高之旨，盖睹物兴情。情以物兴，故义必明雅；物以情睹，故辞必巧丽[1]。丽词雅义[2]，符采相胜[3]。

【注释】

[1] 巧丽：巧妙华丽。

[2] 义：作品里边所表达的意义，也就是作品的内容。

[3] 符采：玉石的纹理光彩。相胜：相称，相配。

【翻译】

推原“登高能赋”的旨趣，大概在于触景生情。由于内心的情感是因外物触发而兴起，那么作品内容必定要清明雅正；事物通过作者情感来体现，那么文辞必然巧妙华丽。巧丽的文辞，雅正的含义，像美玉和它的花纹，凝为一体，相得益彰。

【疏解】

“情以物兴，物以情睹”，点出了情与物之间的双向互动关系。一方面，主体因感于外物而兴发情感，另一方面，主体也移情于外物，使外物带上了主体的情感，王国维所谓“以我观物，故物皆著我之色彩”也。

① 刘勰：《文心雕龙》，黄叔琳注，纪昀评，李详补注，刘咸炘阐说，戚良德辑校，上海古籍出版社，2015，第55页。

“丽词雅义，符采相胜”，合乎“文质彬彬”之意。

7. 赋自诗出[1]，异流分派[2]。写物图貌，蔚似雕画[3]。抑滞必扬[4]，言旷无隘[5]。风归丽则[6]，辞翦稊稗[7]。

【注释】

［1］诗：指《诗经》。

［2］异流分派：分出不同的支派，主要指大赋、小赋。

［3］蔚：繁盛，这里指文采的丰盛。

［4］抑：压制。滞：凝滞不通畅。扬：使之通畅明白。抑滞必扬：尚未被阐述清楚的事理，必定要加以阐扬。

［5］旷：广阔。隘：仄陋、窘迫。

［6］风：教化。丽则：文辞华丽而合乎准则，即要讲究“丽辞雅义”。

［7］翦：除去。稊：似谷的杂草。稗：稗子。稊稗：稻田里的杂草，这里指芜杂的言辞。

【翻译】

赋体是由《诗经》中分出，又形成大赋、小赋两个支派。写景状物是赋的特长，华美有如雕篆画图。描写飞扬毫无滞塞，言辞畅达毫无阻碍。有益风化丽而有则，杂芜文辞一概剪除。

【疏解】

纪昀认为，“分歧异派”（按：即“异流分派”），非指赋与诗分，乃指“京殿”一段、“草区”一段言之，而其语仍侧注小赋一边。

《颂赞》第九

1. 夫化偃一国谓之风[1]，风正四方谓之雅[2]，雅容告神谓之颂[3]。风雅序人[4]，故事兼变正[5]；颂主告神，故义必纯美[6]。

【注释】

[1] 化：教化。偃：仰面躺倒。化偃：全面、彻底地感化，喻指影响力之大。

[2] 风：指风俗。四方：天下。风正四方：端正天下风尚。

[3] 雅容告神：通行本作“容告神明”：敦煌唐写本作“雅容告神”，即通过端正的舞姿来禀告神明。

[4] 序：叙。序人：叙人事。

[5] 变正：指《诗经》有“正风”“正雅”“变风”“变雅”之分。据郑玄《诗谱序》，周懿王至陈灵公时期的作品为“变风”“变雅”，周懿王以前的作品属于“正风”“正雅”。“变风”“变雅”大部分反映的是周政衰弱的作品。

[6] 纯美：纯正美好（指颂没有正、变之分）。

【翻译】

能够化感一国的诗叫作“风”，端正天下风尚的诗叫作“雅”，用端正的舞姿来禀告神明的诗叫作“颂”。风和雅记叙人事，所以有正、变之分；颂以禀告神明为主，所以必定纯美。

【疏解】

刘勰此段文字，多承《毛诗序》而发。如“风雅颂”的含义：“一国之事，系一人之本，谓之风”，“言天下之事，形四方之风，谓之雅”，“颂者，美盛德之形容，以其成功告于神明者也”；再如“变风”“变雅”的含义：“至于王道衰，礼义废，政教失，国异政，家殊俗，而变风变雅作矣”。

曹学佺评：“颂亦本于风雅，故挚虞曰：‘杂以风雅而不变旨趣’。”①纪昀评：“此颂之本始”。②

2. 夫民各有心，勿壅惟口[1]。

【注释】

[1] 壅：堵塞，筑堤防水。

【翻译】

老百姓各有各的想法，如果防止人说话像防堵河流一样用堵塞的办法，是不行的。

【疏解】

民各有心，语出《诗经·大雅·抑》：“其维愚人，覆谓我僭，民各有心。”刘勰将《诗经》里的“民各有心”和《国语》里的“防民之口，甚于防川”融合为“民各有心，勿壅惟口”的警句，“民各有心”表原因，“勿壅惟口”表结论，联合起来表明要尊重民意。

3. 挚虞品藻[1]，颇为精核[2]；至云“杂以风雅”[3]，而不辨旨趣[4]，徒张虚论，有似黄白之伪说矣[5]。

【注释】

[1] 挚虞：西晋学者。品藻：评论，指挚虞《文章流别论》中有关颂的评论。

[2] 精核：精确。

[3] 杂以风雅：《文章流别论》中说：“傅毅《显宗颂》，文与《周颂》

① 黄霖编著《文心雕龙汇评》，上海古籍出版社，2005，第38页。

② 周振甫注《文心雕龙注释》，人民文学出版社，1981，第97页。

相似，而杂以风雅之意。”

［4］旨趣：宗旨意义，指基本意义。

［5］黄白：黄铜白锡。

【翻译】

挚虞《文章流别论》对颂的品评，相当精确；至于说“傅毅的《显宗颂》夹杂风雅”，却没弄清其根本意义，徒然声张一些不合实际的议论，就像古代用黄铜白锡相杂来铸剑的谬论差不多。

【疏解】

“黄白伪说”源出《吕氏春秋》：“相剑者曰：‘白所以为坚也，黄所以为韧也，黄白杂则坚且韧，良剑也。’难者曰：‘白所以为不韧也，黄所以为不坚也。黄白杂则不坚且不韧也。又柔则卷，坚且折。剑折且卷，焉得为利剑？”①，一般将其比喻为不切实际的谬论。但此一典故或许可以有另外的理解：即不同的事物各有优缺点，它们的组合既可能是不同优点的组合，也可能是不同缺点的组合。刘勰认为，挚虞可能看到的是傅毅等人的作品“颂”杂“风雅”的优点，但从精神旨趣而言，这些作品“颂”杂“风雅”恰恰显现的是缺点。

4. 原夫颂惟典懿[1]，词必清铄[2]。敷写似赋[3]，而不入华侈之区[4]；敬慎如铭[5]，而异乎规戒之域。揄扬以发藻[6]，汪洋以树仪[7]。

【注释】

［1］典懿：典雅美好。

［2］清铄：纯粹而有光彩。

［3］敷：散布，陈述。

［4］华侈：过分华丽。侈：太多。

［5］铭：一种以警诫为主的文体。

［6］揄扬：引举称赞。藻：文辞。

---

① 陆玖译注《吕氏春秋》，中华书局，2011，第922页。

[7] 汪洋：广阔。

【翻译】

“颂”的写作，本来是要求内容雅正美好，文辞明丽，铺张叙写近似于赋，但不流于过分华靡的境地；严肃庄重有如“铭”，但又和“铭”的规劝警诫意义不同。颂是本着颂扬的基本要求来敷陈文采，气势恢宏而树立表率。

【疏解】

黄叔琳认为：陆机《文赋》所谓“颂优游以彬蔚”，不及刘勰此段议论切合颂体。刘咸炘认为，（“敷写似赋，而不入华侈之区；敬慎如铭，而异乎规戒之域”）“四句极精当。①”

5.（赞）本其为义，事生奖叹，所以古来篇体，促而不旷[1]。必结言于四字之句，盘桓乎数韵之词[2]；约举以尽情，昭灼以送文[3]：此其体也。

【注释】

[1] 促：短。旷：长。

[2] 盘桓：环绕。数韵：指篇幅不长。韵文一般两句一韵，数韵则在二十句之内。

[3] 昭灼：明显。送：指写下去。

【翻译】

从赞的本义来看，它产生于对嗟叹的襄助，所以从古以来，赞的篇幅都短促不长。都是用四言句子，大约在一二十句左右；简单扼要地讲完内容，清楚明白地写成文辞：这就是它的文章体制。

【疏解】

“赞”的初始意义是“明”“助”，后来才发展为“赞美”。刘咸炘认

---

① 刘勰：《文心雕龙》，黄叔琳注，纪昀评，李详补注，刘咸炘阐说，戚良德辑校，上海古籍出版社，2015，第 61 页。

为："'事生奖叹''促而不旷'，八字极分明。①"

6. 镂影摛声[1]，文理有烂[2]。年迹愈远，音徽如旦[3]。

【注释】

[1] 镂：雕刻。影：像。镂影：描绘形象。摛声：这里指描写、发挥声韵之美。

[2] 文理：指文章有条理。烂：灿烂，鲜明。

[3] 音徽：即美好的德音，指雅正的颂赞。旦：初升的太阳，引申为光辉。

【翻译】

描绘形象，组成声韵，文采情理光彩绚烂。年代印迹越是久远，美好的德音像初升的太阳。

【疏解】

"音徽"典出《诗经·大雅·思齐》"大姒嗣徽音"，徽：美、善；徽音：犹德音。

---

① 刘勰：《文心雕龙》，黄叔琳注，纪昀评，李详补注，刘咸炘阐说，戚良德辑校，上海古籍出版社，2015，第61页。

《祝盟》第十

1. 牺盛惟馨[1]，本于明德；祝史陈信[2]，资乎文词。

【注释】

[1] 牺盛（chéng）：祭品。牺：指用于祭祀的牛羊。盛：指放在祭器中的谷类。馨：香气。

[2] 祝史：负责祭祀祝辞的官名。

【翻译】

向神灵供奉馨香的祭品，源于美好的德行；祝史陈说诚信，要借助文辞。

【疏解】

“牺盛惟馨，本于明德”的思想，源于《尚书·召陈》：“黍稷非馨，明德惟馨。”孔安国传：“所请芬芳，非黍稷之气，乃明德之馨。”“明德惟馨”的儒家观念，体现了儒家“以德为本”的伦理观。

据夏成钢《湖山品题：颐和园匾额楹联解读》，颐和园鉴远堂有匾额“德音惟馨”①。

2. 昔伊耆始蜡[1]，以祭“八神”[2]。其词云：“土反其宅[3]，水归其壑，昆虫无作，草木归其泽[4]。”则上皇祝文[5]，爰在兹矣。

① 夏成钢：《湖山品题：颐和园匾额楹联解读》，北京出版社，2019，第353页。

【注释】

［1］伊耆：古帝名，一说为神农、一说为尧。蜡（zhà）：年终的祭祀。

［2］八神：《礼记·郊特牲》郑玄注为：先啬（祭神农）、司啬（祭后稷）、农（祭田官）、邮表畷（在田间的连接处有守望庄稼用的邮亭，故祭之）、猫虎（猫虎吃野鼠野兽，故祭之）、坊（祭堤坊）、水庸（祭水沟）、昆虫（祭昆虫，以免虫害）。《史记·封禅书》和《汉书·郊祀志》都说秦祀八神为：天主、地主、兵主、阴主、阳主、月主、日主、四时主。

［3］反：返回。宅：住所，指土的本来位置。

［4］泽：积聚之处。

［5］上皇：指伊耆氏。

【翻译】

从前伊耆开始蜡祭，祭祀八位神灵。他的祭辞说："泥土返回原位，水流归向沟壑，昆虫不要兴作，草木归生山泽。"上古帝王的祝文，就在这里了。

【疏解】

这是古文献中的祝祷之词，既是农人祀神之文学，也是原始先民在长期遭受自然灾害之后发出的无奈祈祷。纪昀认为这是"祝之缘起。"①

3. 舜之祠田云[1]："荷此长耜[2]，耕彼南亩，与四海俱有[3]。"利民之志，颇形于言矣。

【注释】

［1］祠：春天的祭祀叫祠。

［2］耜（sì）：一种翻土的农具。

［3］与四海俱有：《困学纪闻》卷十引《尸子》作"与四海俱有其利"。

---

① 刘勰：《文心雕龙》，黄叔琳注，纪昀评，李详补注，刘咸炘阐说，戚良德辑校，上海古籍出版社，2015，第66页。

【翻译】

虞舜在春天的祭田辞中说："扛着长耜，在南亩农田上努力耕作，四海之人都丰收。"为民谋利的思想，彰显在言辞中了。

【疏解】

詹锳认为，纪昀所谓"祝之缘起"，包含了伊耆氏蜡辞和舜祠田辞。伊耆氏为古之天子，一说为唐尧，所以伊耆氏和虞舜的祝文并列为祝的起源，是有道理的。

4. 凡群言务华[1]，而降神务实[2]；修辞立诚[3]，在于无愧。祈祷之式，必诚以敬；祭奠之楷[4]，宜恭且哀：此其大较也。

【注释】

[1] 群言：此处指各种文章。务华：文采焕发。

[2] 降神：即请神享祭。降神务实：迎神的祝告要力求信实。

[3] 修辞立诚：语本《周易·乾·文言》："修辞立其诚，所以居其业也。"意为修辞要求真诚，不说虚假浮夸的话。

[4] 祭奠之楷：祭奠文的法式。

【翻译】

其他的文体都可以讲求文采，降神的文章一定要切实，修饰文辞要有真诚之心意，措辞要诚恳，做到问心无愧。祈祷文的格式，须诚恳而恭敬；祭奠文的格式，应恭敬而哀伤。这就是写祝祷文的大致要求。

【疏解】

刘勰指出祈祷文和祭奠文的格式，要"实""诚""无愧"。纪昀评论"祈祷之式，必诚以敬；祭奠之楷，宜恭且哀"，认为这是老生常谈，但用这个标准来衡量祈祷文和祭奠文，合格的也很少，正可谓"三岁小儿道得，八十老翁行不得也"。①

① 刘勰：《文心雕龙》，黄叔琳注，纪昀评，李详补注，刘咸炘阐说，戚良德辑校，上海古籍出版社，2015，第67页。

5. 义存则克终，道废则渝始[1]；崇替在人[2]，祝何豫焉[3]？

6. 信不由衷，盟无益也。

7. 忠信可矣，无恃神焉[4]。

【注释】

[1] 渝始：指违背最初的盟誓。

[2] 崇替：兴废。

[3] 豫：参与。

[4] 恃：依靠。

【翻译】

（任何盟誓），只有坚持道义才能贯彻到底，道义不存，就会违背原来的盟誓。可见国家的盛衰，事在人为，盟誓咒辞又有何相干呢？

诚信如果不是出自内心，订立盟约也是毫无用处的。

讲求忠信就可以了，不要依靠神灵啊！

【疏解】

刘勰强调盟誓要出自精诚、诚信，如果只是形式上诅咒发誓，却不是出自内心的真诚忠信，订盟也没有用。刘勰虽然也是迷信神的，但在此文中刘勰强调讲忠信，不靠神，显示出他的通达眼光。

“信不由衷，盟无益也”，结合《左传》“信不由中，质无益也”① “苟信不继，盟无益也”② 而立说，属于依经立义。

---

① （晋）杜预注，（唐）孔颖达等正义《十三经注疏·春秋左传正义》，上海古籍出版社，1997，第1723页。

② （晋）杜预注，（唐）孔颖达等正义《十三经注疏·春秋左传正义》，上海古籍出版社，1997，第1756页。

《铭箴》第十一

1. 铭者，名也[1]。观器必名焉[2]，正名审用[3]，贵乎慎德[4]。

【注释】

[1] 名：指名称。

[2] 观器：观察、认识器物。

[3] 正名：孔子说“必也正名”，这里借指正定器物的名称。审用：审察器物的作用。

[4] 慎德：美德。

【翻译】

“铭”就是名称。观察器物一定要认清楚名称，确定器物的名称，考察其功用，突出其美好的德行。

【疏解】

铭的定义与孔子的“正名论”联系在一起，正名就是使器物与其名称相应，“名不正则言不顺，言不顺则事不成”。“审用”就是要看器物的功用来作铭文，如“盘盂”是盥洗用的器皿，成汤就刻上“苟日新，日日新，又日新”的铭文。

2. 盖臧武仲之论铭也[1]，曰：“天子令德[2]，诸侯计功，大夫称伐[3]。”

【注释】

[1] 臧武仲：春秋时鲁国大夫。

[2] 令德：美德。

[3] 称：称赞。伐：指征伐时的劳苦。

【翻译】

臧武仲谈到铭文，说："对天子应以颂扬他的美德为主，对诸侯应以肯定他的功勋为主，对大夫应称赞他征伐的劳苦。"

【疏解】

铭有两种，一是记功德，二是表警诫。臧武仲所说的三种情形都属于记功德之类。但是针对不同身份、不同地位的人，铭文的内容也有不同，这也反映出铭文具有深刻的等级观念。

3. 曾名品之未暇[1]，何事理之能闲哉[2]！

【注释】

[1] 暇：空暇。

[2] 闲：即"娴"，熟练。

【翻译】

连名称、品级都无暇顾及，又怎能熟知事理呢！

【疏解】

李尤写过一些铭文，但不能很好把握事物的品级与事理，"蓍甲神物，而居博弈之下；衡斛嘉量，而在杵臼之末"（蓍甲铭排在博弈铭之后，衡斛铭放在杵臼铭之末），蓍甲可以预测天机，是通神之物，天平和斛斗用来称量物体，是美好的量器，李尤却把它们和一些玩物及一些普通的器物混在一起，这不仅是排列不当的问题，也是他对器物的名品没有考虑，更可看出他不辨事理。由此可知，铭文确实和"正名审用"密切相关。

刘咸炘认为，"曾名品之未暇"是彦和"论文辨体精处"①，意思是刘勰的文体论二十篇特别关注事物的名品与事理（这也反映出刘勰受儒家思

---

① 刘勰：《文心雕龙》，黄叔琳注，纪昀评，李详补注，刘咸炘阐说，戚良德辑校，上海古籍出版社，2015，第74页。

想影响，重视文本的规范与社会功用)，这是刘勰文体论的精妙之处。

4. 箴者，针也[1]；所以攻疾防患，喻箴石也[2]。

【注释】

[1] 箴：劝告。针：针刺治病。

[2] 箴石：即石针，古代用石针治病。

【翻译】

箴，就是针刺，用以批评过错，防止祸患，好比治病的石针。

【疏解】

关于箴的定义，突出其面对现实问题的针对性，并追求解决问题的有效性。

5. 夫箴诵于官，铭题于器；名用虽异，而警戒实同。箴全御过，故文资确切；铭兼褒赞，故体贵弘润[1]。其取事也必核以辨[2]，其摛文也必简而深[3]：此其大要也。

【注释】

[1] 弘润：宏大润泽。

[2] 核：核实，符合事实。辨：明，清楚。

[3] 摛（chī）：发布。

【翻译】

箴由官员陈诵，铭题刻于器物；名称和功用虽然不同，而警诫作用其实是一样的。箴全在抵御过失，所以需要借助文辞的准确切实；铭兼有褒扬赞美，所以体制重在宏大润泽：它们所选取的事理一定要清楚明白，它们所用的文辞一定要简要而深长，这是铭箴二体的基本要求。

【疏解】

黄叔琳认为，陆机《文赋》“铭博约而温润，箴顿挫而清壮”，与刘勰此处论述意旨相似。纪昀认为，“箴全御过，故文资确切；铭兼褒赞，故体贵弘润”，四句话说得明确。刘咸炘认为：“弘，得体也。润，有色泽也。核，实也。辨，明也。简其言而深其旨也。”①

6. 义典则弘[1]，文约为美[2]。

【注释】

[1] 典：常道，这里指合于常道。弘：指作用宏大。

[2] 文约：文辞精约。

【翻译】

事义典雅才会作用宏大，文辞简约才可谓美好。

【疏解】

铭文和箴文要发挥警诫作用，事义典雅宏博，文字表达却要以简约为美。这句话涉及内容（义）与形式（文）两个方面，正对应了《指瑕》篇“立文之道，惟字与义”的内涵。

---

① 刘勰：《文心雕龙》，黄叔琳注，纪昀评，李详补注，刘咸炘阐说，戚良德辑校，上海古籍出版社，2015，第74页。

《诔碑》第十二

1. 大夫之才[1]，临丧能诔[2]。诔者，累也；累其德行，旌之不朽也[3]。……读诔定谥[4]，其节文大矣[5]。

【注释】

[1] 大夫之才：临丧能作诔文，被看作是大夫应该具备的才能之一。

[2] 诔：哀悼死者的一种文体，主要是列举死者的德行。

[3] 旌：表扬。

[4] 谥（shì）：封建社会对帝王大臣死后加以封号。

[5] 节文：指礼的仪式。

【翻译】

临丧能作诔文，是大夫才能的体现。所谓“诔”，就是积累；就是列举死者的德行，加以表彰而使之永垂不朽。……宣读诔文，定立谥号，它的仪式很重大啊。

【疏解】

据《诗经·鄘风·定之方中》郑玄笺：“建邦能命龟，田能施命，作器能铭，使能造命，升高能赋，师旅能誓，山川能说（悦），丧纪能诔，祭祀能语，君子能此九者，可谓有德音，可以为大夫。”①。引文三句话，从不同角度对诔进行规定。第一句话说明作诔之人应具有专门才能，诔是由专门之人所写。第二句话从音训角度说明诔的功能，累列死者生前德

① （汉）郑玄笺，（唐）孔颖达等正义《十三经注疏·毛诗正义》，上海古籍出版社，1997，第316页。

行，加以表彰使之不朽。第三句话说明诔有为死者确定谥号的重要功能，也说明“诔”作为一种仪式，非常隆重。

2. 自后汉以来，碑碣云起[1]；才锋所断[2]，莫高蔡邕[3]。……其叙事也该而要[4]，其缀采也雅而泽[5]；清辞转而不穷[6]，巧义出而卓立：察其为才，自然而至矣。

【注释】

[1] 碑碣：通指石碑。方形叫碑，圆顶形叫碣。云起：像起云一样多。

[2] 断：绝、止。

[3] 蔡邕：字伯喈，汉末著名学者、文学家，世称蔡中郎。

[4] 该而要：完备而扼要。

[5] 雅而泽：典雅而丰润。

[6] 转：移，指变化。

【翻译】

从东汉以后，写碑文的人如云一样涌现。最有才力的，莫过于蔡邕。……蔡邕的碑文，在叙事上全面而扼要；词采上雅正而润泽；文辞清晰而又变化无穷，新义巧出而又超然卓立。考察他写碑文的才能，真是自然而来。

【疏解】

刘咸炘认为：“‘该、要、雅、泽”四字’，是中郎（即蔡邕）碑碣定评。千古称中郎独步，后世鲜知，众皆好读欧（阳修）、王（安石），少循中郎遗矩矣。”①。

3. 标叙盛德[1]，必见清风之华；昭纪鸿懿[2]，必见峻伟之烈[3]：此碑之致也。

【注释】

[1] 标：显出。叙：叙述。

---

① 刘勰：《文心雕龙》，黄叔琳注，纪昀评，李详补注，刘咸炘阐说，戚良德辑校，上海古籍出版社，2015，第80页。

［2］昭：明白。懿：美好。

［3］峻：高。烈：功业。

【翻译】

突出叙述死者的盛大德行，必须显示出风采清亮的光华；明白记叙死者巨大的优点，必须表现其宏伟的功业。这就是碑文的精妙之处。

【疏解】

刘咸炘提出两点看法，一是“峻伟之烈”一定要和主人的功业相符。但是，就算是蔡邕所写的碑文，也未必完全符合这一点。二是刘勰曾说“属碑之体，资乎史才”，并不是说只有“丰功伟烈”才需要借助史才，就算是叙述普通人的德行、功业，也要有“剪裁之法”，也需要借助史才。

4. 观风似面[1]，听辞如泣。石墨镌华[2]，颓影岂戢[3]？

【注释】

［1］观风：看到文章表现的风采。风，此处指诔文、碑文的内容。

［2］石：指碑。墨：指诔。石墨：石碑和墨染的碑文。镌：刻。华：指死者的光辉。

［3］颓影：倒下的影像，指死者，引申为对后世的影响。颓：向下。戢：收敛，停止。

【翻译】

观察诔碑的风采，有如面见那人，听闻悲哀的文辞，如悲声哭泣。石碑黑墨镌刻了死者光辉的事迹，逝者的流风余韵难道会因为人的离世而停息吗？

【疏解】

前两句写诔碑艺术效果的深刻感人，后两句写诔碑“旌之不朽”的实用功能。杨慎点评：“观风似面，听辞如泣”两句，即“论其人也，暧乎若可觌，道其哀也，凄焉如可伤”意①。

① 黄霖编著《文心雕龙汇评》，上海古籍出版社，2005，第49页。

《哀吊》第十三

1. “腹突鬼门”[1]，怪而不辞[2]；“驾龙乘云”，仙而不哀[3]。

【注释】

[1] 突：冲入。

[2] 不辞：不成其为辞，不通。

[3] 仙：去世的婉称。

【翻译】

（崔瑗的《汝阳主哀辞》）写到死者冲进鬼门，怪异而不通；又说死者乘云驾龙，离开人世而不觉悲哀。

【疏解】

纪昀评：“此后世祭文之通病”①。

2. 潘岳继作[1]，实钟其美[2]。观其虑赡辞变[3]，情洞哀苦[4]，叙事如传[5]，结言摹诗，促节四言[6]，鲜有缓句。故能义直而文婉[7]，体旧而趣新，《金鹿》《泽兰》[8]，莫之或继也[9]。

【注释】

[1] 潘岳：字安仁，西晋文学家。

[2] 钟：聚集。

---

① 刘勰：《文心雕龙》，黄叔琳注，纪昀评，李详补注，刘咸炘阐说，戚良德辑校，上海古籍出版社，2015，第84页。

[3] 赡：富足。

[4] 洞：深。苦：痛。

[5] 传：传记。

[6] 节：音节。

[7] 婉：美。

[8]《金鹿》：指潘岳的《金鹿哀辞》。《泽兰》：指潘岳的《为任子咸妻作孤女泽兰哀辞》。

[9] 莫之或继：无人能继续写出这样的作品。

【翻译】

晋代潘岳继承哀辞的写作，真是集中了哀辞写作的优点。他考虑周全，文辞多变，感情深厚而悲痛，叙事如写传记，用词则模仿《诗经》。那种音节紧促的四言诗，很少有松散无力的描写。所以能写得意义正直，文辞婉丽，沿用旧的体式，却表现出新的情趣。特别是潘岳的《金鹿哀辞》和《为任子咸妻作孤女泽兰哀辞》两篇，再也没有人能写得这样好了。

【疏解】

纪昀认为，“旧而趣新”四字精妙，所有文章都是如此。刘咸炘解释了哀辞音节短促的原因，“哀之情急，故宜促节，若缓句则纡徐而失其意旨”。① 陆侃如、牟世金则认为“莫之或继”的评价太高了②。

3. 晋筑虒台[1]，齐袭燕城[2]，史赵、苏秦[3]，翻贺为吊[4]，虐民构敌[5]，亦亡之道。

【注释】

[1] 虒（sī）台：即虒祁宫，春秋时晋国宫名，故址在今山西省曲沃县。《左传·昭公八年》载，晋平公筑“虒祁之宫”，鲁国派叔弓、郑国派游吉去祝贺。

① 刘勰：《文心雕龙》，黄叔琳注，纪昀评，李详补注，刘咸炘阐说，戚良德辑校，上海古籍出版社，2015，第84-85页。

② 陆侃如、牟世如译注《文心雕龙译注》，齐鲁书社，1995，第211页。

[2] 齐袭燕城：据《战国策·燕策一》载，齐宣王趁燕国有丧事时，进攻燕国，占领十城。袭：攻其不备。

[3] 史赵：春秋晋国太史。《左传·昭公八年》载，郑国游吉（即子太叔）到晋国祝贺虒祁宫建成时，史赵对子太叔说："甚哉，其相蒙（欺）也，可吊也而又贺之。"苏秦：字季子，战国时纵横家。《战国策·燕策一》说齐国袭取燕国十城后，苏秦对齐宣王"再拜而贺，因仰而吊"。

[4] 翻贺为吊：把祝贺变为哀吊。

[5] 虐民：指晋国筑虒祁宫，残害人民。构敌：指齐国攻打燕国，结成仇敌。构：造，结。

【翻译】

春秋时晋国建成虒祁宫，齐国袭击燕国，史赵和苏秦认为这样的事不应祝贺，而应哀吊。因为前者残害人民，后者结下仇敌，这都是亡国之道。

【疏解】

晋筑虒台，齐袭燕城，表面看来，是值得祝贺的喜事，但透过表象看实质，晋国筑虒祁之宫残害老百姓，而齐国趁丧难而进攻燕国就算暂时获得城池也只是结下仇敌，这都是亡国之道，不仅不值得祝贺，反而应该哀吊。果然，晋平公建虒祁宫三年后，终因淫乐无度引发心悸而死，其子晋昭公执政期间晋国逐渐失去霸主地位。齐袭燕城后，燕昭王奋发图强，经过二十八年的努力，终于打败齐国洗刷国耻。乐毅率燕、秦、赵、魏、韩五国联军伐齐，攻下齐七十余城。齐国仅剩下即墨和莒两个城池，差点亡国。后田单用离间计让乐毅失去燕惠王（燕昭王之子）信任，由骑劫接替乐毅为将。田单又用"火牛阵"大破燕军，收复七十余城。经此一战，燕国再无辉煌，齐国也从此元气大伤，无力与秦争霸。可以说，齐袭燕城，最终导致两败俱伤。"虐民构敌，亦亡之道"，既显示了古代智者的长远眼光，也显示了以民为本的思想。

4. 夫吊虽古义，而华辞末造[1]；华过韵缓，则化而为赋。固宜正义以

绳理[2]，昭德而塞违[3]；剖析褒贬[4]，哀而有正，则无夺伦矣[5]。

【注释】

[1] 末造：后期。

[2] 绳：纠正。

[3] 昭：明白。塞：防止。违：过失。

[4] 剖：剖析。

[5] 伦：理，这里指哀吊文的正常道理。

【翻译】

吊的本义古质，后来却辞藻华丽；华丽过分，音韵不紧凑，就演变成为赋体了。吊文本来就应该端正意义，纠正事理，彰明美德而防止错误；所以要有所分析或褒或贬，做到哀痛而有定准，就不会失去常理了。

【疏解】

“夫吊虽古义，而华辞末造；华过韵缓，则化而为赋”，纪昀评为“四语正变分明，而分寸不苟”①。“正义以绳理，昭德而塞违”，表明即使是表达哀痛之情的吊文，也应体现“求真”“求善”的伦理价值。

① 刘勰：《文心雕龙》，黄叔琳注，纪昀评，李详补注，刘咸炘阐说，戚良德辑校，上海古籍出版社，2015，第84页。

《杂文》第十四

1. 智术之子[1]，博雅之人，藻溢于辞[2]，辩盈乎气[3]。苑囿文情[4]，故日新而殊致[5]。

【注释】

[1] 术：艺，才能。智术：做学问的智慧才能。

[2] 藻：文采，指善于言辞。

[3] 气：气质。

[4] 苑囿：古帝王的园林，聚焦禽兽草木，此处比喻文人士子文情丰茂。

[5] 殊致：特殊的情趣，独特的成就。

【翻译】

那些智慧聪敏的学者，渊博典雅的文人，言辞洋溢着文采，辩论饱含着气势。他们的文思才情如在苑囿中丰茂成长，所以别样的文体日益增多。

【疏解】

“苑囿文情，日新而殊致”，可用来勉励学子在文坛纵情挥洒才华，不断取得成就。

2. 盖七窍所发[1]，发乎嗜欲，始邪末正[2]，所以戒膏粱之子也[3]。

【注释】

[1] 七窍：七孔，指人的二眼，双耳，两个鼻孔和口。

[2] 始邪末正：《七发》的前几段讲音乐的动听，酒食的甘美等，即“始

邪”；最后讲“论天下之精微，理万物之是非”的“要言妙道”，即“末正”。

[3] 膏粱之子：指贵族子弟。

【翻译】

人的眼耳口鼻所发出的，是各种各样的嗜欲；《七发》开始讲不正当的嗜欲，最后讲正当的愿望，是为了告诫贵族子弟。

【疏解】

陆侃如、牟世金认为：“刘勰把《七发》和‘七窍所发’联系在一起，是一种含混的说法，《七发》与‘七窍’无关。”① 张立斋则认为：“彦和之释，虽曲解微嫌，但新意可喜，备一说则可，古人立体之初，或不至若是耳。”② 笔者更倾向张的说法，并且认为这恰恰是刘勰依经所立之“义”。刘勰“盖七窍所发，发乎嗜欲，始邪末正，所以戒膏粱之子也”的观点，概括了七体的内容、总体结构及其目的，内容是与“七窍”有关的“嗜欲”（包括耳目声色之欲、口舌饮食之欲等），结构是“始邪而末正”，目的是“劝戒膏粱子弟”。整体来看，这个观点颇能体现儒家重视道德教化的思想。

3. 原夫兹文之设，乃发愤以表志。身挫凭乎道胜[1]，时屯寄于情泰[2]；莫不渊岳其心[3]，麟凤其采[4]：此立体之大要也。

【注释】

[1] 挫：挫折。凭：依托，和下句“寄”字意略同，都指表达于文辞。

[2] 屯：困难。泰：安适。

[3] 渊：深水。岳：高山。

[4] 麟凤：以麒麟、凤凰喻世上稀有的珍贵之物。这里指罕见的文采。

【翻译】

“对问”这种文体的创立，是为了抒发内心情志。自身遭遇挫折但却

① 陆侃如、牟世金：《文心雕龙译注》，齐鲁书社，1995，第219页。

② 张立斋：《文心雕龙注订》，国家图书馆出版社，2010，第115页。

依靠道德来战胜困苦，时世艰难却寄寓着泰然处之的精神，都有着高深的思想、奇特的文采：这就是确立这种文体的主要特点。

【疏解】

“身挫凭乎道胜，时屯寄于情泰”两句话很能体现道家的“逍遥”精神，正是文人面对挫折与逆境时采取的和解之道。“渊岳其心，麟凤其采”，比喻文章的写作既有深切的情感，又有杰出的辞采。

4. 观其大抵所归[1]，莫不高谈宫馆，壮语田猎[2]。穷瑰奇之服馔[3]，极蛊媚之声色[4]；甘意摇骨髓[5]，艳词洞魂识[6]。虽始之以淫侈[7]，终之以居正，然讽一劝百[8]，势不自反。

【注释】

［1］大抵：大概。

［2］田猎：打猎。

［3］瑰：奇伟。馔（zhuàn）：饮食。

［4］蛊（gǔ）：媚，惑。

［5］摇骨髓：骨髓受到动摇，说明魅惑之深。

［6］魂识：即魂魄，指人的精神。

［7］淫侈：指过分的渲染。

［8］讽一劝百：来源于扬雄“劝百讽一”（见《汉书·司马相如传赞》），意指“七体”讽谏少而劝诱多。

【翻译】

从“七体”的大概趋向来看，不外是高谈宫室的壮丽，大写田猎的盛况，尽量描绘衣服饮食的珍奇，极力形容音乐美女的动人；甜情蜜意摇荡骨髓，艳丽文辞动人心魄；虽然以夸张的描写开始，以规谏的用意结束，但正面的讽谏太少而反面的劝诱过多，这种趋势已不能返回。

【疏解】

此段文字虽是对“七体”而发，其实可以视为对整体汉大赋的评价。“高谈宫馆，壮语田猎，穷瑰奇之服馔，极蛊媚之声色”，书写汉大赋的内容，强调感官享受；“甘意摇骨髓，艳词洞魂识”，表明汉大赋有着巨大的感染力和诱惑力；“虽始之以淫侈，终之以居正”，表明汉大赋的结构模式；“讽一劝百，势不自反”表明汉大赋虽有主观上的“讽谏”目的，但从效果来看，恰恰起到劝诱统治者沉溺奢侈淫靡之反效果。

5. 寿陵匍匐[1]，非复邯郸之步[2]；里丑捧心[3]，不关西施之颦①矣[4]。

【注释】

[1] 寿陵：古代燕国地名，这里指寿陵的一个少年人。据《庄子·秋水》：相传邯郸（hán dān）人善行走。一个寿陵少年到邯郸去学当地人的走路方式，结果不仅没有学会邯郸人的走法，反而把自己原来走路的方法忘掉了，结果只好“匍匐而归”。匍匐：爬行。

[2] 邯郸：战国时赵国都城，在今河北省邯郸市。

[3] “里丑捧心”二句：《庄子·天运》中说，西施因心痛病而皱眉，更增其美，邻家丑女学西施心痛而捧心，别人看来却觉得她更丑了。里：邻里。

[4] 西施：春秋时越国美女。颦（pín）：皱眉头。

【翻译】

到邯郸学走路的寿陵人，他爬着回去，当然不是邯郸人的走法；学西施心痛时皱眉的丑女，她捧着心装作心痛的样子，已和西施皱眉头的美态毫不相干了。

【疏解】

“邯郸学步”和“东施效颦”，是出自《庄子》的典故，被刘勰化用为工整的骈句，表达对不顾自身实际而一味模仿的讥讽。有意思的是，李白《古风其三十五》也借用了邯郸学步、东施效颦的典故，其诗曰：“丑女来效颦，还家惊四邻。寿陵失本步，笑杀邯郸人。一曲斐然子，雕虫丧天真。”此诗也是反对模仿与雕琢，强调自然天真。

---

① 颦，古同“嚬”，附录《文心雕龙》原文作“嚬”。

《谐隐》第十五

1. 隐语之用，被于纪传[1]；大者兴治济身[2]，其次弼违晓惑[3]。盖意生于权谲[4]，而事生于机急[5]。

【注释】

[1] 被：加。

[2] 济身：有益于自己，这里也包括个人政治抱负的施展。

[3] 弼（bì）：改正。违：过失。晓：启发、教导。惑：迷乱。

[4] 权：变通。

[5] 机急：机智、敏捷。

【翻译】

（这些）隐语的使用，都记载在史书里面；往大了说可以振兴政治显达自身；往小的方面说也可纠正某些错误替人解惑。它们的用意产生于权变狡诡之中，事情往往产生于机要迫切之中。

【疏解】

此段文字说明了隐语的功用（“大者兴治济身，其次弼违晓惑”）和隐语产生的语境（“意出于权谲，而事生于机急”）。从其功用与语境来看，隐语能在特定情况下发挥作用，所以记载在纪传里。

2. 高贵乡公[1]，博举品物，虽有小巧，用乖远大[2]。

【注释】

[1] 高贵乡公：即曹髦（máo），曹丕之孙。

［2］乖：不合。

【翻译】

曹髦（的谜语）广泛地描绘事物，虽然有点小聪明，可是并没有大的用处。

【疏解】

“虽有小巧，用乖远大”，表明了古人的一种文艺价值观。文人士子，应该追求远大目标，在国家、社会等范围内发挥积极作用。如果局限在狭小圈子里花费心思是不足取的。对照《铭箴》里所言“秉文君子，宜酌其远大焉”，此义正可相互发明。

3. 古之嘲隐，振危释惫[1]。虽有丝麻[2]，无弃菅蒯[3]。会义适时[4]，颇益讽诫[5]；空戏滑稽[6]，德音大坏[7]。

【注释】

［1］振：救。释：除去。惫：困乏。释惫：消除疲惫、困乏，寓含谐辞隐语，有娱乐性。

［2］丝麻：喻指高雅、精细之作。

［3］菅蒯：两种草名。菅可做笤帚，蒯可搓绳，与丝麻可做衣服相比，菅蒯就显得不重要了，这里借以喻指谐辞隐语，虽不是很重要，但仍有用处。

［4］会：合。会义：合乎正当理义。适时：适应时机。

［5］益：有助于。

［6］空戏：单纯地玩弄戏耍，而无实际内容。

［7］德音：本指合乎道义的作品，代指美德。

【翻译】

古代的谐辞隐语，具有解救危机消除困乏的作用，正如虽然有了丝麻，也没有把菅、蒯抛弃的必要。谐隐只要合乎义理，适机而用，是有助于讽谏劝诫的。如果完全是玩滑稽表演，那就有损于美德声誉了。

【疏解】

“古之嘲隐，振危释惫”说明谐隐具有积极作用。“虽有丝麻，无弃菅蒯”，说明文字作品（扩大而言可指一切对象）的价值有高低之分，但作为主体的人要善于利用其积极作用。“会义适时，颇益讽诫”是说谐隐运用得当会取得很理想的讽诫效果。“空戏滑稽，德音大坏”说明谐隐的运用要适度，不能陷入单纯娱乐的地步。

《史传》第十六

1. 史者，使也[1]；执笔左右，使之记也。古者，左史记言，右史书事。言经则《尚书》[2]，事经则《春秋》[3]。

【注释】

[1] 使：令。

[2] 言经：记言的经书。

[3] 事经：记事的经书。

【翻译】

所谓"史"，就是令使，就是使史官在帝王周围执笔记录。在古代，左史专管记言，右史专管记事。记言的经典有《尚书》，记事的经典有《春秋》。

【疏解】

中国有着悠久的史官传统和史官文化。"左史记言，右史书事"，左右史官围绕帝王各司其职，各有传承，各有经典。为什么要详细记录帝王的所言所行呢？《诏策》篇有言："王言之大，动入史策，'其出若綍'，不反若汗"，意思是说"帝王说的话关系重大，往往要写入史书；话一出口就产生了巨大作用，好像人的汗水一样，出来了就不能返回"。对帝王言行的敬慎态度，是史官文化兴盛的根本原因。

2. 诸侯建邦，各有国史，"彰善瘅恶，树之风声"[1]。

【注释】

[1]"彰善瘅（dàn）恶，树之风声"：《尚书·毕命》中的原话。瘅：

憎恨。

【翻译】

诸侯建立了邦国，也各有各的国史；惩恶扬善，树立起良好的风气。

【疏解】

“彰善瘅恶，树之风声”，源出《尚书》。刘勰依经立义，把“彰善瘅恶，树之风声”当作史书编撰的功用和目的。

3. 举得失以表黜陟[1]，征存亡以标劝戒[2]。褒见一字[3]，贵逾轩冕[4]；贬在片言，诛深斧钺[5]。

【注释】

[1] 黜陟（chù zhì）：官职的罢免和升迁。

[2] 征：验证。标：表明。

[3] 褒（bāo）：称赞。

[4] 逾：超过。轩冕（miǎn）：指高级官位。轩：有帷幕的车。冕：礼帽。

[5] 钺（yuè）：似斧的兵器。

【翻译】

《春秋》列举人物的得失以表明称扬或贬斥，验证国家的兴亡以显示规劝和警诫。有谁受到《春秋》中一个字的赞扬，比高官厚禄的价值还珍贵；遭到片言只语的批评，比斧钺砍杀的分量还沉重。

【疏解】

孟子曾说：“孔子成《春秋》，而乱臣贼子惧”①。因为《春秋》作为史书，往往寄寓“微言大义”“一字定褒贬”。“褒见一字，贵逾轩冕；贬在片言，诛深斧钺”，只言片语的“褒贬”，却给人以极强烈的荣辱感，这是对前文所谓“彰善瘅恶”的具体说明，与晋范宁《春秋穀梁传序》“一

① （汉）赵岐注，（宋）孙奭疏《十三经注疏·孟子注疏》，上海古籍出版社，1997，第2715页。

字之褒，宠逾华衮之赠；片言之贬，辱过市朝之挞”① 意义完全相符，也是依经而立义。

4. 宣后乱秦[1]，吕氏危汉[2]，岂唯政事难假[3]，亦名号宜慎矣。

【注释】

[1] 宣后乱秦：指宣太后与义渠王淫乱所生二子被封王。

[2] 吕氏危汉：指吕后擅废皇帝、杀刘姓王而立诸吕子侄为王等。

[3] 假：指代摄政事。

【翻译】

从前宣太后扰乱秦国，吕后危及刘汉王朝；岂止国家大事难以假代，名号也要慎重对待啊！

【疏解】

“岂惟政事难假，亦名号宜慎矣”，与《左传·成公二年》“惟器与名，不可以假人”、《昭公三十二年》“慎器与名，不可以假人”思想相通。据《成公二年》，孔子认为，“惟器与名，不可以假人”，代表国家的礼器与名位，必须由国君亲自掌管。因为，“名以出信，信出守器，器以藏礼，礼以行义，义以生利，利以平民，政之大节也”，礼器与名位，是不可假手于人的，“若以假人，与人政也”，如果假手于人，是将政事拱手让人，国家也会随之灭亡。据《昭公三十二年》，史墨认为，鲁国人只知有季氏不知有国君，“不知国君，何以得国？”所以，做国君的应该慎重对待礼器与名位，不可以假手他人。

5. 原夫载籍之作也[1]，必贯乎百氏[2]，被之千载[3]，表征盛衰[4]，殷鉴兴废[5]。

【注释】

[1] 载籍：指史书。

---

① （晋）范宁注，（唐）杨士勋疏《十三经注疏·春秋穀梁传注疏》，上海古籍出版社，1997，第2359页。

[2] 百氏：指诸子百家。

[3] 被：及，覆盖，指（史书）能使千秋万代的人受益。

[4] 表征：表明、揭示，明白的征验。

[5] 殷鉴：殷人灭夏，殷之子孙以夏亡为借鉴，此处泛指吸取经验教训。

【翻译】

追考史书的写作，必定要贯通百家，让它们流传千载，可以揭示朝代的强盛和衰微，以作为后世的借鉴。

【疏解】

这段话表明史书记载的内容复杂（“贯乎百氏”），影响深远（“被之千载”），作用巨大（“表征盛衰，殷鉴兴废”）。

6. 是立义选言，宜依经以树则；劝戒与夺[1]，必附圣以居宗[2]。

【注释】

[1] 与夺：取舍。

[2] 宗：本。

【翻译】

因此，在确立意义和选用言辞上，应以经典为准则；在进行规劝、警诫的取舍上，必须以圣人为根据。

【疏解】

“依经以树则”“附圣以居宗”，刘勰认为应该成为史书创作的基本原则。刘咸炘则认为，“‘依经’‘附圣’，固是彦和论文宗旨”。①

7. 文疑则阙[1]，贵信史也。

---

① 刘勰：《文心雕龙》，黄叔琳注，纪昀评，李详补注，刘咸炘阐说，戚良德辑校，上海古籍出版社，2015，第107页。

【注释】

[1] 阙：缺。

【翻译】

凡是有疑问的地方宁可暂缺不写，这是注重历史的真实可信。

【疏解】

“文疑则阙”，典出《论语·卫灵公》：“子曰：吾犹及史之阙文也”①，对待史书中有缺文的地方，宁肯暂缺不写，也不随意妄改，这是尊重史书的态度。在《练字》中刘勰又提到“史之阙文，圣人所慎”，可与此参看。

8. 若乃尊贤隐讳，固尼父之圣旨[1]，盖纤瑕不能玷瑾瑜也[2]；奸慝惩戒[3]，实良史之直笔，农夫见莠[4]，其必锄也。

【注释】

[1] 尼父：孔子字仲尼，故尊称尼父。

[2] 纤瑕（xiān xiá）：小毛病。瑕：玉的斑点。玷（diàn）：玉的瑕点，这里作动词用。瑾瑜（jǐn yú）：美玉。

[3] 慝（tè）：奸邪。

[4] 莠（yǒu）：恶草。

【翻译】

至于对尊长或圣贤有所隐讳，本来就是孔子的圣意，因为细微的缺点不能玷污整块的美玉；而对坏人坏事进行批评警诫，那正是优秀史家应有的直笔；就像农夫见到野草，必然要把它锄掉。

【疏解】

《春秋公羊传·闵公元年》有言：“《春秋》为尊者讳，为亲者讳，为贤

① （魏）何晏注，（宋）邢昺疏《十三经注疏·论语注疏》，上海古籍出版社，1997，第2518页。

者讳"①，这是孔子删修《春秋》的原则和态度。这一原则和态度正是儒家"礼"文化的体现。

《左传·成公四十年》有言："《春秋》之称，微而显，志而晦，婉而成章，尽而不污，惩恶而劝善，非圣人谁能修之"②，这就明确点出了孔子编定《春秋》的重要目的即在于"惩恶而劝善"。"惩恶"是手段，"劝善"才是目的，而"奸慝惩戒"正是"惩恶"的具体内容。

刘勰认为，"尊贤隐讳""奸慝惩戒"正是作史的准则，所谓"万代之一准也"。

① （汉）何休注，（唐）徐彦疏《十三经注疏·春秋公羊传注疏》，上海古籍出版社，1997，第2244页。

② （晋）杜预注，（唐）孔颖达等正义《十三经注疏·春秋左传正义》，上海古籍出版社，1997，第1913页。

《诸子》第十七

1. 百姓之群居，苦纷杂而莫显[1]；君子之处世，疾名德之不章[2]。

【注释】

[1] 显：显扬。

[2] 疾：憎恶。章：明，显。

【翻译】

普通人杂居在一起，苦于纷杂而不能显扬名声；士君子立身处世，担忧声名和德行不能流传广远。

【疏解】

“君子之处世，疾名德之不章”，与《论语·卫灵公》“君子疾没世而名不称焉”① 思想一致。

2. 孟轲膺儒以磬折[1]，庄周述道以翱翔[2]；墨翟执俭确之教[3]，尹文课名实之符[4]；野老治国于地利[5]，驺子养政于天文[6]；申、商刀锯以制理[7]，鬼谷唇吻以策勋[8]；尸佼兼总于杂术[9]，青史曲缀于街谈[10]。

【注释】

[1] 孟轲（kē）：即孟子，战国时鲁国思想家。膺（yīng）：胸，这里引申为藏在胸中。磬（qìng）折：屈身如磬状，这里形容孟子的恭守儒礼。

---

① 杨伯峻：《论语译注》，中华书局，2006，第 187 页。

［2］庄周：即庄子，战国时楚国思想家，属道家。翱（áo）翔：本指鸟飞，这里指《庄子》一书在论述上自由奔放的特点。

［3］墨翟（dí）：即墨子，战国时鲁国思想家，属墨家。确：匮乏，这里有节俭的意思。

［4］尹文：战国时齐国学者，属名家。课：查核。

［5］野老：战国时的隐者，属农家。

［6］驺（zōu）子：即邹衍，战国时齐国学者，喜谈天说地及阴阳五行等问题，属阴阳家。

［7］申：指申不害。商：指商鞅（yāng），都属法家。刀锯：刑具。理：有条理、有秩序。

［8］鬼谷：鬼谷子，因隐居于鬼谷而得名，相传为苏秦、张仪的老师，属纵横家。唇吻：嘴唇，指口才。策勋：把功勋记录在简策上排定次第。

［9］尸佼（jiǎo）：相传为商鞅的老师，属杂家。

［10］青史：相传是晋国史官董狐的后裔，属小说家。曲缀：详细记录。

【翻译】

孟轲信奉儒家的学说并深深折服；庄周阐述道家的理论，任意驰骋；墨翟执守俭朴勤苦的信条；尹文考察名义和实际是否相符；野老从地利角度治理国家；邹衍按阴阳五行来安排政务；申不害和商鞅用严刑峻法来整治秩序；鬼谷子靠着口才来建立功勋；尸佼总括杂糅各家学说；青史子琐碎记录街谈巷语。

【疏解】

刘勰对儒家、道家、墨家、名家、农家、阴阳家、法家、纵横家、杂家、小说家各评点一名代表，准确精妙。

3. 洽闻之士[1]，宜撮纲要[2]；览华而食实[3]，弃邪而采正[4]。极睇参差[5]，亦学家之壮观也。

【注释】

［1］洽：周遍。洽闻：见闻广博。

［2］撮：聚集而取其精华。

［3］览华：观其华彩。食实：品味果实，喻体味思理真谛。

［4］弃邪：抛弃其邪说。采正：采纳其正言。

［5］睇：注视。极睇：极力注意观察。参差：指各派学说的不同。

【翻译】

见闻广博的人，应抓住诸子之书中的纲要，吸取其中的精华，享受他们的成果，抛弃错误的部分，采用正确的意见。细看这些学说的差异，确也是学术界的大观。

【疏解】

这段话对于我们如何学习诸子有启发。因为诸子内容极其丰富庞杂，所以要把握以下三个原则：一是抓住各家要领（“宜撮纲要”）；二是批判吸收（“弃邪而采正”）；三是细加比较（“极睇参差”）。

4. 博明万事为子，适辨一理为论[1]。

【注释】

［1］适：仅。

【翻译】

广泛阐明各种事物的叫作“子”，只辨别一种道理的叫作“论”。

【疏解】

刘咸炘认为，“博明万事”一句极精确。论说源出子家，与诸子相比，“犹邓林之一株，特以多寡殊耳”（就像一株桃树与一片桃林，只不过是多少不同而已）。① 不过，“子”与“论”还是有重要的区别的：论一般只针

① 刘勰：《文心雕龙》，黄叔琳注，纪昀评，李详补注，刘咸炘阐说，戚良德辑校，上海古籍出版社，2015，第115页。按：原文如下：“至于论说，源出子家……拟之诸子，犹邓林之一株，特以多寡殊耳。”

对一个主题，阐述一种道理，“子”除了“博明万事”以外，还有两个重要的标准：具有独创性，具有系统性。

5. 嗟夫！身与时舛[1]，志共道申[2]；标心于万古之上[3]，而送怀于千载之下[4]：金石靡矣[5]，声其销乎？

【注释】

[1] 舛：乖违，不合。

[2] 申：舒展。

[3] 标心：表明心意。

[4] 送怀：抒发怀抱，犹寄托情怀。

[5] 靡：烂，磨灭，引申为消亡。

【翻译】

唉！诸子自身往往不合于时代，但他们的志向却和“道”一起在理论著作中得到伸张，高标思想于万古之前，而寄托怀抱于千年以后，金石磨灭了，他们的声名难道会消亡吗？

【疏解】

纪昀评论这一段话，认为刘勰隐隐把自己寄身于诸子之中，“隐然自寓”① 也。

这一段话中的“身与时舛，志共道申”，与《杂文》“身挫凭乎道胜，时屯寄于情泰”有相通之处，两者都强调即使不合于时，也要追求大道，以实现精神超越。这段话中的“金石靡矣，声其销乎”，与《诔碑》篇“石墨镌华，颓影岂戢”相比，似乎更进了一步。“石墨镌华，颓影岂戢”是说诔碑可以让死者不朽，而《诸子》篇的“金石靡矣，声其销乎”是说即使金石磨灭了，声名也不会消亡，会借助子书流传后世。

---

① 刘勰：《文心雕龙》，黄叔琳注，纪昀评，李详补注，刘咸炘阐说，戚良德辑校，上海古籍出版社，2015，第114页。

6. 丈夫处世[1]，怀宝挺秀[2]；辨雕万物[3]，智周宇宙[4]。立德何隐？含道必授[5]。条流殊述[6]，若有区囿[7]。

【注释】

[1] 丈夫：此处指品学高尚之人。

[2] 宝：指才德。秀：超出众人之上。

[3] 辨雕：论述，剖析。辨：通辩，这里指文才。

[4] 周：周遍，指遍观宇宙万物。

[5] 含：体会到。授：传授。

[6] 殊述：殊途。

[7] 区囿：喻指不同的学术范围。囿：区分。

【翻译】

丈夫立身于世，内有才德外有俊秀。雄辩之才雕饰万物，他们的智慧遍观宇宙。树立德行不必隐藏，体悟大道一定传授。他们各自形成了学术上不同的流派，各自走着不同的道路，各有分明的界限。

【疏解】

此赞语是对诸子的总体描绘。“丈夫处世，怀宝挺秀”是对人的评价；“辨雕万物，智周宇宙”针对诸子著作而言，说明诸子既有雄辩之才，又充满智慧。“立德何隐，含道必授”是说诸子有立言不朽的价值追求；“条流殊述，若有区囿”是说诸子分家别派，不容混淆。

需要指出的是，“丈夫处世，怀宝挺秀”可用来寄托对学子成才的殷切期望。

《论说》第十八

1. 圣哲彝训曰经[1]，述经叙理曰论。论者，伦也[2]；伦理无爽[3]，则圣意不坠[4]。

2. 论也者，弥纶群言[5]，而研精一理者也。

【注释】

[1] 彝训：常训。

[2] 伦：理。

[3] 爽：差错。

[4] 坠：失。

[5] 弥纶：综合组织，整理阐明。

【翻译】

圣贤阐明永恒道理的著作叫作“经”，解释经典、说明道理的著作叫作“论”。“论”就是道理；道理没有差错，就不会违背圣人的意思。

所谓“论”，就是综合研究各种说法，深入钻研某一道理。

【疏解】

“述经叙理”是说“论文”是用来说理的，强调其客观性。

“伦理无爽”是说“论文”要把理讲清楚，强调其条理性。

“弥纶群言”是说“论文”要综合前人的多种说法，就像现在人们写论文之前要把握研究动态、撰写文献综述一样，这是写好论文的起始工作。

“研精一理”是说“论文”的主旨要集中单纯，不要枝枝丫丫。这种说法与《诸子》篇“博明万事曰子，适辨一理曰论”也是一致的。

3. 宋岱、郭象，锐思于机神[1] 之区；夷甫、裴頠，交辨于有无之域；并独步当时，流声后代。

【注释】

［1］机神：精微玄妙。

【翻译】

宋岱、郭象敏锐地思考达到精微神妙的领域，王衍和裴頠，在崇有和贵无的问题上交锋辩论，都在当时独领风骚，扬名于后世。

【疏解】

宋岱著有《周易论》（已佚）；郭象慕道好学、托志老庄，作有《庄子注》；王衍（字夷甫）好清谈，立论以“天地万物以无为本”；裴頠著有《崇有论》，这四个人的论辩文章在当时都有很大名声，并对后来的玄学风气很有影响。

需要指出的是，江苏镇江市文苑景区学林轩的正门有副对联：“独步当时，流声后代。”此对联正好用来表达对刘勰创作《文心雕龙》的赞美（见图 8）。

图 8　江苏镇江市文苑景区学林轩正门对联

4. 原夫论之为体，所以辨正然否。穷于有数[1]，追于无形[2]，钻坚求通[3]，钩深取极[4]；乃百虑之筌蹄[5]，万事之权衡也[6]。

5. 故其义贵圆通，辞忌枝碎。必使心与理合，弥缝莫见其隙[7]；辞共心密，敌人不知所乘：斯其要也。

6. 是以论如析薪[8]，贵能破理[9]。斤利者[10]，越理而横断；辞辨者[11]，反义而取通：览文虽巧，而检迹知妄[12]。唯君子能通天下之志[13]，安可以曲论哉？

【注释】

[1] 穷：尽，极力。有数：指具体的、有形的。

[2] 无形：指抽象的。

[3] 钻坚：即攻坚之意。

[4] 钩深：《周易·系辞上》有言“钩深致远”，疏曰：“物在深处，能钩取之。”钩：取。

[5] 筌（quán）蹄：指工具。筌：捕鱼的竹笼。蹄：捕兔的器具。

[6] 权衡：衡量，评价。权：秤锤。衡：秤杆。

[7] 弥缝：补合，这里指论述组织严密。隙：孔穴，漏洞。

[8] 析：破木。薪：木柴。

[9] 理：指木柴的纹理。

[10] 斤：斧子。

[11] 辨：同“辩”，指巧于言辞。

[12] 检迹：考察实际。

[13] 唯君子能通天下之志：语出《周易·同人·彖》，意思是只有君子能以正道通达天下人的志向，刘勰借指论者应以正当的道理说服天下的人。

【翻译】

考察“论”这种文体，主要是用以分清是非。不仅对具体问题进行透彻的研讨，并深入追究抽象的道理；要攻克难点谋求通透，深入挖掘终极奥义；它是表达各种思想的工具，权衡万事万物的量器。

所以，论文的道理要讲得全面而通达，避免写得支离破碎；必须做到情和理统一，严丝合缝，没有漏洞；文辞和思想密切结合，使论敌无隙可乘：这就是写论文的基本要点。

因此，写论文和劈木柴一样，贵在能顺其纹理劈开。斧子锋利的，不按纹理横着也能砍断木柴；文辞巧辩的，违反义理而自圆其说——文辞上看起来虽然巧妙，但检查实际情形，就会发现它的虚妄。只有有才德的人，才能用正当的道理来说服天下之人的心意，怎么可以讲歪道理呢？

【疏解】

这三句与上第 1、2 句意义相关。第 4 句讲论文要判断正误，要克服难度；要有深度。第 5 句论文的“辞”与“义”要密切配合，要严谨有条理。第 6 句讲论文要讲“正理”，不能“越理”“反义”。

7. 一人之辨[1]，重于九鼎之宝[2]；三寸之舌，强于百万之师。

【注释】

[1] 一人之辨：指平原君门客毛遂说服楚王与赵国结盟之事（见《史记·平原君虞卿列传》）。

[2] 九鼎：传为夏禹所铸，是夏、商、周的传国之宝。

【翻译】

一人的辩才，犹如九鼎国宝之重；三寸的舌头，胜过百万雄师。

【疏解】

“一人之辨，重于九鼎之宝；三寸之舌，强于百万之师”，音节铿锵，对仗工整，通过数字的对比，极力突出了说客运用辩论技巧而达到的雄辩效果。其典出《史记·平原君虞卿列传》。毛遂说服楚王与赵国结盟，使楚出兵救赵，所以平原君赵胜非常推重毛遂，说：“毛先生一至楚，而使赵重于九鼎大吕。毛先生以三寸之舌，强于百万之师。”①

① （汉）司马迁撰《史记》，中华书局，1959，第 2368 页。

8. 凡说之枢要[1]，必使时利而义贞[2]；进有契于成务[3]，退无阻于荣身。自非谲敌[4]，则唯忠与信；披肝胆以献主[5]，飞文敏以济辞[6]：此说之本也。

【注释】

[1] 枢（shū）：门窗的转轴，这里比喻关键性的东西。

[2] 贞：正。

[3] 契：投合。

[4] 谲（jué）：欺骗。

[5] 披肝胆：表示至诚。

[6] 文敏：文思敏锐。济：成。

【翻译】

“说”辞的关键，必使其得时势之利而且意义正大；被采纳就能有益于成就事务，不被采用也不阻碍给人带来荣誉。除了欺骗敌人，就应该讲得忠诚可信；要披洒肝胆般把真诚献给主上，用敏锐飞动的文辞来加强说服力：这就是“说”的基本特点。

【疏解】

“说”与“论”一样，也强调“义正”“忠信”。但刘勰认为，“说”有对友对敌的不同使用场合，对于敌人，不妨使用欺骗诡诈手段，① 但是陆机不区分这些不同的场合，只说了“说炜烨而谲诳”，刘勰对此表示质疑。纪昀认为，刘勰“树义甚伟”（立义卓越之意）②。

9. 理形于言，叙理成论。词深人天[1]，致远方寸[2]。阴阳莫忒[3]，鬼神靡遁[4]。说尔飞钳，呼吸沮劝[5]。

① 苏格拉底在与青年人关于“道德”的论辩中也肯定了“使用欺骗手段迷惑敌军”的正当性。

② 刘勰：《文心雕龙》，黄叔琳注，纪昀评，李详补注，刘咸炘阐说，戚良德辑校，上海古籍出版社，2015，第122页。

【注释】

[1] 人天：人间天上，指人世与自然、天地间的至理。

[3] 方寸：心，心灵，心思。

[3] 莫忒：没有差错。

[4] 靡遁：无法逃遁。靡：无。遁：隐蔽。

[5] 呼吸：一呼一吸之间，指时间的短暂。沮：阻止。劝：鼓励。

【翻译】

道理用语言来表达，叙述道理成为论文。论文深究天道人道，让心灵到达远方。阴阳变化没有差错，鬼神也无处可逃遁。说辞近于《飞钳》所说的奇术，在词句的吐纳之间就能谏阻或劝勉对方。

【疏解】

“词深人天，致远方寸”，是说论文能深究天人至理，从而能使方寸之心通达天下，可以用来勉励学子将之作为写作的目标。

《诏策》第十九

1. 王言之大，动入史策，其出如綍[1]，不反若汗[2]。

【注释】

[1] 綍：古同“绋”，大绳。

[2] 不反若汗：指令出而不返。

【翻译】

帝王的话关系重大，往往要写入史书；话一出口就产生了巨大作用，好像人的汗水一样，出来了就不能返回去。

【疏解】

《史传》篇曾提到中国有悠久的史官文化，“左史记言，右史书事”，记载的对象就是君主的言行。“王言之大，动入史策”指的就是“左史记言”的传统。“其出如綍”见《礼记·缁衣》“王言如纶，其出如綍”，纶粗于丝，綍大于纶，喻指帝王之言外出，作用不断扩大，因而不得不慎重。“不反若汗”，典出《周易·涣·九五》：“涣汗其大号。”帝王发布大号令，有如汗出而不能返，不可不慎也！

2. 夫王言崇秘[1]，“大观在上”[2]，所以百辟其刑[3]，万邦作孚[4]。

【注释】

[1] 秘：指神圣。

[2] 大观：指帝王对全面情况有深透的观察。这是古人吹捧帝王的

说法。

[3] 百辟：诸侯。刑：效法。

[4] 孚（fú）：信服。

【翻译】

帝王的话崇高而神圣，高瞻远瞩人所敬仰，因此为诸侯效法，万邦信服。

【疏解】

“大观在上”出自《周易·观卦·象》，“百辟其刑”出自《周颂·烈文》，“万邦作孚”出自《诗经·大雅·文王》，刘勰广采经典，说明王言的重要影响。

3. 魏武称[1]：作敕戒当指事而语，勿得依违[2]，晓治要矣。

【注释】

[1] 魏武：指曹操。

[2] 依违：反复不定。

【翻译】

魏武帝曾说：作敕戒就当确指其事而言，不得依违两可，这是通晓统治之术了。

【疏解】

“指事而语，勿得依违”，指出了敕戒要有明确的针对性，内容要有明确的规定性。如果反复不定，不明确落实，州郡的老百姓就不知道该如何遵守服从了。

4. 教者，效也[1]，出言而民效也。

【注释】

[1] 效：效法。

【翻译】

所谓“教”，就是上行下效，言辞一出，百姓效法。

【疏解】

《文心雕龙》首篇《原道》篇有言：“道心惟微，神理设教。光采玄圣，炳耀仁孝。……天文斯观，民胥以效。”以高妙的道理来设立教化，教化的内容以儒家的仁孝为主，目的是要老百姓都来效法，正体现了“教”的方式、内容、目的等内涵。

5. 皇王施令，寅严宗诰[1]。我有丝言[2]，兆民伊好[3]。辉音峻举[4]，鸿风远蹈[5]。腾义飞辞[6]，涣其大号[7]。

【注释】

[1] 寅：恭敬。严：庄严。宗：主。诰：告。

[2] 丝言：指帝王的诏令。

[3] 兆：百万，指众多。伊：语助词。好：爱好。

[4] 辉音峻举：光辉的声音高高扬起。

[5] 鸿风远蹈：宏大的风声向远处传布。鸿：宏大。远蹈：向远方传播。

[6] 腾义飞辞：腾、飞，义、辞对举，指诏策的旨意和文辞腾跃飞举。腾：飞。

[7] 涣：散。号：号令。

【翻译】

帝王发号施令，恭敬庄严诏告天下。如丝般的王言训示，万民爱好并尊奉它。光辉的声音高高扬起，宏大的风声传到远方。意义腾跃文辞飞举，重大号令四面播扬。

【疏解】

“辉音峻举，鸿风远蹈”，指诏策的传播影响大、范围广，可用来表达对学子的期盼之情。“涣其大号”语出《周易·涣·九五》，“涣汗其大号”，意即帝王的重大号令，四面传扬，有如汗出而不可复返，所以颁布诏策不可不慎！

据夏成钢《湖山品题：颐和园匾额楹联解读》，颐和园鉴远堂有匾额“辉音峻举”[①]。

① 夏成钢：《湖山品题：颐和园匾额楹联解读》，北京出版社，2019，第354页。

《檄移》第二十

1. 震雷始于曜电[1]，出师先乎威声，故观电而惧雷壮，听声而惧兵威。兵先乎声，其来已久。

【注释】

［1］曜电：耀眼的闪电。曜：同“耀”，照耀。

【翻译】

震撼的雷鸣从闪电开始，出兵则以威声先行。所以看到闪电就会害怕响雷，闻听声势就会恐惧军威。军队出征先造声势，由来已久。

【疏解】

出征之前先造声威，包括颁布威严之号令，举行誓师大会，颁布讨伐檄文等。

2. 檄者，皦也[1]；宣布于外，皦然明白也。

3. 移者，易也[2]；移风易俗，令往而民随者也[3]。

【注释】

［1］皦（jiǎo）：明白。

［2］易：改变，更易。

［3］令：此处指移文。令往：命令发出。

【翻译】

“檄”是清楚明白的意思，公开宣示于外界，意义清楚明确。

“移”是转变的意思；就是移风易俗，发出命令老百姓就顺随。

【疏解】

从定义来看，“檄”和“移”都要求浅显明白，这样才能被大众知晓。刘咸炘认为：“‘移者，易也’，虽非本义（按：本义指移秧，泛指移植），实足使人顾名正义。”①

4. 凡檄之大体，或述此休明[1]，或叙彼苛虐。指天时[2]，审人事，算强弱，角权势[3]；标蓍龟于前验[4]，悬鞶鉴于已然[5]。虽本国信，实参兵诈；谲诡以驰旨[6]，炜晔以腾说[7]。凡此众条，莫之或违者也。

5. 故其植义飏辞[8]，务在刚健。插羽以示迅[9]，不可使辞缓；露板以宣众，不可使义隐。必事昭而理辨[10]，气盛而辞断[11]，此其要也。

【注释】

[1] 休：美好。

[2] 天时：指天道，天命之类。

[3] 角：量。

[4] 标：表示。蓍（shī）：占卜用的草。龟：占卜用的龟甲。

[5] 鞶（pán）鉴：大带上的镜。这里是取镜鉴戒的意思。鞶：古代束衣的大带。

[6] 谲诡（jué guǐ）：怪异不实。

[7] 炜晔（wěi yè）：光辉，明盛。

[8] 飏（yáng）：飞扬，引申为施展。

[9] 插羽：古代檄文，插鸟毛表示紧急。

[10] 昭：明显。辨：明。

[11] 断：果断。

【翻译】

大凡檄的体式，有时叙述自身的美好清明，有时叙说对方的苛酷暴

① 刘勰：《文心雕龙》，黄叔琳注，纪昀评，李详补注，刘咸炘阐说，戚良德辑校，上海古籍出版社，2015，第137页。

虐。指明天时，审视人事，计算强弱，较量权势；用以往的蓍龟占卜来显示吉凶，以已然的成败来垂示鉴戒。虽然基于国家的威信，实际上其中有用兵的诈谋；以谲诡的方式驰达意旨，以光彩耀人的修饰张扬说辞。所有这几点，没有谁会违背的。

所以檄文的立意遣词，务必刚健有力。插上羽毛表示紧急，不能让文辞舒缓；不加封缄宣示众人的檄文，文义不能隐晦。必须事实清楚、道理明白，气势旺盛、言辞果断，这是檄文的要领。

【疏解】

第一段从整体上谈“檄文”的文体要领。首先要显示檄文对待敌我两方的不同立场——“或述此休明，或叙彼苛虐”，再从四个方面——“天时、人事、强弱、权势”——进行考虑，并从蓍龟旧例与已有成败来显示吉凶，以增强檄文的鼓动性。这种鼓动虽以国家威信为基础，其实带有用兵的诡诈。“谲诡以驰旨，炜晔以腾说”，此义与陆机所言“说炜晔而谲诳”意旨一致。纪昀认为，第一段“语扼要领”①。

第二段突出檄文的两个特点：刚健、明白，即“不可使辞缓”“不可使义隐”。纪昀认为（“事昭”“理辨”“气盛”“辞断”）“四语尤精”。②刘咸炘也认为：“插羽以示迅[9]，不可使辞缓；露板以宣众，不可使义隐”四句，体现了彦和“论文能探原本，核名实”③ 的本领。

6. 三驱弛网④[1]，九伐先话[2]。鞶鉴吉凶，蓍龟成败。摧压鲸鲵[3]，抵落蜂虿[4]。移宝易俗，草偃风迈。

---

① 刘勰：《文心雕龙》，黄叔琳注，纪昀评，李详补注，刘咸炘阐说，戚良德辑校，上海古籍出版社，2015，第 137 页。

② 刘勰：《文心雕龙》，黄叔琳注，纪昀评，李详补注，刘咸炘阐说，戚良德辑校，上海古籍出版社，2015，第 137 页。

③ 刘勰：《文心雕龙》，黄叔琳注，纪昀评，李详补注，刘咸炘阐说，戚良德辑校，上海古籍出版社，2015，第 137 页。

④ 通行本多作“刚”。刚，纪昀疑作“纲”，陈拱《文心雕龙本义》认为，“纲”当作“網（网）”，形近而误，其说可以。

【注释】

[1] 三驱弛网：三面驱赶禽兽而把捕网放开一面。三驱：打猎时从三面驱赶禽兽。弛：松，放开。弛网：放开绳网。

[2] 九伐：有九种罪行之一的人应予讨伐。据《周礼·夏官·大司马》九种罪行是：(1) 欺侮弱小；(2) 损害贤人和百姓；(3) 对内暴虐，对外欺侮；(4) 田野荒芜而百姓散离；(5) 仗恃险地而不顺服；(6) 杀害亲人；(7) 驱逐或杀害国君；(8) 违背命令而忽视政治；(9) 道德败坏，行同禽兽。先话，讨伐之前先予声讨。

[3] 鲸鲵：吞食小鱼的大鱼名。

[4] 抵：击。蜂虿：蜂蝎之类的毒虫，喻指敌人。

【翻译】

驱赶禽兽尚且网开一面，各类讨伐也先作声讨。檄文要借鉴以往祸福，参考占卜所示成败。它的力量可以把鲸鲵摧毁压服，可以把黄蜂蝎子打翻在地。移文重在改变风俗，就像风一吹过草必偃伏。

【疏解】

这一段赞语前六句都是讲檄文，后两句讲移文，与其他文体论赞语大致均衡地谈论两种文体有所不同。

“三驱驰网”，典出《周易·比·九五》：“王用三驱，失前禽。”天子出猎，先设网，但并不四面合围以赶尽杀绝，而是把正前方网开一面，让飞禽有一面可以逃跑，这也显示出天子的仁慈。

刘勰借用此典故另有深意。天子讨伐九种有罪之人，先用檄文向敌人喊话，让他们认清形势，不走死路。好比天子打猎，三面张网，而正前方网开一面。这网开的一面就是为有罪却识时务者留下的活路。

《封禅》第二十一

1. 夫正位北辰[1]，向明南面[2]，所以运天枢[3]、毓黎献者[4]，何尝不经道纬德[5]，以勒皇迹者哉[6]！

【注释】

[1] 北辰：即北极星，古人认为它位于天的正中，众星都围绕着它运转。《论语·为政》："为政以德，譬如北辰，居其所而众星共（拱）之。"

[2] 向明南面：指帝王治理天下。向明：天将明。南面：古称帝王的统治为"南面而治"。《周易·说卦》："圣人南面而听天下，向明而治。"

[3] 天枢：北斗七星之一，这里指北极星。

[4] 毓：养育。黎：众人。献：贤者。

[5] 经道纬德：即经纬道德，以道德为治理天下的纲领。

[6] 勒：刻。皇迹：伟大的事迹。

【翻译】

就像北极星处于天的正中，帝王也受命南面而治，掌握着中央政权，养育百姓和贤人；他们怎能不致力于以道德治理天下，以刻下自己的伟大功绩呢！

【疏解】

皇帝向明南面而治理天下，施行德政，就会像北极星受到众星拱卫一样得到天下拥戴，这样的理念体现了古人的"天人合一"的观念，也突出了人们对德政的向往。据夏成钢《湖山品题：颐和园匾额楹联解读》，颐和园鉴远堂有匾额“经道纬德”①。

2. 义胜欲则从[1]，欲胜义则凶。

【注释】

[1] 从：顺。

【翻译】

道义战胜欲望则和顺，欲望战胜道义则凶险。

【疏解】

“义胜欲则从，欲胜义则凶”，此话出自《丹书》（传说是赤雀衔来献给周文王之书），劝勉统治者要遵从道义而克制私欲，但其意义具有普遍性，它适应于所有人。所有人都要以道义为底线，克制私心欲望，一味追求私欲，就会陷入凶险的境地。

3. 岂非追观易为明，循势易为力欤[1]？

【注释】

[1] 循：依。势：指体势。

【翻译】

（封禅文的写作，）难道不是后人反观前人作品容易明察，遵循前人的体势容易发挥才力吗？

【疏解】

刘咸炘认为，“追观”“循势”二句，谓创始难工，因沿易美也②。

4. 树骨于“训”“典”之区[1]，选言于宏富之路；使意古而不晦于深[2]，文今而不坠于浅；义吐光芒，辞成廉锷[3]，则为伟矣。

---

① 夏成钢：《湖山品题：颐和园匾额楹联解读》，北京出版社，2019，第353页。

② 刘勰：《文心雕龙》，黄叔琳注，纪昀评，李详补注，刘咸炘阐说，戚良德辑校，上海古籍出版社，2015，第142页。

【注释】

[1] 骨：骨干，主体。训典：指《尚书》中的《伊训》《尧典》等。

[2] 晦：不明显。

[3] 廉：锐利。锷（è）：刀剑的刃。

【翻译】

树立骨架取法《尚书》的《伊训》《尧典》，选用宏博富丽的言辞；使意义古雅而不隐晦深奥，文字时新而不失于浮浅；文义能吐露光辉，言辞有锐利锋芒，就很卓越了。

【疏解】

杨慎评曰："'意古而不晦于深，文今而不坠于浅'，不特封禅之准，他文亦当如此。"① 黄叔琳评曰："能如此，自无格不美，岂惟封禅文？"②

5. 鸿律蟠采[1]，如龙如虬[2]。

【注释】

[1] 鸿律：谓格律宏伟。蟠采：蟠龙般的文采。

[2] 虬：有角的龙。

【翻译】

宏伟格律凝聚文采，像龙和虬一样流转遒劲。

【疏解】

"鸿律蟠采，如龙如虬"，不仅可以指封禅文的特点，也可以用来勉励学子，写出华丽而遒劲的大文章。

---

① 黄霖编著《文心雕龙汇评》，上海古籍出版社，2005，第78页。

② 刘勰：《文心雕龙》，黄叔琳注，纪昀评，李详补注，刘咸炘阐说，戚良德辑校，上海古籍出版社，2015，第142页。

《章表》第二十二

1. 原夫章表之为用也，所以对扬王庭，昭明心曲[1]；既其身文[2]，且亦国华[3]。

2. 章以造阙[4]，风矩应明[5]；表以致禁[6]，骨采宜耀：循名课实[7]，以文为本者也。

【注释】

[1] 昭明：明辨清楚。心曲：内心深处。

[2] 身文：《左传》僖公二十四年："介之推曰：'言，身之文也。'"

[3] 国华：《国语·鲁语上》："季文子曰：'吾闻以德荣为国华。'"

[4] 造：达到。阙：宫门外两旁的望楼，这里泛指朝廷。

[5] 风：风范。矩：画方形的器具，引申指法则。

[6] 禁：宫禁之中，和上句"阙"字义同。

[7] 循：依。课：查核。

【翻译】

推究章表的作用，在于回报和颂扬朝廷，表明内在的心意；既体现自身的文才修养，也体现一国文化的精华。

"章"要送达王庭，风化规范应该彰明；"表"也进呈宫禁，骨力辞采以炳耀为宜：顾名思义，章表的文辞都以华美为本色。

【疏解】

章表要讲求文采，对自身而言，是个人才华之展示，就一朝一代而言，是一国文化精华的体现。为什么要讲求文采呢？因为这两种文体都要进呈给皇帝，要体现风骨与辞采。刘咸炘则从章表的内容来分析，认为：“章表之事缓，故主文；疏奏之事切，故主质。”①

3. 是以章式炳贲[1]，志在典谟[2]；使要而非略，明而不浅。

4. 表体多包，情伪屡迁[3]；必雅义以扇其风，清文以驰其丽。

【注释】

[1] 炳：明。贲（bēn）：美。

[2] 典谟：指《尚书》中的《尧典》《皋陶谟》之类作品。

[3] 情伪：真伪，复合偏义，指真情。

【翻译】

“章”的体式文采炳耀，志在以《尧典》《皋陶谟》为典范；使之精要而不粗略，明白而不肤浅。

“表”的体式多样，情感内容不断变化，必使意义雅正以加强感化力，以清新的文风驰骋藻采。

【疏解】

刘咸炘认为：“‘要而非略，明而不浅’，则指事造实，不求靡丽之旨，甚正。”②

5. 恳恻者辞为心使[1]，浮侈者情为文屈[2]。

6. 繁约得正[3]，华实相胜[4]，唇吻不滞[5]，则中律矣[6]。

【注释】

[1] 恳恻：诚恳。

[2] 屈：屈服。按：《太平御览》引作“出”，本书从通行本，作“屈”。

[3] 得正：恰当，适中。

---

① 刘勰：《文心雕龙》，黄叔琳注，纪昀评，李详补注，刘咸炘阐说，戚良德辑校，上海古籍出版社，2015，第146页。

② 刘勰：《文心雕龙》，黄叔琳注，纪昀评，李详补注，刘咸炘阐说，戚良德辑校，上海古籍出版社，2015，第146页。

[4] 相胜：华美与朴实相结合。

[5] 唇吻：口吻，借指为诵读的声调。滞：不通畅。

[6] 律：法则。

【翻译】

感情恳切深挚者的文辞为其心所用，浮泛奢华者的感情被文辞扭曲压抑。

繁简得当，华实互补，音响流利畅达，终能合乎规范。

【疏解】

刘咸炘认为："词为心使，本心运词也，即所谓'为情造文'也。情为文使（一作"屈"），则'为文造情'也。凡文皆然，然章奏尤须切意。"①（按："为情造文""为文造情"，语出《情采》篇）。刘咸炘还认为："'唇吻不滞'，即上篇（按：指《封禅篇》）所谓'文今而不坠浅'，上文所谓'明而不浅'。"②

7. 敷奏绛阙[1]，献替黼扆[2]。言必贞明[3]，义则弘伟。肃恭节文[4]，条理首尾。君子秉文[5]，辞令有斐[6]。

【注释】

[1] 绛阙：赤色的宫阙，指朝廷。

[2] 扆：屏风，常置帝王座后，这里指帝王。

[3] 贞明：刚健明亮。贞：正。

[4] 肃：敬。节文：辞文有节制而合乎礼仪。文：指礼制。

[5] 秉文：写作。

[6] 斐：有文采的样子。

① 刘勰：《文心雕龙》，黄叔琳注，纪昀评，李详补注，刘咸炘阐说，戚良德辑校，上海古籍出版社，2015，第146页。

② 刘勰：《文心雕龙》，黄叔琳注，纪昀评，李详补注，刘咸炘阐说，戚良德辑校，上海古籍出版社，2015，第146页。

【翻译】

向朝廷敷陈章奏，请天子裁决取舍。话一定说得正确明白，意义要求重大。态度严肃恭敬，文辞合乎礼节，从头到尾都有条理。卓越的人物写作章表，一定是文辞优美而富有文采的。

【疏解】

《章表》篇言，“君子秉文，辞令有斐”；《铭箴》有言，“秉文君子，宜酌其远大焉”。在刘勰看来，君子一定有文采又有文德，正所谓“既其身文，且亦国华”。

《奏启》第二十三

1. 夫奏之为笔[1]，固以明允笃诚为本[2]，辨析疏通为首。强志足以成务，博见足以穷理；酌古御今[3]，治繁总要[4]：此其体也[5]。

【注释】

[1] 笔：与“文”相对，指不重音韵文饰的散文。

[2] 允：诚信。笃：忠厚。

[3] 酌：斟酌，参考。御：驾驭，控制。

[4] 治繁总要：以简驭繁，抓住要点。

[5] 体：这里指主体，大要。

【翻译】

“奏”这种文体，原以明察允当和忠厚诚信为本，以事理的辨析、疏通为首要。强大的记忆（或谓“坚强的意志”）有助于成就事务，广博的见识有助于穷达事理；斟酌借鉴以往的经验、驾驭当今的问题，以简驭繁把握关键：这就是“奏”的写作要领。

【疏解】

本段话中的“强志足以成务，博见足以穷理”，以“强志”“博见”为途径，追求“成务”“穷理”之目标，可称名言。

明代钟惺认为，“今之奏本伤繁，当尊此两言正之”。黄叔琳认为“明允笃诚为本，辨析疏通为首”的奏，三代以下不可多得。①

① 黄霖编著《文心雕龙汇评》，上海古籍出版社，2005，第83页。

2. 是以立范运衡[1]，宜明体要。必使理有典刑[2]，辞有风轨[3]；总法家之裁[4]，秉儒家之文[5]。不畏强御[6]，气流墨中；无纵诡随[7]，声动简外：乃称绝席之雄[8]，直方之举[9]也。

【注释】

[1] 衡：秤杆，这里指衡量取舍。

[2] 典刑：一定的常规。

[3] 风轨：与上句“典刑”意近。风：教化。轨：法度。

[4] 裁：判断，裁决。

[5] 秉：操，持。

[6] 不畏强御：语出《诗经·大雅·烝民》。强御：指强暴乘势的人。

[7] 无纵诡随：语出《诗经·大雅·民劳》。纵：从，指听从。诡随：诡谲欺诈的人。

[8] 绝席：即“独坐”，显尊贵。

[9] 直方：平直方正。

【翻译】

因此建立规范运用权衡，应该明了大体和要义。必须做到说理有常规，文辞合乎风范；汇总法家的裁量尺度，秉持儒家的文情。不畏强暴的权势，使盛气流贯于笔墨之中；也不放任诡诈欺骗的人，使声势振动于竹简之外：这就可说是备受敬重的座上雄才，内直外方的壮举了。

【疏解】

按劾之奏，以典型（常法）为依据，这就是“法家之裁”，文辞又符合儒家精神，既要有“不畏强御”的刚健，又要有“无纵诡随”的正直，这就是“秉儒家之文”。所以，纪昀评曰：“酌中之论。”这里的“不畏强御”“无纵诡随”都是出自《诗经》的名言。

3. 夫王臣匪躬[1]，必吐謇谔[2]；事举人存[3]，故无待泛说也。

【注释】

［1］匪：非。躬：身，指自身。

［2］謇谔（jiǎn è）：直言。

［3］事举人存：《礼记·中庸》有言："其人存，则其政举。"此处指直谏者在位期间就要把向帝王直谏的事情做了。

【翻译】

作为帝王的臣子不为自身得失考虑，一定会倾吐直言；在位期间就要把建言直谏的事做了，这一点此处就无须烦言了。

【疏解】

"王臣匪躬，必吐謇谔"，此名言表明王臣不计个人利益，为了国事而去犯颜直谏，这是儒家倡导的刚健精神。

值得指出来的是，李曰刚教授将"事举人存"理解为"所言之政事获得实行，而其人之名亦存于世也"，此一理解正与前文"王臣匪躬"相矛盾，所以笔者将"事举人存"翻译为"谏臣在位期间就要把建言直谏的事做了（至于直谏之后是否被人主采纳，本人是否会获得名声则一概不在考虑之列）"。

《议对》第二十四

1. 夫动先拟议[1]，“明用稽疑”[2]，所以敬慎群务[3]，弛张治术[4]。

【注释】

[1] 拟：揣度。议：议论。

[2] 明：为求明白。稽：查考。

[3] 敬慎：严肃审慎。群务：各种政务。

[4] 弛张：指放松和拉紧相配合。

【翻译】

凡是行动之前，先加以斟酌讨论，明察可疑的情况和问题，这是为了慎重对待各种政务，使治国之道张弛有致。

【疏解】

这段话前半部分从流程可以看出对待公务的慎重，后半部分揭示“敬慎群务，弛张治术”的主旨。整句话引用《周易》《尚书》《礼记》，“动先拟议”出自《周易·系辞上》“拟之而后言，议之而后动，拟议以成其变化”。“明用稽疑”出自《尚书·洪范》（原意为“用卜筮决疑”），“弛张治术”出自《礼记·杂记下》：“张而不弛，文武弗能也；弛而不张，文武弗为也。一张一弛，文武之道也。”可谓“依经立义”。

2. 故其大体所资[1]，必枢纽经典[2]。采故实于前代[3]，观通变于当今[4]；理不谬摇其枝[5]，字不妄舒其藻。

【注释】

[1] 资：凭借，依据。

[2] 枢纽经典：以经典为关键，即以儒家经典为遵循、学习的典范。枢纽：关键。

[3] 故实：传统旧事。

[4] 通变：发展变化。

[5] 摇：振动。枝：细枝末节。

【翻译】

因此议论的基本框架，必定以经典为枢纽。采录前代的史实故事，了解当今的发展变化趋势；说理不纠缠于细枝末节，文字不妄加铺陈修饰。

【疏解】

“议”的写作除了要有敬慎的态度，还要有一些具体的文体要求。此段话指出“议”一方面要借助经典，“枢纽经典”当然会依经而立义，从而增强议论的说服力和权威性；另一方面也要立足当今，考察事理的发展变化，这样说理才会通透。“采故实于前代，观通变于当今”，可以说是说理的通则。至于“理不谬摇其枝”，是指说理要主旨集中，不要侧逸旁出；“字不妄舒其藻”是指说理不要过分讲求文采，只要能把道理讲透就可以，这也体现了“议”体在“义”与“辞”两方面的要求。

3. 标以显义，约以正辞。文以辨洁为能[1]，不以繁缛为巧[2]；事以明核为美[3]，不以环隐为奇[4]。

【注释】

[1] 辨洁：明辨洁净。

[2] 巧：工巧。

[3] 明核：明确而真实。

[4] 环：曲折。奇：稀奇。

【翻译】

（“议”体）要凸显其要义，用正大的言辞作精约的表述。文字以干净明白为美，不以繁文缛采为巧；叙事以明确核实为美，不以曲折隐晦为奇。

【疏解】

“文以辨洁为能，不以繁缛为巧；事以明核为美，不以环隐为奇”，取的是文字方面的“辨洁”和事义方面的“明核”，弃的是文字的“繁缛”和事义的“环隐”，纪昀评曰：“四语扼要”①。前面的“标以显义”即“理不谬摇其枝”，“约以正辞”即“字不妄舒其藻”，同样从“义”与“辞”两方面做出了要求。

4. 若不达政体，而舞笔弄文，支离构辞[1]，穿凿会巧[2]：空骋其华，固为事实所摈[3]；设得其理，亦为游辞所埋矣[4]。

【注释】

[1] 支离：分散。

[2] 穿凿：牵强附会。会：聚，这里是拼凑的意思。

[3] 摈：排除，抛弃。

[4] 游辞：虚浮不实的言辞。

【翻译】

如果不通晓国家政务，而随意搬弄文墨，东拉西扯地构成文辞，牵强附会地凑成小巧：这种徒然施展华丽的文章，固然要被事实抛弃；即使讲出一些道理，也被浮泛的文辞淹没了。

【疏解】

“议”体写作，除了要有敬慎的态度，鉴古通今的眼光，要追求“显义”与“正辞”外，还要有前提：那就是对于所议之“政务”要通达熟练。如果不通晓该项政务，就“舞笔弄文，支离构辞，穿凿会巧”，只会导致两种结果：要么徒劳地显示华丽文采，却被事实抛弃；要么是说得有

---

① 刘勰：《文心雕龙》，黄叔琳注，纪昀评，李详补注，刘咸炘阐说，戚良德辑校，上海古籍出版社，2015，第158页。

理也被浮泛的文辞淹没。刘勰此段论述，受到了钟惺和纪昀的高度认可。钟惺说：“后人病痛，前人已说尽，所以名世。”① 纪昀说：“洞究文弊。”②

5. 夫驳议偏辨，各执异见；对策揄扬[1]，大明治道。使事深于政术，理密于时务[2]。酌三五以镕世[3]，而非迂缓之高谈[4]；驭权变以拯俗[5]，而非刻薄之伪论。

【注释】

[1] 揄扬：宣扬。

[2] 密：贴近，结合。

[3] 三五：三皇五帝，指古圣先王的治国之道。

[4] 迂缓：舒缓，指言论的不切事理，远离实际。

[5] 权变：随机应变。拯：救。

【翻译】

驳议偏于论辩，各自坚持不同意见；对策重在阐扬，要很好地阐明治国之道。（两者都要）使所论的事于政务意义重大，说理切合当下实际。斟酌古代圣王之道以陶冶世风，而不作迂腐不切实际的高谈阔论；要随机应变以拯救流俗，而不作尖刻的欺人之谈。

【疏解】

“事深于政术，理密于时务”，强调“议对”的写作要有事理依据，要合乎时宜。“酌三五以镕世，而非迂缓之高谈；驭权变以拯俗，而非刻薄之伪论”，从正反两方面对“议对”做了规定。一方面，要“酌三五以镕世”“驭权变以拯俗”，即“议对”的写作要鉴古通今，拯救流俗；另一方面，又不作“迂缓之高谈”“刻薄之伪论”，即“议对”的写作不要高谈阔论不切实际，也不要尖酸刻薄。可见，在刘勰眼里，“议对”不仅要有益于世，还要注意表达的技巧与可接受性，要温柔敦厚，不能尖酸刻

① 黄霖编著《文心雕龙汇评》，上海古籍出版社，2005，第 87 页。

② 黄霖编著《文心雕龙汇评》，上海古籍出版社，2005，第 87 页。

薄。纪昀评论这段话："语尤精确。"①

6. 难矣哉，士之为才也！或练治而寡文[1]，或工文而疏治[2]。

【注释】

[1] 练：熟悉。寡：缺乏。

[2] 工：精通。疏：不熟悉。

【翻译】

文人应具备的才力，真是不易呀！有的精通业务，却缺乏文才；有的精于文辞，对政事却很生疏。

【疏解】

刘勰认为，文人写议对，需要精通政务，又要娴于文辞，要有这样的才力真是太不容易了。这一感叹与《程器》"贵器用而兼文采"的主张一致。

---

① 刘勰：《文心雕龙》，黄叔琳注，纪昀评，李详补注，刘咸炘阐说，戚良德辑校，上海古籍出版社，2015，第 158 页。

《书记》第二十五

1. 扬雄曰[1]："言，心声也；书，心画也[2]。声画形，君子小人见矣。"

【注释】

[1] 扬雄：字子云，西汉文学家。

[2] 画：形，指书写成文字。

【翻译】

扬雄说："言，是人的内心发出的声音；书，则是表达心思的符号。发出声音，写成文字，君子与小人的不同就表现出来了。"

【疏解】

"言，心声也""书，心画也"，强调内心与外文的一致，这是扬雄的一个著名观点，合乎儒家"文如其人"的传统观念。不过，元好问对此持反对意见。他的《论诗绝句三十首》其六说："心画心声总失真，文章宁复见为人。高情千古闲居赋，争信安仁拜路尘。"写出淡泊名利的《闲居赋》的潘岳，却谄媚权贵望尘而拜，可见文章有时也"失真"。

2. 杼轴乎尺素[1]，抑扬乎寸心[2]。

【注释】

[1] 杼轴：织布机上织经线和纬线的两个部件。这里是组织的意思。尺素：指书信。素：生绢。

[2] 抑扬：高低起伏。

【翻译】

组织辞采于尺素之上，字里行间荡漾着方寸之心。

【疏解】

“杼轴乎尺素，抑扬乎寸心”，富有节奏与美感的对句，涉及情感跃动与文字表达之间的契合关系。

3. 详总书体，本在尽言，言所以散郁陶[1]，托风采[2]，故宜条畅以任气[3]，优柔以怿怀[4]。文明从容[5]，亦心声之献酬也[6]。

【注释】

[1] 郁陶：郁结，哀思积聚。这里泛指积聚的感情。

[2] 风采：指风度，美好的言行。

[3] 条畅：畅达。

[4] 优柔：从容自得。怿：喜悦。

[5] 文明：有文采而明达。从容：语气从容。

[6] 献酬：赠献与酬答，即相互交流。献：进酒。酬：答酒。

【翻译】

详察各种书信的体制，本在于畅所欲言以抒发郁结之情，表现自己的风采，所以应该畅达地纵任意气，无所拘束述说怀抱。文采彰明语势从容，也是心声的相互酬答交流了。

【疏解】

刘咸炘认为，“条畅”“优柔”，兼刚吐柔茹之妙①。“刚吐柔茹”：意为吃软不吃硬，语出《诗经·大雅·烝民》：“人亦有言，刚则吐之，柔则茹之。维仲山甫，刚亦不吐，柔亦不茹，不侮矜寡，不畏强御。”原诗赞美仲山甫刚健正直，不欺软怕硬。这里指文章刚柔并济。

---

① 刘勰：《文心雕龙》，黄叔琳注，纪昀评，李详补注，刘咸炘阐说，戚良德辑校，上海古籍出版社，2015，第168页。

4. 阴阳盈虚[1]，五行消息[2]，变虽不常，而稽之有则也[3]。

【注释】

［1］盈虚：指大自然阴阳消长的变化。

［2］五行：金、木、水、火、土五种物质。消息：指生灭，盛衰。

［3］稽：考察。

【翻译】

天地之间阴阳五行的消长盛衰，虽然变化无常，但考察其变化是有一定法则的。

【疏解】

“阴阳盈虚，五行消息”二句本《周易·丰·象》：“天地盈虚，与时消息。”这种盈虚消长变化无常，但考察起来就会找到规律。从无常之变中找到有常之则，正是科学求知精神的体现。

5. 言既身文[1]，信亦邦瑞[2]；翰林之士[3]，思理实焉[4]。

【注释】

［1］身文：身体的装饰，这里指自身修养的外观。《明诗》篇曾说：“吐纳而成身文。”

［2］邦瑞：国家的吉祥。《章表》篇曾说：“既其身文，且亦国华。”

［3］翰林：文人荟萃之处。

［4］理：治理，处理。

【翻译】

言辞既是自身文化修养的表现，确实也体现着邦国的祥瑞；文坛的才士们，要好好考虑处理实务啊。

【疏解】

“言既身文，信亦邦瑞”与《章表》篇“既其身文，且亦国华”异曲同工，都是说文辞既有个体意义，体现个人的文采，又有社会国家群体意义，是国家的祥瑞，是国家的光华。

《神思》第二十六

1. 文之思也，其神远矣。故寂然凝虑，思接千载；悄焉动容[1]，视通万里。吟咏之间，吐纳珠玉之声[2]；眉睫之前[3]，卷舒风云之色：其思理之致乎[4]！故思理为妙，神与物游[5]。

【注释】

[1] 悄：静寂。

[2] 吐纳：发出。

[3] 睫：眼毛。

[4] 致：达到。

[5] 神与物游：指作者的精神与外物的形象密切结合，一起活动。

【翻译】

作家写作时的构思，他的精神活动是无边无际的。所以当作家静静地思考的时候，他可以联想到千年之前；而在他的容颜隐隐地有所变化的时候，他已观察到万里之外去了。作家在吟咏推敲之中，发出珠玉般悦耳的声音；当他注目凝思，眼前就出现了风云般变幻的景色：这就是构思的效果啊！由此可见，构思的妙处，是使作家的精神与物象融合互动。

【疏解】

文章写作要有神妙的思维。这种神妙之思，可以跨越时间（“思接千载”），可以跨越空间（“视通万里”）；这种神妙的思维可伴随着各种悦耳之音和各种奇幻之色。此论与陆机“观古今于须臾，抚四海于一瞬”异曲同工。

2. 是以陶钧文思[1]，贵在虚静[2]，疏瀹五藏[3]，澡雪精神[4]。

【注释】

[1] 陶钧：指文思的掌握和酝酿。陶：制瓦器。钧：造瓦器的转轮。

[2] 虚静：指宁静虚空的精神状态。

[3] 瀹（yuè）：疏通。五藏：五脏。

[4] 澡雪：洗净，意谓务使内心舒畅，精神集中。

【翻译】

所以，要酝酿、展开写作构思，可贵的是内心的清虚静穆，就得疏通五脏，涤荡胸怀，使得精神爽朗。

【疏解】

纪昀说："'虚静'二字，妙入微茫。"① "虚静"二字的内涵如何？从后文来看，"虚静"显然是指"疏瀹五藏，澡雪精神"的一种状态，即内心宁静、精神净化的主体状态。

3. 积学以储宝[1]，酌理以富才[2]，研阅以穷照[3]，驯致以绎辞[4]。

【注释】

[1] 宝：这里指人的知识。

[2] 酌理：用理来斟酌去取，评量是非。富才：增长才能。

[3] 阅：阅历。穷照：追根究底、观察理解，引申为借鉴之意。照：察看，引申为理解。

[4] 驯致：顺着思路。驯：顺从，依照。致：情致。绎辞：运用文辞。绎：整理，运用。

---

① 刘勰：《文心雕龙》，黄叔琳注，纪昀评，李详补注，刘咸炘阐说，戚良德辑校，上海古籍出版社，2015，第175页。

【翻译】

积累才学、知识以储备写作的珍贵材料，斟酌事理来丰富才学，研究、总结各种各样的阅历以实现对事理的彻底理解，最后顺着思路来运用文辞。

【疏解】

“积学以储宝”，要像储存宝物一样多多积累学问；“酌理以富才”，斟酌事理以丰富才能；“研阅以穷照”，研究阅历以检验并彻底弄清事理，这些都是创作前的准备。“驯致以绎词”，是说要顺着思路写作，要有条理。

4. 登山则情满于山[1]，观海则意溢于海；我才之多少，将与风云而并驱矣！

【注释】

[1] 登山：指作家想象中的登山情形。“观海”与此类似。

【翻译】

想到登山就情满青山，想到观海就意溢沧海，若问我的才力有多少，将与风云而一道奔涌啊。

【疏解】

这是写作开始之前，作家情力弥满，充满自信的情形。钟惺所谓：“淋漓酣畅。”①

颐和园有一块横匾，写的内容正是《神思》自“是以陶钧文思”至“才之多少风云并驱”的文段（见图 9）。

① 黄霖编著《文心雕龙汇评》，上海古籍出版社，2005，第 94 页。

图 9　颐和园廓如亭写有《神思》文段的匾额

上部正中有“慈禧皇太后御笔之宝”钤印。

5. 意翻空而易奇[1]，言征实而难巧也[2]。是以意授于思，言授于意；密则无际[3]，疏则千里[4]。

【注释】

［1］翻空：凭空虚构。

［2］征实：经受现实检验。

［3］际：空隙。

［4］疏：远。

【翻译】

意念想法凭空虚构而容易奇特，言辞要经受现实验证难以做到巧妙啊。所以文意得自文思，言辞得自文意；如果“思—意—言”结合得密切，就如天衣无缝，否则就会远隔千里。

【疏解】

针对写作之前自信满满、写完之后感到缺失不明的情形，刘勰追索其中的原因。他认为是由“意”与“言”之间的矛盾造成的。“意”偏于主观、想象、奇妙，“言”偏于客观、现实、难巧。换句话说，“意”类似于

“能指”，“言”落实于“所指”。“言”与“意”之间的“疏”“密”会造成巨大差别。

6. 秉心养术[1]，无务苦虑[2]；含章司契[3]，不必劳情也[4]。

【注释】

[1] 秉：操持，掌握。

[2] 务：致力。

[3] 章：文采。契：约券，引申为规则。

[4] 劳情：劳苦神情。

【翻译】

所以秉持心神涵养文术，无须苦苦的思虑；内含光彩手握法则，不必劳损自己的神情。

【疏解】

写作，只要保持内心清静，掌握写作法则，就不必过分劳神苦虑。此一思想在《养气》篇有进一步论述。如：“率志委和，则理融而情畅；钻砺过分，则神疲而气衰”等。

7. 是以临篇缀虑[1]，必有二患：理郁者苦贫[2]，辞溺者伤乱[3]。然则博见为馈贫之粮[4]，贯一为拯乱之药[5]；博而能一[6]，亦有助乎心力矣。

【注释】

[1] 缀虑：即构思。缀：联结。

[2] 理：思理。郁：不通畅。

[3] 溺（nì）：沉迷，过分。

[4] 馈（kuì）：进食于人，引申为补救。

[5] 贯一：连贯而统一。拯：救助。

[6] 博而能一：指“博见”和“贯一”的结合。

【翻译】

所以在创作、构思时，必然出现两种毛病：思理不畅的人写出来的文章常常内容贫乏，文辞过滥的人又常常有杂乱的缺点。然而，广博的见识可以补救内容的贫乏，整一连贯可以纠正文辞的杂乱；如果见识广博而连贯统一，就有助于构思了。

【疏解】

刘勰此话充分体现了其思维的缜密：先提出问题（“理郁者苦贫，辞溺者伤乱”），再对症下药（“博见为馈贫之粮，贯一为拯乱之药”），最后再整合中心（“博而能一，亦有助乎心力”）。

8. 神用象通[1]，情变所孕。物以貌求，心以理应。刻镂声律[2]，萌芽比兴[3]。结虑司契[4]，垂帷制胜[5]。

【注释】

[1] 神：想象，指以想象为核心的精神活动。用：以。象：意象。

[2] 刻镂：刻画，指推敲。

[3] 萌芽：发明，产生。

[4] 结虑：指创作构思。司契：掌管法则。

[5] 垂帷：放下帷幕，指在军幕之中。《汉书·高帝纪》有言：“运筹帷幄之中，决胜千里之外”。

【翻译】

精神（想象）以物象来联系沟通，感情变化在其中起着孕育作用。外界事物以它们不同的形貌来打动作家，作家内心产生相应的情感；推敲作品的音节，运用比兴的方法。倘能掌握构思的法则，创作一定能够运筹帷幄，获得成功。

【疏解】

“神用象通，情变所孕”，敏锐地指出了想象构思过程中，物象的呈现往往伴随着强烈的情感。

《体性》第二十七

1. 才有庸俊[1]，气有刚柔[2]，学有浅深，习有雅郑[3]：并情性所铄[4]，陶染所凝[5]，是以笔区云谲[6]，文苑波诡者矣[7]。

【注释】

[1] 庸：平凡。俊：杰出。

[2] 气：指作者的气质。刚柔：强弱。

[3] 雅：雅乐。郑：郑声。这里是借“雅郑”指正与邪。

[4] 情性：指各人的性情气质。铄：冶金，这里引申为影响的意思。

[5] 陶染：风俗习惯的陶冶感染，指后天的影响，如学和习。

[6] 笔区：犹文坛，和下句的“文苑”互文。谲：变化。

[7] 诡：反常。这里是借“云谲”“波诡”，比喻作品像云彩和波纹一般变幻多端。

【翻译】

人的才智有平庸的、俊秀的，气质有刚强的、柔弱的，学识有浅薄的、高深的，习染有雅正的、淫靡的：这些都是由人的情性所决定，并受后天的熏陶而成，这就造成创作领域内千变万化、波诡云谲的现象。

【疏解】

张利群认为，才、气、学、习说是作者创作素质构成学说，是刘勰风格论不可缺少的重要组成部分①；刘勰对作者创作素质构成的每个要素都

① 张利群：《中国古代作者创作素质构成论研究——刘勰的“才气学习”说新解》，《江西师范大学学报》（哲学社会科学版）2002年第4期。

有高标准要求，也就是创作者要“才俊”“气清”“学深”“习雅”，这样才能保证作者的高素质、高水平，保证文学创作的质量和水准①。

2. 各师成心[1]，其异如面。

【注释】

[1] 成心：本性。

【翻译】

各人按照自己本性来写作，作品的风格就像人的面貌一样彼此不同。

【疏解】

韩泉欣认为：“各有成心”的“成心”即个性，不是指偏见。“其异如面”语出《左传·襄公三十一年》“人心之不同，如其面焉”，这里的“异”应是指作家个人风格的独特性。刘勰首倡以个性论风格，这是对我国古代美学与文学理论的重要贡献②。

3. 夫才有天资[1]，学慎始习。斫梓染丝[2]，功在初化[3]；器成彩定[4]，难可翻移。

4. 故童子雕琢[5]，必先雅制[6]；沿根讨叶[7]，思转自圆[8]。

【注释】

[1] 天资：天赋，即“自然之恒资”。

[2] 斫：砍。梓：一种可供建筑及制造器具的树木。

[3] 功在初化：梓因斫而成器，丝因染而成色，一旦成形，就不能改变，故云“功在初化”。

[4] 彩：指彩色丝绸。

[5] 雕琢：琢磨用字，指孩童初学写作。

① 张利群：《〈文心雕龙〉体制论》，广西师范大学出版社，2010，第279页。

② 韩泉欣：《〈文心雕龙·体性〉篇“各师成心，其异如面”说》，《浙江大学学报》（人文社会科学版）2000年第1期。

[6] 雅制：雅正的体制，类似儒家经书。

[7] 讨：寻究。

[8] 思转：思路之转变。圆：圆满，圆转，有“会通”之意。

【翻译】

才气虽由天赋而来（但也受到后天学习的影响），学习应该注重初学。砍梓木制器或用颜料染丝，功效好坏，要紧的在开始；若等到器具做成，颜色染定，那就不易再改变了。

所以小孩子学习写作，琢磨文字，必定先要端正体制；从根本上着手，再从根本到枝叶，多方思索探讨，各种风格变化自然就会圆满通畅。

【疏解】

纪昀认为，“才难勉强，而学自可为”，虽然《体性》篇文内才、气、学、习并重，但结尾的时候侧重于“学”，“归到慎其先入”①。“斫梓”典出《周书》，“染丝”典出《墨子》，梓材做成器具，白丝染成彩色，一旦做成就不可改变，所以第一次开始做就要慎重。这两个典故属于器物层面的“慎始”，此后，刘勰更从孩童习作来论证“慎始”。“童子雕琢，必先雅制”，明代曹学佺评曰：“此入门之时要端正也，学者不可以不知。”②

5. 故宜摹体以定习[1]，因性以练才：文之司南[2]，用此道也。

【注释】

[1] 摹：学习。

[2] 司南：指南。

【翻译】

因此应该模仿规范的体式养成良好的写作习惯，根据各自情性的特点锻炼文才：可以把这个道理当作学习文章写作的“指南针”。

---

① 刘勰：《文心雕龙》，黄叔琳注，纪昀评，李详补注，刘咸炘阐说，戚良德辑校，上海古籍出版社，2015，第179页。

② 黄霖编著《文心雕龙汇评》，上海古籍出版社，2005，第98页。

【疏解】

刘咸炘认为："'摹体以定习'，以前人已成之体，正已之情性也。'因性练才'，因其自然之性而节文之，以练成其才也。此两言材学兼致。"（"摹体以定习"，是用前人已经成形的体制，来端正自己的情性；"因性以练才"，是顺着自然的性情而加以节制，来练就个人的才能。这句话是说才学两方面要兼顾）[①]。《事类》篇说："才为盟主，学为辅佐，主佐合德，文采必霸；才学褊狭，虽美少功"，可与此参阅。

王元化认为："本篇所谓'摹体以定习，因性以练才'，以及《神思篇》'积学以储宝，酌理以富才'，《事类篇》'才自内发，学以外成'，都是说先天的禀赋还需经过后天的锻炼。"[②]

① 刘勰：《文心雕龙》，黄叔琳注，纪昀评，李详补注，刘咸炘阐说，戚良德辑校，上海古籍出版社，2015，第180页。

② 王元化：《文心雕龙讲疏》，广西师范大学出版社，2004，第143页。

《风骨》第二十八

1. 故辞之待骨，如体之树骸[1]；情之含风，犹形之包气[2]。

2. 结言端直[3]，则文骨成焉；意气骏爽[4]，则文风清焉[5]。

【注释】

[1] 骸：腔骨，这里泛指人的骨骼。

[2] 形：指人的形体。气：指人的气质。

[3] 端：端庄整饬。直：正直准确。

[4] 意气骏爽：指作品中表现出作者高昂爽朗的意志和气概。骏：高。爽：明。

[5] 清：明显。

【翻译】

文辞有待骨力的支撑，就像身体需要骨架支撑；情感中包含风力，就像形体中包孕着勃勃生气。

建构的言辞端方正直，文骨就确立起来；意气骏发爽利，文章动人之力就生成了。

【疏解】

以身体需要骨架支撑比喻文辞需要骨力，以形体贯注生气比喻情感包含风力，纪昀认为“此喻精确”①。刘咸炘认为，“无骸则体为浮肌，无气

---

① 刘勰：《文心雕龙》，黄叔琳注，纪昀评，李详补注，刘咸炘阐说，戚良德辑校，上海古籍出版社，2015，第182页。

则形为死物”①，这说明，“风”和“骨”对于文辞而言，不可或缺。刘咸炘又认为，“结言端直”，其义坚矣。“意气骏爽”，其风发也②。

3. 夫翚翟备色[1]，而翾翥百步[2]，肌丰而力沉也[3]；鹰隼无采[4]，而翰飞戾天[5]，骨劲而气猛也[6]。文章才力，有似于此。

4. 若风骨乏采[7]，则鸷集翰林[8]；采乏风骨，则雉窜文囿[9]。唯藻耀而高翔[10]，固文笔之鸣凤也。

【注释】

[1] 翚翟（huī dí）：五彩的野鸡。翟：长尾的山鸡。

[2] 翾翥（xuān zhù）：小飞。

[3] 沉：低沉。

[4] 隼（sǔn）：猛禽，与鹰同类而较小。

[5] 翰飞：高飞。戾：至，到达。

[6] 劲：有力。气：这里指气概。

[7] 采：华丽的修饰。

[8] 鸷（zhì）：猛禽。翰林：即文坛。翰：笔。

[9] 文囿（yòu）：文坛。

[10] 高翔：高飞。

【翻译】

山鸡五色兼备，只能离地飞百来步远近，这是由于体胖而力弱；鹰隼缺乏五彩羽毛，却能高飞至天际，是因为骨骼健壮气力勇猛呀。文章创作的才能和气力，与此相类似。

若是风骨缺乏文采，就如鹰隼聚集在文坛；有文采而缺乏风骨，就像山鸡窜入文学园地。唯有既能文采照耀，又能翱翔高天，才算是文章中的

① 刘勰：《文心雕龙》，黄叔琳注，纪昀评，李详补注，刘咸炘阐说，戚良德辑校，上海古籍出版社，2015，第183页。

② 刘勰：《文心雕龙》，黄叔琳注，纪昀评，李详补注，刘咸炘阐说，戚良德辑校，上海古籍出版社，2015，第183页。

凤凰。

【疏解】

从以上关于鹰隼和翚翟的比喻来看，刘勰认为，文辞与风骨不可偏重，要配合得当才合乎理想。杨慎评论："此论发自刘子，前无古人。徐季海移以评书，张彦远移以评画，同此理也。"① 如此说来，刘勰以雉隼来比喻文辞与风骨的关系，是发前人所未发，而且在艺术领域很有影响。

黄叔琳认为，前文"若丰藻克赡，风骨不飞，则振采失鲜，负声无力"即此处的"雉窜文囿"也②。刘咸炘也认为："雉、隼二譬极妙。徘徊矜重，雉之象也。绰厉风发，鹰之象也。二者各有所宜，不可偏重。"③

5. 若夫镕冶经典之范[1]，翔集子史之术[2]，洞晓情变[3]，曲昭文体[4]，然后能莩甲新意[5]，雕画奇辞[6]。

【注释】

[1] 镕冶：取法，学习。

[2] 翔集：鸟飞回翔而后停下，指审察采摘。

[3] 洞晓：通达。情变：指文学创作的变化情况。

[4] 曲：详尽。昭：明白。体：体势。

[5] 莩甲：指萌芽新生的意思。莩：芦苇秆里的白膜。甲：草木初生时所带的种子皮壳。

[6] 雕画：指文辞的修饰。

【翻译】

文章写作要镕铸于经典的轨范，详尽汇集子、史的写作方法，透彻了解情感的丰富变化，委婉曲尽地明白文章体式，然后能像萌发的种子突破种皮一样生出新意，雕画出奇妙的文辞。

---

① 黄霖编著《文心雕龙汇评》，上海古籍出版社，2005，第101页。
② 黄霖编著《文心雕龙汇评》，上海古籍出版社，2005，第100页。
③ 刘勰：《文心雕龙》，黄叔琳注，纪昀评，李详补注，刘咸炘阐说，戚良德辑校，上海古籍出版社，2015，第183页。

【疏解】

这段话揭示了风骨的来源。黄叔琳认为，“风骨又必从经典子史中出”①。

6. 缀虑裁篇[1]，务盈守气[2]；刚健既实[3]，辉光乃新。

7. 若能确乎正式[4]，使“文明以健”[5]，则风清骨峻，篇体光华。

【注释】

［1］缀虑：构思。缀：联结。

［2］务：必须。盈：充满。

［3］刚健：指文辞的骨力。

［4］确乎正式：确立正确的体式，指具有风骨的风格。

［5］文明以健：文明指风清，文健指骨峻。

【翻译】

连缀文思剪裁篇章，必须保持勃发的生气；刚健之力既已充实，文章也就光华四射令人耳目一新。

若能坚定地建立正确的体式，让文辞明朗刚健，文风清劲，文骨峻拔，则整篇文章会大放光华。

【疏解】

前一段话中，《风骨》将《周易·大畜·象》的“刚健笃实辉光，日新其德”②，变为“刚健既实，辉光乃新”，“既”与“乃”，表明一种条件关系，先有“刚健之气”充实，后有“辉光之采”显现。“刚健之气”是风骨之力的来源。

后一段话中，“篇体光华”与“光辉乃新”有一致之处，而“文明以健”直接引用《周易·同人·象》“文明以健，中正而应”。同人卦下离上乾（䷌），离者明也，乾者健也，二、五爻中正且阴阳相应。刘勰引用

① 黄霖编著《文心雕龙汇评》，上海古籍出版社，2005，第101页。

② （魏）王弼等注，（唐）孔颖达等正义《十三经注疏·周易正义》，上海古籍出版社，1997，第40页。

“文明以健”，其义有所改变，可理解为“文辞鲜明而刚健”，这样的效果就会“风清骨峻，篇体光华”。

从以上两则彖辞的引用，可以看出《风骨》篇对《周易》的依经立义。

《通变》第二十九

1. 名理有常，体必资于故实[1]；通变无方，数必酌于新声[2]：故能骋无穷之路[3]，饮不竭之源。

2. 变则堪久，通则不乏。

【注释】

[1] 资：凭借，借鉴。故实：指过去的作品。

[2] 酌：斟酌。新声：新的音乐，指新的作品。

[3] 骋：驰骋。

【翻译】

名称和文理有通常的规定，文体一定要借鉴过去的作品；通晓变化没有固定的方法，一定要参考当代的新作品：这样才能够奔驰于无限的通途，汲取不竭的源泉。

适应变化能够长久，流通古今不会贫乏。

【疏解】

第一句的“通变”应作“通晓变化”讲。第二句“变则堪久，通则不乏”，与《易传》“穷则变，变则通，通则久”的说法明显相似，其“通”，也正是“开通而流布久远”的意思。这样看来，虽然一为文学理论而一为哲学理论，但《文心雕龙》与《易传》所共同标举的“通变”，在精神上是完全一致的。就是说，《通变》篇中与“变”联言的“通”，主要有“通晓”与“开通”二义。其言“通变”，主要指“通晓文学之变化”；其言“变”“通”，主要指“通过变化使文学行路开通从而流布久远”。通晓文学之变化、通过变化使文学行路开通从而流布久远，正是《通变》篇的根本要旨。① 颐和园有题写《通变》篇文段的匾额（见图 10）。

图 10　颐和园廓如亭写有《通变》篇文段的匾额

上部正中有“慈禧皇太后御笔之宝”的钤印。

3.（草木）根干丽土而同性[1]，臭味晞阳而异品矣[2]。

【注释】

[1] 丽：附着。同性：同属植物。

[2] 臭味（xiù wèi）：气味，这里指同样的草木。晞（xī）：晒。异品：构成不同品种。

【翻译】

草木的根干附着于土地，这点是它们共同的本性，但又由于它们接受阳光照射的不同，这就使它们的气味有了差异。

【疏解】

周振甫认为：“同性比喻文体有一定；异品比喻通变没有定规。”②“同性”“异品”除了比喻文体的“一定”与“不定”以外，还可以表示先天条

① 张国庆、涂光社：《〈文心雕龙〉集校、集注、直译》，中国社会科学出版社，2015，第 547 页。

② 周振甫注《文心雕龙注释》，人民文学出版社，1981，第 332 页。

件相同的人，因环境不同、主观努力不同，最后成长各异，成就悬殊等。

4. 夫青生于蓝[1]，绛生于茜[2]；虽逾本色[3]，不能复化[4]。

5. 故练青濯绛[5]，必归蓝茜；矫讹翻浅[6]，还宗经诰[7]。斯斟酌乎质文之间，而檃括乎雅俗之际[8]，可与言通变矣。

【注释】

[1] 蓝：蓝草。

[2] 绛：赤。茜：可染赤色的草。

[3] 逾：超过。

[4] 复：再。复化：再变化。

[5] 练：煮丝使白，这里指提炼。濯（zhuó）：洗，也是提炼的意思。

[6] 矫：纠正。

[7] 诰：原指《尚书》中的《汤诰》等篇，这里泛指经书。

[8] 檃（yǐn）括：矫正曲木的器具，这里指纠正偏向。

【翻译】

青色是从蓝草中提炼出来的，大红色是从茜草中提炼出来的；虽然这两种颜色都超过了原来的草色，但是它们却无法再变化了。

提炼青色和赤色，一定离不开蓝草和茜草；而要纠正文章的讹误和浅薄，还要学习经书。如能在朴素和文采之间斟酌，在雅正与通俗之间调整，才谈得上文章创作的通变问题。

【疏解】

俗话说“青出于蓝而胜于蓝”，但对于文章写作而言，一味求新就会趋于卑微低劣，讹误浅薄。所以，要矫正这些错误和浅薄，还得宗法经典，这也可以视作通变之法。刘咸炘认为：“练青濯绛，必归蓝茜；矫讹翻浅，还宗经诰”，四语极为允当①。

① 刘勰：《文心雕龙》，黄叔琳注，纪昀评，李详补注，刘咸炘阐说，戚良德辑校，上海古籍出版社，2015，第188页。

6. 趋时必果[1]，乘机无怯[2]。

【注释】

[1] 趋时：适应时代的要求。果：果断，决断。

[2] 乘机：随机应变。怯：懦弱。

【翻译】

适应时代发展必定果敢，善用时机不要犹豫不决。

【疏解】

“趋时必果，乘机无怯”，说明面临困境之时除了要有通变之法，更要有通变之心，要坚决果敢，不要犹豫不决。

《定势》第三十

1. 势者[1]，乘利而为制也[2]；如机发矢直[3]，涧曲湍回[4]，自然之趣也[5]。

2. 圆者规体[6]，其势也自转[7]；方者矩形[8]，其势也自安[9]。

【注释】

[1] 势：趋势，这里指文体的特点构成的自然趋势。

[2] 乘利：顺其便利。制：裁定。

[3] 机：指设有机括可以发矢的弩。

[4] 涧：两山间的水。湍（tuān）：急流。

[5] 趣：趋向、趋势。

[6] 圆：指圆形的物体，如天。规体：犹圆形。

[7] 自转：自然转动。

[8] 方者：指方形的物体，如地。矩形：犹方形。

[9] 自安：自然安定。

【翻译】

所谓“势”，就是根据事物的便利而形成的。例如弩机发出的矢必然是直的，曲折山涧中的急流必然是迂回的，这都是自然的趋势。

圆形合乎圆规所绘的体式，它的态势自然趋向于转动；方形的物体是矩形的，它的状态自然安定。

【疏解】

从“势”的定义来看，强调自然的趋势，又强调人的“乘利而为制”，合而言之，即涂光社先生所言：“‘势’本灵活无定，要权衡利弊根据主客观条件扬长避短而为之。”①

黄叔琳评第二句，“行乎其不得不行，转也；止乎其不得不止，安也”②，所谓“不得不”，是指自然的趋势。刘咸炘评论“机发矢直，涧曲湍回，自然之趣也”是说：“曲直之势，如水之有奔迅纡回也。奔放固雄，迂回亦适。”③ 这是说不同的势各有其审美价值。刘咸炘还举例说明“自转之势”与“自安之势”，“自转者如辘轳之不穷，自安者如山岳之镇静，迟速之间，各有所得”④，这也是说“势”有不同但各有存在的价值。

3. 镕范所拟[1]，各有司匠[2]；虽无严郛[3]，难得逾越[4]。

4. 然渊乎文者[5]，并总群势：奇正虽反[6]，必兼解以俱通；刚柔虽殊[7]，必随时而适用。

【注释】

[1] 镕范：铸器的模子，这里指学习的对象。

[2] 司：掌管。匠：技工，引申指技巧。

[3] 郛（fú）：城郭。

[4] 逾：超过，跨越。

[5] 渊：深，这里指精通。

[6] 奇：奇特。正：常规。

[7] 刚柔：指作品刚强或柔婉的体势。

【翻译】

所模拟和师法的对象各有规范，其区分虽说不上壁垒森严，界限也难

① 张国庆、涂光社：《〈文心雕龙〉集校、集注、直译》，中国社会科学出版社，2015，第552-553页。

② 黄霖编著《文心雕龙汇评》，上海古籍出版社，2005，第105页。

③ 刘勰：《文心雕龙》，黄叔琳注，纪昀评，李详补注，刘咸炘阐说，戚良德辑校，上海古籍出版社，2015，第191页。

④ 刘勰：《文心雕龙》，黄叔琳注，纪昀评，李详补注，刘咸炘阐说，戚良德辑校，上海古籍出版社，2015，第191页。

以逾越。

然而深通于写作的，能掌握各种体势；奇与正的表现方式尽管相反，但必须都有了解并通晓其用法；刚和柔的风格虽然不同，必定能随场合的不同而适当地运用。

【疏解】

刘勰认为，就体势而言，有典雅、有艳逸、有浅切、有辨约。写出这些体势的作品，一般不会越过界限，但有时也要注意融会贯通。刘咸炘认为："一人之作，亦有两势，意气所生，不可强也。下'兼解俱通''随时适用'八字最分明。"①

5. 若爱典而恶华[1]，则兼通之理偏；似夏人争弓矢[2]，执一，不可独射也。

6. 若雅郑而共篇[3]，则总一之势离[4]；是楚人鬻矛盾[5]，誉两，难得而俱售也。

【注释】

[1] 典：即"典雅之懿"的文势。华：即"艳逸之华"的文势。

[2] 夏人争弓矢：《太平御览》卷三四七引《胡非子》："一人曰：'吾弓良，无所用矢。'一人曰：'吾矢善，无所用弓。'羿闻之曰：'非弓，何以往矢？非矢，何以中的？'令合弓矢而教之射。"

[3] 雅郑：即雅俗。

[4] 总一之势：全篇整合的协调贯一之势。离：相互背离，瓦解。

[5] 楚人鬻矛盾：据《韩非子·难一》："楚人有鬻楯（按：盾）与矛者，誉之曰：'吾楯之坚，莫能陷也。'又誉其矛曰：'吾矛之利，于物无不陷也。'或曰：'以子之矛，陷子之楯，何如？'其人弗能应也。"鬻（yù）：卖。

---

① 刘勰：《文心雕龙》，黄叔琳注，纪昀评，李详补注，刘咸炘阐说，戚良德辑校，上海古籍出版社，2015，第191页。

【翻译】

如果只喜欢典雅而厌弃华美，那就与兼通之理相违背；就像夏朝人争执弓矢的运用那样，弓、矢两者只是其一在手，就不可能发射。

倘若雅俗两种对立的风格同在一篇出现，那作品整合贯一的体势就会瓦解；那位楚人贩卖矛和盾，对矛、盾两者都夸耀过分就很难一块卖出去。

【疏解】

刘勰引用的夏人争弓矢与楚人鬻矛盾是两个很古老的典故。刘咸炘对这两种情况做了很有意思的发挥。他说："后世有以其所长一体，遍施各体，所谓'兼通之理偏'也。又有欲兼众长而施之不当，宜华而杂质，宜正而杂谲，所谓'总一之势离'也。"①

7. 文之任势，势有刚柔；不必壮言慷慨[1]，乃称势也。

【注释】

[1] 壮言：激昂的文辞。

【翻译】

文章任其自然之势，有的刚强，有的柔婉，不一定要慷慨激昂的，才算文章的体势。

【疏解】

"壮言慷慨"只是一种势，充满阳刚之气的势。但文章应该有多种多样的势，所以，"不必壮言慷慨"，确实是高明的论点。刘咸炘评论："不必壮言慷慨，洵为卓论。"②

8. 夫通衢夷坦[1]，而多行捷径者，趋近故也；正文明白，而常务反言

① 刘勰：《文心雕龙》，黄叔琳注，纪昀评，李详补注，刘咸炘阐说，戚良德辑校，上海古籍出版社，2015，第192页。

② 刘勰：《文心雕龙》，黄叔琳注，纪昀评，李洋补注，刘咸炘阐说，戚良德辑校，上海古籍出版社，2015，第191页。

者，适俗故也[2]。

【注释】

[1] 衢：大路。夷：平。通衢：四通八达的大道。

[2] 适：适应。适俗：媚俗，迎合世俗。

【翻译】

大路平坦，却多有走小道的人，无非是为了贪图近便，照正常讲话，意思明白，却常常要说反常的话，是迎合世俗的缘故。

【疏解】

“通衢夷坦，而多行捷径者，趋近故也”，语意源自《老子》第五十三章：“大道甚夷，而民好径。”① 但这种趋近未必能取得好的效果，正如屈原所言“惟捷径以窘步”，走近道走得太急而陷入困境。

① 陈鼓应：《老子译注及评价》，中华书局，2009，第262页。

《情采》第三十一①

1. 夫水性虚而沦猗结[1]，木体实而花萼振[2]：文附质也[3]。

2. 虎豹无文[4]，则鞟同犬羊[5]，犀兕有皮[6]，而色资丹漆[7]：质待文也[8]。

【注释】

［1］沦猗：水上微波。结：构成。

［2］花萼：花托，在花的最外部，多为绿色。振：开放。

［3］文：即采。质：即情，指文章内容。

［4］文：这里指虎豹皮毛的花纹。

［5］鞟：没有毛的皮革。

［6］犀兕：形似牛，犀是雄的，兕是雌的，犀牛、兕牛皮，古代用来做甲胄，漆上色彩。

［7］资：凭借。丹漆：概指红黑等颜色的漆。

［8］质待文：内质有待于外文来衬托。

【翻译】

由于水的本性空灵，故能形成波纹；树木有质实之体才有花儿开放。这说明文采必须依附于特定的实物。

虎豹皮毛如果没有花纹，就看不出它们的皮和犬羊皮有什么区别；犀牛、兕牛皮革制甲，涂上丹漆才美观：可见物体的实质也要依靠美好的外

---

① 纪昀曾评论此篇曰："齐梁文胜而质亡，故彦和痛陈其弊。"刘咸炘认为："此篇于本书（按：指《文心雕龙》）为第一。义正词确，据经罕譬，足垂不朽，岂特一时之良药而已。"

形来装点。

【疏解】

《论语·颜渊》曾谈到“文质相依”：“棘子成曰：‘君子质而已矣，何以文为？’子贡曰：‘……文犹质也，质犹文也。虎豹之鞟犹犬羊之鞟。’”①

刘勰吸收了《论语》“文质相依”的思想，并从两方面加以补充：一方面，波纹与花萼都有美丽的“文采”，它们是由水与树的或虚或实的本体决定的，这是“文”依赖于“质”；另一方面，虎皮豹皮若没有毛发几乎与狗皮羊皮相同，犀牛皮做的器具如果涂上各种颜色的漆就会更美观，这是“质”依赖于“文”。与《论语》的“文质相依”相比，刘勰从正反两方面来举例，论述更丰富、充分。

3. 故立文之道[1]，其理有三：一曰形文[2]，五色是也；二曰声文[3]，五音是也[4]；三曰情文[5]，五性是也[6]。

【注释】

[1] 立文之道：谓形成文采的方法。

[2] 形文：形中之文，如绘画。

[3] 声文：声中之文，如音乐。

[4] 五音：宫、商、角、徵、羽。

[5] 情文：情中之文。

[6] 五性：喜、怒、欲、惧、忧。一说仁、义、礼、智、信。

【翻译】

生成文采的途径有三条：一是形貌的文采，如青、黄、赤、白、黑五色；二是声响的文采，如宫、商、角、徵、羽五音；三是情性的文采，仁、义、礼、智、信五性。

---

① 杨伯峻：《论语译注》，中华书局，2006，第142页。

【疏解】

曹学佺认为："形声之文本于情。"① 刘咸炘也认为："情文虽居第三，实为本原，彦和意亦侧重。"②

4. 夫铅黛所以饰容[1]，而盼倩生于淑姿[2]；文采所以饰言，而辩丽本于情性[3]。

5. 故情者，文之经[4]；辞者，理之纬[5]。经正而后纬成，理定而后辞畅：此立文之本源也[6]。

【注释】

［1］铅：铅粉。黛：黛石，青黑色颜料，古代女子画眉用。

［2］盼：美目。倩：动人的笑貌，状巧笑。淑：美好。淑姿：秀美的姿容。

［3］辩丽：指巧妙华丽的言辞。情性：指作品中所表达的作者的思想感情。

［4］情：这里泛指作品内容。

［5］理：和上句"情"字意义相近。

［6］本源：根本。

【翻译】

铅粉、黛石能够修饰容颜，但灵动的艳丽生成于本然的美好姿容；文采能够修饰言辞，但文章的巧妙华丽基于情性。

所以说情性是文的经线；辞采是理的纬线。经线端正而后纬线终能织成，情理定位而后文辞终能畅达：这是文章写作的基本原理。

【疏解】

杨慎评论道："予尝戏云：美人未尝不粉黛，粉黛未必皆美人；奇才

① 周振甫注《文心雕龙注释》，人民文学出版社，1981，第348页。

② 刘勰：《文心雕龙》，黄叔琳注，纪昀评，李详补注，刘咸炘阐说，戚良德辑校，上海古籍出版社，2015，第196页。

未尝不读书，读书未必皆奇才。”① 杨慎以美人和奇才作比，说明情才是根本。纪昀认为“经正而后纬成，理定而后辞畅：此立文之本源也”是“此一篇之大旨”②。

刘咸炘认为：“‘经’‘纬’二字，极明本末之辨也。此彦和所以出类拔萃。”③

6. 昔诗人什篇[1]，为情而造文；辞人赋颂[2]，为文而造情。

【注释】

[1] 诗人：《诗经》的作者。什：诗篇。

[2] 辞人：辞赋家。

【翻译】

过去《诗经》作者所写篇章，是为抒发情志而营造文辞；当今辞赋作者所写的赋颂，是为卖弄文采而造作感情。

【疏解】

曹学佺评曰：“诗与赋别，正在情文先后。”④ 黄叔琳也认为此是“笃论”⑤。刘勰还谈到了“为情者”与“为文者”的区别：前者“吟咏情性”，后者“鬻声钓世（沽名钓誉）”，前者简明扼要抒写真情（“要约而写真”），后者辞藻华丽而冗长繁杂（“淫丽而泛滥”）。

7. 故有志深轩冕[1]，而泛咏皋壤[2]；心缠几务[3]，而虚述人外[4]；真宰弗存[5]，“翩其反矣[6]”！

8. 夫桃李不言而成蹊[7]，有实存也；男子树兰而不芳[8]，无其情也。

---

① 周振甫注《文心雕龙注释》，人民文学出版社，1981，第 348 页。

② 刘勰：《文心雕龙》，黄叔琳注，纪昀评，李详补注，刘咸炘阐说，戚良德辑校，上海古籍出版社，2015，第 195 页。

③ 刘勰：《文心雕龙》，黄叔琳注，纪昀评，李详补注，刘咸炘阐说，戚良德辑校，上海古籍出版社，2015，第 196 页。

④ 周振甫注《文心雕龙注释》，人民文学出版社，1981，第 348 页。

⑤ 周振甫注《文心雕龙注释》，人民文学出版社，1981，第 348 页。

9. 繁采寡情，味之必厌。

【注释】

［1］轩冕（miǎn）：指高级官位。轩：有屏藩的车。冕：礼冠。

［2］皋（gāo）壤：水边地，指山野隐居的地方。

［3］几务：即机务，指政事。

［4］人外：指尘世之外。

［5］宰：主，这里指作者的内心。

［6］翩（piān）：疾飞。《诗经·小雅·角弓》："翩其反矣。"郑注："翩然而反。"

［7］桃李不言：这是古代民谣。《史记·李将军列传赞》中引到："桃李不言，下自成蹊。"蹊：路。

［8］男子树兰：《淮南予·缪称训》："男子树兰，美而不芳。"芳：花的香气。原意指男子种植兰花，虽然好看但没有香气。这个说法当然不可信，刘勰借用此话是意在强调真实感情在文学创作中的重要性。

【翻译】

所以，有的人内心深深怀念着高官厚禄，却满口歌颂着山林的隐居生活；有的人骨子里对世俗名利关心之至，却虚情假意地来抒发尘世之外的情趣；没有真实心情，文章就只有相反的描写了。

桃树李树沉默无语，而树下却有了蹊径，因为它有果实悬挂枝头；相传男子种兰，开的花不香，因为没有可以同花相应的情味。

繁丽的文采而缺乏深刻的思想情感，品味起来必然令人生厌。

【疏解】

黄叔琳对第一段话如此评论："古今文人读此不汗下者有几。"① 古今文人之所以汗颜，只因为刘勰深刻揭示了他们"言与志反"的虚伪。"繁采寡情，味之必厌"，仅有形式上的繁复华丽，没有内在的情感依托，只

---

① 刘勰：《文心雕龙》，黄叔琳注，纪昀评，李详补注，刘咸炘阐说，戚良德辑校，上海古籍出版社，2015，第195页。

会让人讨厌，对应前文“情经辞纬”之说。

10. “衣锦䌹衣”[1]，恶文太章[2]；《贲》象穷白[3]，贵乎反本。

【注释】

[1] 䌹（jiǒng）：一种套在外面的单衣。“衣锦䌹衣”是《诗经·卫风·硕人》中的话。

[2] 章：鲜明。

[3]《贲》（bì）：《易经》中的卦名，这里指文饰。穷白：最终是白色。

【翻译】

《诗经》上说“给锦绣衣裳外面套上麻的罩衣”，就是担心文饰太过显眼。《易经·贲》演绎文饰的卦象最终成为白色，可见文饰以返回本质为贵。

【疏解】

周振甫认为，刘勰虽主张文采，却又“恶文太章”，怕文采用得太多，会显不出真情性来，主张“贵乎反本”，回到真情性上来。①

① 周振甫注《文心雕龙注释》，人民文学出版社，1981，第353页。

《镕裁》第三十二

1. 规范本体谓之镕[1]，剪截浮词谓之裁。裁则芜秽不生[2]，镕则纲领昭畅[3]。

2. 若情周而不繁[4]，辞运而不滥[5]，非夫熔裁，何以行之乎？

【注释】

[1] 本体：指内容。

[2] 芜秽：杂芜。

[3] 昭：明白。畅：畅达。

[4] 周：全面。

[5] 运：运行，这里指文辞的变化。滥：泛滥，指辞采过多。

【翻译】

规范主旨和基本风格叫“镕”，删剪浮泛的辞藻叫“裁”。经过“裁”就不会有杂芜出现，经过“镕”则文章的主旨、格调明确。

如果要情理表达周全而不繁杂，充分运用文采而不泛滥，不靠规范剪裁，又如何能做到呢！

【疏解】

这两段话点出了“镕裁”的概念及其作用。规范本体谓之“镕”，镕则纲领昭畅，情周而不繁；剪截浮词谓之“裁”，裁则芜秽不生，辞运而不滥。

3. 是以草创鸣笔[1]，先标“三准”[2]：“履端于始”[3]，则设情以位体[4]；“举正于中”，则酌事以取类[5]；“归余于终”，则撮辞以举要[6]。

4. 然后舒华布实[7]，献替节文[8]。绳墨以外[9]，美材既斫；故能首尾圆合[10]，条贯始序[11]。若术不素定[12]，而委心逐辞[13]；异端丛至[14]，骈赘必多。

【注释】

［1］鸣笔：提笔，指写作。

［2］标：显出、突出。准：准则。

［3］“履端于始”和下面的“举正于中”“归余于终”，都是《左传·文公元年》中的话，原是就一年的历法说的，这里借用来分别指三项准则的步骤。

［4］情：指思想感情。体：指文章体式。

［5］酌事：斟酌事理。取类：选择同类事例。

［6］撮（cuō）辞：总括文辞。举要：突出要点。

［7］华：指辞采。实：指内容。

［8］献替：斟酌推敲之意。献：把好的或是必要的东西写到文章中去。替：弃去。

［9］绳墨：木工取直的工具。绳墨以外：指应削除的部分。

［10］首尾：指一篇文章的开头到结尾。

［11］条贯：指条理、层次。

［12］术：方法，这里指写作方法。

［13］委心：任意。

［14］异端：指和内容关系不密切的、无关的描写。

【翻译】

因此提笔写文章，先拟定三个准则（步骤）：首先，以情理廓定基本的体式、风格；其次，斟酌事义安排相关材料；最后，以洗练的文字概括和突出要义。

这样才能安排文辞来配合内容，把该写的写上去，把不必要的删除，以力求精当。正如木工根据绳墨来削凿美好的木材一样，文章必须如此才能写得妥帖，条理清楚。若不事先定出上面的原则，而任随心意追逐辞藻，有违主旨的思绪会纷至沓来，重复和累赘之处一定很多。

【疏解】

“三准”说涉及的是“炼意”的问题，“炼意”“炼”得好，文章就能“首尾圆合，条贯统序”，“炼意”“炼”得不好就会随心遣词，“异端丛至，骈赘必多”。刘咸炘认为，“委心逐辞”以下几句，是说“义无定则而徒骋词辨”，“必多悖谬矛盾”，此论极精①。

王元化认为，“三准”说从“情志”到“事类”，再由“事类”到“文辞”，是刘勰所标明的文学创作过程的三个步骤，只能作为实际创作活动的大体描摹。实际创作活动也不像上面所揭示的步骤那样整齐有序，有时它会呈现为某种局部的、交错进行的现象，有时它会形成某种表面上的反复深化过程。②

“舒华布实”的字面意思是开花结果，寓指春满人间，生机充盈。颐和园有一块匾额写的正是“舒华布实”（见图 11）。

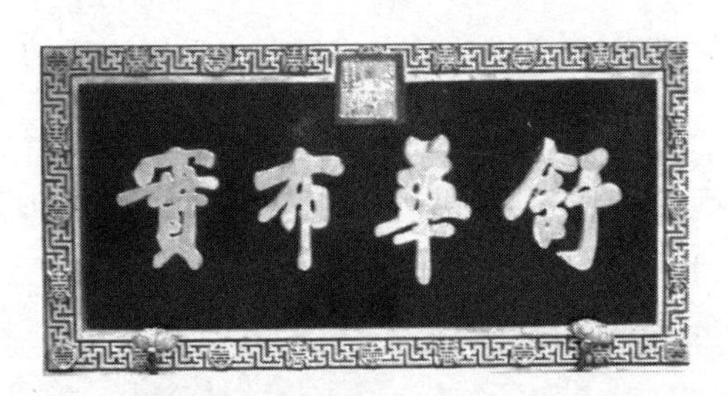

图 11　颐和园乐寿堂写着“舒华布实”的匾额

上部中间有“光绪皇帝御笔之宝”的钤印。

5. 句有可削，足见其疏；字不得减，乃知其密。

6. 思赡者善敷[1]，才核者善删[2]；善删者字去而意留[3]，善敷者辞殊而义显[4]。

---

① 刘勰：《文心雕龙》，黄叔琳注，纪昀评，李详补注，刘咸炘阐说，戚良德辑校，上海古籍出版社，2015，第 199 页。

② 王元化：《文心雕龙讲疏》，广西师范大学出版社，2004，第 222 页。

【注释】

［1］赡：富足。

［2］核：精要。

［3］删：削除。

［4］辞殊：指字句繁富而多样化。

【翻译】

句子有可删削的地方，足见文辞的粗疏；一字也无法减去，就知文辞的严密。

文思丰富的作者善于展开敷陈，文才精简的作者善于删节；善删削者字虽被删而句意不减，善敷陈者文辞不同而意蕴凸显。

【疏解】

黄叔琳认为，“善删者字去而意留，善敷者辞殊而义显”，两句“道尽唐宋大家之文。”① 纪昀评曰：“二语精深。”②

刘咸炘认为，“论繁略极持平。繁亦由‘字不得减’、句不得削而成，非冗蔓也。‘辞殊意显’四字极分明。”③

7.《文赋》以为“榛楛勿剪”[1]“庸音足曲”[2]，其识非不鉴[3]，乃情苦芟繁也[4]。

【注释】

［1］榛楛（zhēn hù）：恶木。《文赋》中曾说：“彼榛楛之勿剪，亦蒙荣于集翠。”

［2］庸音足曲：《文赋》：“故踸踔（chěn chuō）于短垣，放庸音以足曲。”庸音：平庸的音乐，指不精彩的句子。足曲：凑足乐曲，指文章勉强成篇。

---

① 黄霖编著《文心雕龙汇评》，上海古籍出版社，2005，第112页。

② 周振甫注《文心雕龙注释》，人民文学出版社，1981，第356页。

③ 刘勰：《文心雕龙》，黄叔琳注，纪昀评，李详补注，刘咸炘阐说，戚良德辑校，上海古籍出版社，2015，第199页。

[3] 鉴：照，看清。

[4] 芟（shān）：刈草，这里指删除不必要的文句。

【翻译】

陆机《文赋》认为只要有美鸟来住，恶木也不必砍去；不得已时也不妨在一篇歌曲中凑上些平庸的音节。他并不是没有见识，只是难以割爱罢了。

【疏解】

刘勰说陆机“情苦芟繁”，得到了后人的认可。纪昀评曰：“平允。”① 刘咸炘认为，“‘情苦删繁’，不肯割爱耳。士衡确有此病，讥之极当。”②

刘勰在《议对》篇说：“陆机……腴辞弗剪，颇累文骨”，《才略》篇说：“陆机……思能入巧而不制繁”，也说到了陆机“腴辞弗剪”“不制繁”的情况，可与此参看。

① 黄霖编著《文心雕龙汇评》，上海古籍出版社，2005，第112页。

② 刘勰：《文心雕龙》，黄叔琳注，纪昀评，李详补注，刘咸炘阐说，戚良德辑校，上海古籍出版社，2015，第199页。

《声律》第三十三

1. 响在彼弦，乃得克谐；声萌我心[1]，更失和律。其故何哉？良由外听易为察[2]，内听难为聪也[3]。

【注释】

[1] 萌：初生。

[2] 外听：指乐器声。

[3] 内听：指作者的心声。

【翻译】

琴弦发出的声音，尚能使之和谐，发自作者内心的声音，反而不能和谐，这是什么原因呢？实在是因为外在的声音容易辨识，内心的声音不易认清。

【疏解】

“外听易为察”，弹琴如果音调不准，这种外在的差错很容易听出来，所以就可以调弦而达到和谐。“内听难为聪”，说的是文章在构思阶段是内心发出的声音，内心发出的声音难以确定其是否和谐。这种内在的声音要转化为外在的文字，文字再转化为外在的声音，才好判断声律是否和谐。

“外听易为察，内听难为聪”，可以引申为听从别人的话容易明白一些事，听从内心的声音却很难，言外之意是可以听从别人的指引，但更要听从内心的声音。

2. 将欲解结，务在刚断[1]。

【注释】

[1] 刚断：坚决果断。

【翻译】

想要解开纠结，一定要坚决果断。

【疏解】

原文的意思是说，有些作家追求新异，造成喉咙与唇齿纠缠纷扰。要解开这些纠缠，一定要坚决果断（去除求新求异的不良嗜好）。“将欲解结，务在刚断”，可以启发我们：刚断是解开纠纷的正确态度。

3. 左碍而寻右，末滞而讨前[1]。

【注释】

[1] 滞：阻塞，和“碍”字意近。

【翻译】

左面有障碍就向右面寻求，后面有滞塞就向前面寻讨。

【疏解】

“左碍而寻右，末滞而讨前”，本意是指为了调协声律而采取的一种灵活变通的办法，可以合理引申为一种灵活而不黏滞的处事方式。刘咸炘认为，“左碍”“寻右”“末滞”“讨前”，说的是“抑扬相生，须寻来路，互相救正”。①

4. 异音相从谓之和[1]，同声相应谓之韵[2]。

【注释】

[1] 异音：平仄不同的字。

---

① 刘勰：《文心雕龙》，黄叔琳注，纪昀评，李详补注，刘咸炘阐说，戚良德辑校，上海古籍出版社，2015，第204页。

［2］同声：句末相同韵脚的字。

【翻译】

不同的字音相互配合叫作和，相同的字音相互应和叫作韵。

【疏解】

“异音相从谓之和”，强调不同字音的配合协调，要求和而不同；“同声相应谓之韵”，强调相同韵脚的字有规律的重现，这样也会造成韵律的美感。

《章句》第三十四

1. 篇之彪炳[1]，章无疵也；章之明靡[2]，句无玷也[3]；句之清英[4]，字不妄也：振本而末从[5]，知一而万毕矣[6]。

【注释】

［1］彪炳：光彩鲜明。

［2］明靡：明丽。

［3］玷：玉的斑点。

［4］清：明洁。英：美。

［5］振：举。本、末：树根和树梢，喻指字句和篇章的关系。

［6］知一：明白了基本原理。一：事物的核心、关键，指组成一篇文章的基本道理。万：指所有章句的道理。毕：全部。万毕：万事万物尽皆包容其中。

【翻译】

全篇光彩鲜明，各章就没有瑕疵；各章明白华丽，句子就没有毛病；句子清新挺拔，字就不会乱用。振动根本而细末枝梢就会跟着摇动，知道基本原理就会万事完备啊。

【疏解】

字句章篇，相依相存。“振本而末从，知一而万毕”，“末”服从“本”，“一”统御“万”。刘咸炘认为这几句非常精当，正是曾国藩“古雅雄奇之说”的起源。

2. 夫裁文匠笔[1]，篇有小大；离章合句，调有缓急：随变适会，莫见定准。

【注释】

[1] 裁、匠：都指写作。文：韵文。笔：散文。

【翻译】

写作韵文散文，篇幅有大有小；章句或分或合，韵调有缓有急：顺应变化适应时机，没有固定准则。

【疏解】

“随变适会，莫见定准”，体现了一种随机应变，不寻求固定标准的态度。这是一种通变的眼光，也是一种适变的精神。《章句》篇“情数运周，随时代用”（情理技巧周流运转，随着时机而更替使用），可与此参看。

3. 启行之辞[1]，逆萌中篇之意[2]；绝笔之言[3]，追媵前句之旨[4]。故能外文绮交[5]，内义脉注[6]；跗萼相衔[7]，首尾一体。

【注释】

[1] 启行：起程。

[2] 逆萌：事先考虑。

[3] 绝笔：“终篇”之意。

[4] 追媵（yìng）：承接的意思。

[5] 绮（qǐ）：有花纹的丝织品。

[6] 脉注：脉络贯注，指文章有条理而联系紧密。

[7] 跗（fū）：花足。萼（è）：托在花下的绿片。

【翻译】

开始的文辞，预先暗启中篇的意思；结尾的言语，呼应前句的旨趣。所以使外在的文字像花纹交错，内在的意义像血脉贯注，就像花房和花萼互相衔接，首尾形成一个整体。

【疏解】

钟惺评论："作文篇章大义，说得了然。"① 李安民认为，动笔之前先有主旨，然后才去写作，"意在笔先，乃有结撰，安可枝枝节节为之?"② 怎么会先考虑细枝末节呢？不过，主旨确定后，文章的结构肯定要通盘考虑。

4. 两韵辄易，则声韵微躁[1]；百句不迁[2]，则唇吻告劳。妙才激扬，虽触思"利贞"，曷若折之中和，庶保"无咎"？

【注释】

[1] 躁：急迫。

[2] 不迁：指不换韵。

【翻译】

两个韵就换韵脚，声调略嫌急促；较长的辞赋一韵到底，读起来又会使人感到疲劳。才情昂扬的作者，虽然运思顺畅，不如折中用韵，不疏不密，可保不出大的毛病。

【疏解】

李安民认为，刘勰此段话正表明不必拘泥于"两韵辄易"，也不必拘泥于"百句不迁"，意即在用韵上做到不疏不密③。刘咸炘则认为，单就这两种情形而言，用韵的疏密也有其内在要求："'两韵辄易'，须有宛转之韵。'百句不迁'，须有健举之力。否则一伤急促，一失腿滞。"④

① 黄霖编著《文心雕龙汇评》，上海古籍出版社，2005，第116页。

② 黄霖编著《文心雕龙汇评》，上海古籍出版社，2005，第116页。

③ 黄霖编著《文心雕龙汇评》，上海古籍出版社，2005，第117页。

④ 刘勰：《文心雕龙》，黄叔琳注，纪昀评，李详补注，刘咸炘阐说，戚良德辑校，上海古籍出版社，2015，第208页。

《丽辞》第三十五

1. 造化赋形[1]，支体必双[2]；神理为用[3]，事不孤立[4]。

【注释】

[1] 造化：指自然界的创造者。赋：赋予。

[2] 支体：即肢体。

[3] 神理：神妙难测的道理。

[4] 事不孤立：即天地间的万物都不是孤立的。如：高下、功罪、轻重、满谦、损益。

【翻译】

大自然赋予形体，上下肢必定成双；神理发生作用，事物也不会孤立。

【疏解】

丽辞指对偶修辞法。刘勰将中国人的丽辞所包含的偶称性思维推究到极致，认为“对称”“对偶”是造物主赋予天地自然的特点。国庆师认为：“中国古代对事物矛盾的普遍存在早有深刻认识，如《易经》中就提出许多对立性的矛盾概念，《老子》更突出强调对立统一的辩证法，春秋末期史墨的‘物生有两’说揭示出每一事物本身就是矛盾的统一体。”①。钟惺评论：“从造化说来，觉天地日月山川花木鸟兽俱似为丽辞而设。”② 刘咸

① 张国庆、涂光社：《〈文心雕龙〉集校、集注、直译》，中国社会科学出版社，2015，第644页。

② 黄霖编著《文心雕龙汇评》，上海古籍出版社，2005，第118页。

炘认为“（此）论极平允。”①

2. 皋陶赞云[1]：“罪疑惟轻，功疑惟重。”[2] 益陈谟云[3]：“满招损，谦受益。”[4] 岂营丽辞，率然对耳[5]。

【注释】

［1］皋陶（gāo yáo）：舜帝时掌刑法的大臣。

［2］“罪疑惟轻，功疑惟重”：见《尚书·大禹谟》。

［3］益：舜臣。谟：策划，议谋。

［4］“满招损，谦受益”：见《尚书·大禹谟》。

［5］率然：未经有意思考。

【翻译】

皋陶在赞助舜帝的话中就讲到：“罪过有疑问要从轻处理，功劳有疑问应从重奖励。”益向舜陈说谋议也讲道：“自满必带来损害，谦虚必得到好处。”这岂是有意制造对偶？随意讲出就自然成对了。

【疏解】

“罪疑惟轻，功疑惟重”“满招损，谦受益”，这是两句出自《尚书》的名言。刘勰引用这两句名言，只是想说明“丽辞”（对句）无须苦心经营，随意讲出就自然成对了。刘勰“率然对耳”的思想，与前文提到的“事不孤立”以及本篇赞语中的“体植必两”相通。

3. 丽句与深采并流，偶意共逸韵俱发[1]。

【注释】

［1］逸韵：高雅的韵致。

【翻译】

成对的句子与深美的文采一道荡漾，对偶的意思和高逸的韵致共同显现。

---

① 刘勰：《文心雕龙》，黄叔琳注，纪昀评，李详补注，刘咸炘阐说，戚良德辑校，上海古籍出版社，2015，第212页。

【疏解】

“丽句与深采并流，偶意共逸韵俱发”，如此工整的对句，作为对扬雄、司马相如、张衡、蔡邕四人丽辞运用的评价，可谓形神兼备。

4. 体植必两[1]，辞动有配[2]。“左提右挈”[3]，精味兼载[4]。炳烁联华[5]，镜静含态[6]。玉润双流[7]，如彼珩佩[8]。

【注释】

[1] 植：立，生长。体植必两：此句即篇首所说“造化赋形，支体必双”之意。

[2] 动：动辄，往往。配：匹配，即对偶。

[3] 挈：提，举。此句指兼顾相对的两句，以避免优劣不均。

[4] 精：指对偶的精巧。味：指表达的意味。精味：精巧而有意味。

[5] 炳烁：光彩、光亮的样子。

[6] 镜静：明净。静：通净。镜静含态：明净之镜可以照见物象，喻对偶。

[7] 玉润：温玉润泽。双流：指对偶的上下句。

[8] 珩（héng）佩：成双的玉佩，珩在佩的顶端，喻配合相宜。

【翻译】

天生的肢体必然成双，运用辞语也要配对。创作中能上下左右兼顾，偶辞的精巧及其所含意味就能同时得到表现。文章散发光采，有如花开并蒂，互相辉映，又如明镜照出万物的姿态。丽辞双双流露出玉石的光润，犹如身上佩戴着串串宝玉。

【疏解】

本篇赞语是对丽辞（对偶）的评价，其中的“体植必两，辞动有配”说明了丽辞的普遍存在；“左提右挈，精味兼载”说明丽辞要左右均衡，既精巧又有意味。“炳烁联华，镜静含态”，以两个比喻说明对偶要有美感。“玉润双流，如彼珩佩”以富有音乐美感的玉佩撞击之声说明丽辞要珠圆玉润，声音和谐。本段话体现了丽辞偶句应追求语言的对仗、均衡、和谐之美。

《比兴》第三十六

1. “比”则畜愤以斥言[1]，“兴”则环譬以托讽[2]；盖随时之义不一，故《诗》人之志有二也[3]。

【注释】

[1] 畜：积蓄。斥：指责。

[2] 环譬：委婉曲折的比喻。

[3]《诗》人：指《诗经》的作者。

【翻译】

“比”是作者因内心的积愤而有所指斥；“兴”是作者以委婉譬喻来寄托讽刺。为了适应不同场合的不同意义，《诗经》作者的情志有两种表现方法。

【疏解】

刘咸炘认为，“畜愤以斥言”“环譬以托讽”二句，即“显隐之分，比兴之异在此。”①

从“畜愤以斥言”和“环譬以托讽”来看，刘勰强调“比”之“斥”和“兴”之“讽”，似乎重“刺”轻“美”。当然，从《明诗》篇刘勰关于诗歌“顺美匡恶，其来久矣”的说法来看，刘勰还是看到了诗歌具有“美刺”两种功能。

---

① 刘勰：《文心雕龙》，黄叔琳注，纪昀评，李详补注，刘咸炘阐说，戚良德辑校，上海古籍出版社，2015，第216页。

2. 楚襄信谗[1]，而三闾忠烈[2]，依《诗》制《骚》，讽兼比兴[3]。

【注释】

[1] 楚襄（xiāng）：战国时楚顷襄王。谗：毁坏好人的话。

[2] 三闾（lǘ）：即屈原，他曾任三闾大夫。

[3] 讽兼比兴：讽刺兼用比兴手法，如《辨骚》篇所言“虬龙以喻君子，云蜺以譬谗邪，比兴之义也。”

【翻译】

楚顷襄王听信坏人的谗言（而疏远屈原），屈原忠君爱国，他继承《诗经》的优良传统而写作《离骚》，其中讽刺是兼用“比”“兴”两种手法。

【疏解】

《诗经》代表了现实主义文学的源头，《楚辞》是浪漫主义文学的高峰，“依《诗》制《骚》”，揭示了《楚辞》与《诗经》两大文学高峰的关系，也是“依经立义”思维方式在文学史层面的反思。

3. 炎汉虽盛[1]，而辞人夸毗[2]；《诗》刺道丧[3]，故“兴”义销亡。

【注释】

[1] 炎汉：即汉代。旧说汉代属五行中的火，故称“炎汉”。

[2] 夸毗（pí）：卑躬屈节。

[3] 刺：讽刺。

【翻译】

汉代文章虽然兴盛，但辞赋家阿谀奉承，不再承续《诗经》的讽刺传统，所以“兴”的义例消失。

【疏解】

刘勰将“比”盛“兴”亡的原因归结为“辞人夸毗”，其见解是深刻的。不过，辞人为什么会柔媚无骨，不敢“环譬以托讽”呢？可能还得从西汉大一统后，儒士大夫的话语空间被大大压缩这一现实状况去找原因。此外，“比体云构”的汉代大赋受到统治者喜爱并被倡导，于是文人创作大赋蔚然成风，客观上也导致辞人们重视“比”而忽略“兴”。

纪昀认为，“兴义亦不全亡”，只不过“诗中偶用”，赋颂文体中却没有听说有“兴”的用法。刘咸炘也认为，“《诗》刺道丧”四字极当。因为，建安太初，“（比、兴）略有遗响”，宋齐以后，“专以雕琢景物为长，但取佳秀之句，不重讽喻之旨，而比、兴之遗，乃反存乎荡子思妇之词。”①

黄叔琳则认为，不只是“兴”义销亡，就算是比体与《三百》篇中之比也有很大差别。大体而言，“赋中之比，循声逐影，拟诸形容”，② 而《三百》篇中之“比”简明切当。

4. 故比类虽繁，以切至为贵；若刻鹄类鹜[1]，则无所取焉。

【注释】

[1] 鹄（hú）：天鹅。鹜（wù）：家鸭。马援《诫兄子严敦书》：“所谓刻鹄不成尚类鹜者也。”（《全后汉文》卷十七）

【翻译】

比的用法虽多，都以贴切为贵，如果刻画的天鹅像鸭子一样，那就没有什么可取了。

【疏解】

纪昀对此有进一步引申。他认为，“切至为贵”是原则，但“太切转成滞相者”③，意思是说“贴切”也有一定限度，如果过于贴近生活事件或细节，反而黏滞于外形了，缺少灵动生气。

5. 诗人比兴，触物圆览[1]；物虽胡越[2]，合则肝胆[3]。拟容取心[4]，

① 刘勰：《文心雕龙》，黄叔琳注，纪昀评，李详补注，刘咸炘阐说，戚良德辑校，上海古籍出版社，2015，第216页。

② 黄霖编著《文心雕龙汇评》，上海古籍出版社，2005，第122页。

③ 刘勰：《文心雕龙》，黄叔琳注，纪昀评，李详补注，刘咸炘阐说，戚良德辑校，上海古籍出版社，2015，第215页。

断辞必敢[5]。攒杂咏歌[6]，如川之涣[7]。

【注释】

［1］触物：受客观事物触发。圆：周全。圆览：全面观察。

［2］胡：指北方。越：指南方。胡越：喻相距很远。

［3］肝胆：肝胆位置相近，这里喻指比兴的运用很切合。

［4］拟容：比拟事物的外在形貌。心：指精神实质。取心：摄取事物的内在含义。

［5］断：裁决。敢：果敢。断辞：是选定文辞，引申为进行写作。

［6］攒：积聚。杂：指各种事物。攒杂：聚集杂合。

【翻译】

《诗经》作者运用比兴手法时，观察事物，融会贯通。比喻的两样事物虽然像北方的胡人和南方的越人那样绝不相关，但契合起来却像肝胆一样相连。起兴模拟外形，摄取事物的内在含义，措辞一定要果敢。综合交错地运用比兴于咏歌之中，文采就会像河水那样波光潋滟。

【疏解】

译文将“物虽胡越，合则肝胆”归属于“比”，而将“拟容取心，断辞必敢”归之于“兴”。刘咸炘则认为：“触物无情，深思有味，初若吴越，继乃肝胆，故名曰兴，而与比殊。”① 可备一说。

王元化认为：“‘容’指客体之容，刘勰有时又把它叫作‘名’或‘象’；实际上，这也就是针对艺术形象所提供的现实的表象这一方面。‘心’指的是客体之心，刘勰有时把它叫作‘理’或‘类’；实际上，这也就是针对艺术形象所提供的现实意义这一方面。‘拟容取心’合起来的意思就是：塑造艺术形象不仅要模拟现实的表象，而且还要摄取现实的意蕴，通过现实表象的描绘，以达现实意蕴的揭示。现实的表象是个别的、具体的东西，现实的意蕴是普遍的、概念的东西，而艺术形象的塑造就在

① 刘勰：《文心雕龙》，黄叔琳注，纪昀评，李详补注，刘咸炘阐说，戚良德辑校，上海古籍出版社，2015，第216页。

于实现个别与普遍的综合，或表象与概念的统一。这种综合或统一的结果，就构成了刘勰所说的艺术形象的‘称名也小，取类也大’——个别蕴含了普遍或具体显示了概念的特性。”①

① 王元化：《文心雕龙讲疏》，广西师范大学出版社，2004，第161页。

《夸饰》第三十七

1. 神道难摹[1]，精言不能追其极[2]；形器易写[3]，壮辞可得喻其真[4]：才非短长，理自难易耳。

【注释】

[1] 神道：神妙的道理。摹：摹写。

[2] 精言：精妙的语言。追其极：彻底表达出来。极，终极，指事理的深微之处。

[3] 形器：有形之物。

[4] 壮辞：夸饰之辞。喻：说明。

【翻译】

神奇奥妙的“道”难以描摹，精妙的语言也不能摹写它的深妙之处；有形体相貌的东西容易描写，所以夸饰的言辞可以写出它的真实形象：这无关作者才能的长短，而是事理的表达自有其难易之别。

【疏解】

道器相对，形上之“道”与形下的“器”，其准确表述的难度有高有低。对于作者而言，用夸饰之词更有利于表达对“形器”的把握。

2. 信可以发蕴而飞滞[1]，披瞽而骇聋矣[2]。

【注释】

[1] 蕴（yùn）：积聚含蓄。滞：不通畅。

[2] 披：打开。瞽（gǔ）：盲人。

【翻译】

（夸饰的效果）的确可以把深藏内心而不明显的东西表达得十分鲜明而生动，简直能使盲人睁开眼睛，让聋人受到震惊。

【疏解】

用一种夸张的手法来形容夸饰的作用，可谓实践与理论相结合。

3. 然饰穷其要，则心声锋起[1]；夸过其理，则名实两乖[2]。若能酌《诗》《书》之旷旨[3]，翦扬、马之甚泰[4]，使夸而有节[5]，饰而不诬[6]，亦可谓之懿也[7]。

【注释】

[1] 心声：和下句“名实”相对应，指表达作者心意的语言。锋：锋锐。

[2] 乖：不合。

[3] 旷：广大。

[4] 扬：扬雄。马：司马相如。泰：过多，指不恰当的夸张。

[5] 节：节制。

[6] 诬：歪曲。

[7] 懿（yì）：美好。

【翻译】

如果夸饰能够抓住事物的要点，就可把作者的思想感情有力地表达出来；要是夸张过分而违背常理，那就会使文辞与实际脱节。假如在内容上能够学习《诗经》《尚书》中深广的含义，在形式上避免扬雄和司马相如辞赋中过度的夸饰，做到夸张而有节制，增饰而不违反事实，这就可以算是美好的作品了。

【疏解】

纪昀认为，“文质相扶，点染在所不免”，这就肯定了夸饰的必要性。纪昀又说：“若字字摭实，有同史笔，实有难于措笔之时。彦和不废夸饰，但欲去泰去甚，持平之论也。"① 刘咸炘认为，"纪氏'去泰去甚'之评是也"②，但刘咸炘认为，"字字摭实""难于措笔"之说法，是不知道"质实"主宰"文"，而"文"体又各有区别。

此处的"夸而有节，饰而不诬"，可称之为夸饰修辞法的原则。

4. 言必鹏运[1]，气靡鸿渐[2]。倒海探珠[3]，倾昆取琰[4]。旷而不溢[5]，奢而无玷[6]。

【注释】

[1] 鹏：大鸟。运：运行。相传大鹏鸟一飞就是几千里。鹏运：大鹏运行，即展翅高飞。

[2] 气靡：气势不振、没有气势。鸿：水鸟。渐：缓进。

[3] 珠：珍珠，珠宝，骊龙之珠。

[4] 昆：昆仑山，相传昆仑山产玉。琰：一种美玉。

[5] 旷：扩大，夸张。溢：过多。

[6] 奢：指夸张。玷：美玉的缺点。

【翻译】

语言的气势一定要像鲲鹏展翅高飞，不要像乏力而缓慢飞翔的孤雁那样萎靡。像翻转大海那样去探寻语言的珍珠，像翻转昆仑山那样来选取美玉般的词句。但语言的增饰却不能过分，夸张而不要让它存在瑕疵（否则用上了最美丽的辞藻也是枉然）。

【疏解】

"倒海探珠、倾昆取琰"，形容人们对于夸饰的追求不遗余力。这句话也可以用来形容人们对于美好目标的"探取"与求索精神。

---

① 刘勰：《文心雕龙》，黄叔琳注，纪昀评，李详补注，刘咸炘阐说，戚良德辑校，上海古籍出版社，2015，第219页。

② 刘勰：《文心雕龙》，黄叔琳注，纪昀评，李详补注，刘咸炘阐说，戚良德辑校，上海古籍出版社，2015，第219页。

《事类》第三十八

1. 明理引乎成辞，征义举乎人事，乃圣贤之鸿谟[1]，经籍之通矩也[2]。

【注释】

［1］鸿谟：大的议谋。

［2］矩：法度。

【翻译】

引用前人现成的话来说明道理，列举古人有关事迹来证明意义，这是圣贤的普遍法式，经书的通行规范。

【疏解】

“事类”即引事引言，引用典故。李安民认为，秦汉以前，引用典故最丰富的是《国语》《左传》①。这也说明“事类”是“圣贤之鸿谟，经籍之通矩”。

2. 夫姜桂因地[1]，辛在本性[2]；文章由学，能在天资。

【注释】

［1］桂：木桂，也叫牡桂，味辛。姜桂：生姜与肉桂。因地：依靠、凭借土地。

［2］辛：辣。

① 黄霖编著《文心雕龙汇评》，上海古籍出版社，2005，第126页。

【翻译】

姜和木桂依靠土地而生长，它们的辛辣却是由其本性决定的，文章的写作离不开学识，创作的才能却在于作者的天资。

【疏解】

才能与学问的形成环境不同，才能从内部生发，学问由外部养成。相比而言，天赋的才能难以改变或成就，但外在的学问可以主动作为加以改变。所以，黄叔琳说："才禀天授，非人力所能为，故以下专论博学。"①

3. 是以属意立文，心与笔谋；才为盟主[1]，学为辅佐[2]。主佐合德，文采必霸[3]；才学褊狭[4]，虽美少功。

【注释】

[1] 盟主：诸侯盟会之主，这里指作者的才性在创作中的主要作用。

[2] 辅佐：辅助，指作者的学识在创作中的辅助作用。

[3] 霸：诸侯之长，喻创作上的成就较高。

[4] 褊（biǎn）狭：狭小。

【翻译】

命意作文，心和笔共同谋划，作者的才力是主宰，学问是辅助。主宰和辅佐配合相得，文采必定出众称雄；才能和学问片面狭窄，虽有偏美也难有大功。

【疏解】

纪昀认为，此一段言"学欲博"②。"主佐合德，文采必霸"，指出了"才"与"学"的相互关系。理想的"才学"关系是才学合德，但也有"学饱而才馁，才富而学贫"的情况。

① 刘勰：《文心雕龙》，黄叔琳注，纪昀评，李详补注，刘咸炘阐说，戚良德辑校，上海古籍出版社，2015，第224页。

② 刘勰：《文心雕龙》，黄叔琳注，纪昀评，李详补注，刘咸炘阐说，戚良德辑校，上海古籍出版社，2015，第224页。

4. 夫经典沉深[1]，载籍浩汗[2]，实群言之奥区[3]，而才思之神皋也[4]。

【注释】

[1] 沉深：精深。

[2] 载籍：书籍。浩汗：通行本作“浩瀚”，指广大，繁多，像水的广大。

[3] 奥区：深奥丰富的地方。

[4] 神皋：与“奥区”意近，神妙的境地，神明的区域。皋原意为水边高地，引申为界限、境域。

【翻译】

经典沉厚渊深，典籍广博众多，实在是各种言论的渊薮，文才思致的宝库。

【疏解】

经典深沉浩瀚，具有典范性和广泛性，可资文章借鉴，有助才思表现。如果说《宗经》篇从文体规范与文章起源树立了经典的崇高地位的话，《事类》篇则是从典故的思想性与丰富性出发，突出了经典的价值。

5. 是以将赡才力[1]，务在博见：狐腋非一皮能温[2]，鸡蹠必数千而饱矣[3]。

【注释】

[1] 赡：丰富，充足，此处作动词。

[2] 狐腋：狐狸胳肢窝下的皮毛，狐腋下的毛最能保暖，取很多狐腋缝成的皮裘称狐腋之裘。腋，胳肢窝。这里指狐的腋下皮毛。

[3] 鸡蹠：鸡的脚掌。

【翻译】

所以要丰富自己的才力，必须博见广闻：只有一块狐狸腋下的皮毛不能使人温暖，有了数千个鸡脚掌才能让人吃饱。

【疏解】

“务先博见”是刘勰酌取事类的第一个要求。为了说明这一观点，刘勰也用了两个典故——“狐腋非一皮能温，鸡跖必数千而饱”，前一个典故出自《慎子·知忠》：“粹白之裘，非一狐之皮也”①，后一个典故出自《吕氏春秋·用众篇》：“善学者，若齐王之食鸡也，必食其跖，数千而后足。”② 这两个典故充分说明学者必须有广博的见识，取道众多，然后才能学问俊秀。

6. 是以综学在博，取事贵约，校练务精[1]，捃理须核[2]：众美辐辏[3]，表里发挥。

【注释】

[1] 校练：考校选择。练：同拣。

[2] 捃：拾，取。

[3] 辐辏（fú còu）：车轮的辐条聚集在车的轴心，这里指聚集。

【翻译】

因此，综聚学识须要广博，引用典故则应简约；考校选择必须精确，吸取的道理应该核实：这些优点集中起来，就使才力和学识相互发挥。

【疏解】

学博、事约、练精、理核，四者汇合，才是理想的文章。李安民认为，此四者“尽文人之能事”③。黄叔琳也评论：“徒博而校练不精，其取事、捃理不能约核，无当也。”④ 刘咸炘认为，“‘校练’‘捃理’，又须有

① （战国）慎到撰《慎子》（四部备要第52册），中华书局，1989年据1936年版影印，第6页下栏。

② 陆玖译注《吕氏春秋》，中华书局，2011，第121-122页。

③ 黄霖编著《文心雕龙汇评》，上海古籍出版社，2005，第127页。

④ 刘勰：《文心雕龙》，黄叔琳注，纪昀评，李详补注，刘咸炘阐说，戚良德辑校，上海古籍出版社，2015，第224页。

识能断矣。”① 刘咸炘强调的是作者的辨识力。

7. 夫山木为良匠所度[1]，经书为文士所择；木美而定于斧斤[2]，事美而制于刀笔[3]。

【注释】

[1] 度：度量。

[2] 斤：斧。定于斧斤：取定于斧子，意即进行加工。

[3] 制：指写作。刀笔：古代记事用刀刻于龟甲或竹木上；后以笔写，用刀削误，这里泛指书写工具。

【翻译】

山上的木材给有本事的木匠裁度，儒家经书被后世文人选取；坚实的木材能给利斧削正，事义的美好决定于作者的选择。

【疏解】

“山木为良匠所度，经书为文士所择”，突出了作者的重要性。什么样的作者才称得上是“良匠”呢？刘勰原文有所叙述，梳理如下：一要“务先博见”，二要“博约精核，众美辐辏”，三要“用旧合机，不啻自其口出”，四要避免“引事乖谬”。

8. 经籍深富，辞理遐亘[1]；皓如江海[2]，郁若昆邓[3]。文梓共采[4]，琼珠交赠[5]。用人若己，古来无懵[6]。

【注释】

[1] 遐：远，指源流远。亘：延续不断。此句指儒家经书的文辞和内容都具有永恒意义。

[2] 皓：广大貌。

[3] 郁：草木繁茂。昆：神话中的昆仑山，相传昆仑山产玉。邓：神

① 刘勰：《文心雕龙》，黄叔琳注，纪昀评，李详补注，刘咸炘阐说，戚良德辑校，上海古籍出版社，2015，第225页。

话中的邓林。昆邓：指神话中的昆仑山和邓林，相传夸父追日，口渴而死，弃其杖，化为邓林，亦称桃林。

[4] 文梓：有纹理的梓木。

[5] 琼：美玉。交：俱，都。交赠：互相赠送。

[6] 无懵：不迷懵。

【翻译】

经典古籍深奥宏富，文辞义理恒久长存；它像江海般的浩大，像昆仑山上的邓林那样茂盛。优质的梓木都可采伐，美好的珠宝交相赠送。只需能像说出自己的话那样自然，那么用典就像古人那样不致迷惘。

【疏解】

“用人若已”，与《事类》篇“用旧合机，不啻自其口出”同义，强调典故运用要合乎语境，要能实现古今语义的自然对接。

《练字》第三十九

1. 夫文象列而结绳移[1]，鸟迹明而书契作[2]，斯乃言语之体貌[3]，而文章之宅宇也[4]。

【注释】

[1] 文象：文字的形象，即文字。列：布，陈，排列，指文字的出现。结绳移：改变了上古结绳记事的方式。

[2] 鸟迹：鸟（兽）的足迹。书契：指文字。契：刻。

[3] 言语之体貌：言语的载体。

[4] 宅宇：住所。文章之宅宇：文章的寓所。

【翻译】

文字的形成改变了结绳记事的习惯，辨认兽蹄鸟迹后文字符号兴起，这是言语的外形，文章的寓所。

【疏解】

《尚书序》“古者伏羲氏之王天下也，始画八卦，造书契，以代结绳之政，由是文籍生焉”①，认为“造书契”代“结绳”的是伏羲。《吕氏春秋·君守》“苍颉作书”②，认为是仓颉造字。《淮南子·本经训》“昔者苍颉作

① （汉）孔安国传，（唐）孔颖达等正义《十三经注疏·尚书正义》，上海古籍出版社，1997，第113页。

② 陆玖译注《吕氏春秋》，中华书局，2011，第584页。

书，而天雨粟，鬼夜哭”①，也认为是仓颉造字。在多种说法中，刘勰认可伏羲画八卦（《原道》“伏牺画其始，仲尼翼其终”），而将造字之功归为仓颉，又将结绳移而书契作的后果“官治民察”，归之于黄帝，总体上讲，还是依经立说。

2. 自晋来用字，率从简易；时并习易，人谁取难？

【翻译】

自从晋朝以来文字的使用，大都依从简单平易；当时都习惯于用简易的字，谁还选取难字？

【疏解】

“时并习易，人谁取难”，可以有两种理解。一种观点认为，时代风气趋向简易，人们就不愿挑战更有难度的任务，这是强调环境的影响。另一种观点则认为，时代风气趋向简易，又有谁选取更有难度的任务呢？这是一种慨叹，强调作者的主动担当，呼唤作者迎难而上的勇气。

3. 后世所同晓者，虽难斯易；时所共废，虽易斯难：趣舍之间[1]，不可不察。

【注释】

［1］趣舍：趣向或舍弃，与“取舍”意近。

【翻译】

后代读者都认识的字，虽是难字也不难了；大家已共同废弃不用的字，虽然不难也成为难字了：文字的或取或舍，不可不注意啊！

【疏解】

“后世所同晓者，虽难斯易；时所共废，虽易斯难”，充满着辩证与转

① 高诱注：“苍颉始视鸟迹之文，造书契，则诈伪萌生。诈伪萌生，则去本趋末，弃耕作之业，而务锥刀之利。天知其将饿，故为雨粟。鬼恐为书文所劾，故夜哭也。”参看刘文典《淮南鸿烈集解》，中华书局，1989，第252页。

换的思维。黄叔琳认为："六经之文，有三尺童子胥知者，有师儒宿老所未习者，岂有一定之难易哉？缘于世所共晓与共废耳。"①

4. 心既托声于言，言亦寄形于字；讽诵则绩在宫商[1]，临文则能归字形矣[2]。

【注释】

［1］宫商：指音韵。

［2］字形：泛指字的形状。

【翻译】

作者的思想既然寄托于有声的语言，语言又借助于有形的文字来表达；则诵其声，就看音节是否协调，观其文，就看文字是否运用得当了。

【疏解】

"心""言""字"分别代表了构思、声音表达、文字表达三个阶段。日本学者兴膳宏认为，《周易·系辞上》"书不尽言，言不尽意"表达了"意一言一文字"这一公式，"而《文心雕龙·练字》篇'心既托声于言，言亦寄形于字。讽诵则绩在宫商，临文则能归字形矣'，也是与这一理论呼应的。"②

5. 故善为文者，富于万篇，贫于一字；一字非少，相避为难也。

【翻译】

善于写文章的人，虽可写到万篇之多，有时却苦于一字难觅；并不是没有这个字，而是避免重复有困难。

---

① 刘勰：《文心雕龙》，黄叔琳注，纪昀评，李详补注，刘咸炘阐说，戚良德辑校，上海古籍出版社，2015，第229页。

② 〔日〕兴膳宏撰，彭恩华编译《〈文心雕龙〉论文集》，齐鲁书社，1984，第43-44页。

【疏解】

纪昀评论："富于"两句，甘苦之言。①

6. 史之阙文[1]，圣人所慎；若依义弃奇，则可与正文字矣。

【注释】

[1] 阙文：缺疑之文。

【翻译】

对待史书上缺疑的字，圣人是很慎重的；若能本于正确意义而抛弃好奇的念头，就可以订正文字了。

【疏解】

刘勰在《史传》篇提到"文疑则阙，贵信史也"，本篇又提到"史之阙文，圣人所慎"，都源出《论语·卫灵公》"子曰：吾犹及史之阙文也，有马者借人乘之，今亡矣乎！"② 刘勰引用此一典故，意即对待史书上缺失的文字要谨慎，不能因爱奇之心而随意改动，要"依义弃奇"，这样才可以订正文字。

7. 篆隶相镕[1]，《苍》《雅》品训[2]。古今殊迹[3]，妍媸异分[4]。字靡易流[5]，文阻难运[6]。声画昭精[7]，墨采腾奋[8]。

【注释】

[1] 相镕：镕炼，互相熔化，如小篆减省籀文，隶书减省小篆，即籀文熔入小篆，小篆熔入隶书。篆隶相熔：由篆演化为隶，隶吸取篆之形体而变化之。

[2]《苍》《雅》：指《苍颉篇》《尔雅》。品：区分。训：解释。品训：区分训释，指《苍颉篇》区分字形，《尔雅》训释字义。

---

① 刘勰：《文心雕龙》，黄叔琳注，纪昀评，李详补注，刘咸炘阐说，戚良德辑校，上海古籍出版社，2015，第 229 页。

② 杨伯峻：《论语译注》，中华书局，2006，第 189 页。

[3] 古今殊迹：指古来作者用字的不同。

[4] 妍蚩：好坏。

[5] 靡：顺适。流：流通。易流：易于流通。

[6] 阻：艰深，指违时。文阻：文字古僻。难运：难得通行。

[7] 声画：扬雄《法言·吾子》："书（字），声画也"，指表达思想感情的文字。昭：明。精：昭明、精确。

[8] 墨：文字，这里泛指作品。墨采：指书法，这里指文章光彩。腾奋：如龙腾虎奋，跃然纸上。

【翻译】

篆书和隶书可以互相融合，《苍颉篇》区别字形，《尔雅》解释字义。字形古今不同，用在文章中就有美丑之别。用字顺应习惯就容易流传，用字趋于怪异，文义就会受到阻隔而难以通畅。语言文字都很精妙，墨势文采就会腾跃飞扬。

【疏解】

"声画昭精，墨采腾奋"，可以用来表达对既有音韵之美又有字形之美的书法作品的赞颂，也可用来赞扬文学作品文采飞扬、声画双美。

《隐秀》第四十

1. 夫心术之动远矣[1]，文情之变深矣[2]！源奥而派生[3]，根盛而颖峻[4]，是以文之英蕤[5]，有秀有隐。隐也者，文外之重旨者也[6]；秀也者，篇中之独拔者也[7]。

【注释】

[1] 心术：运用心思的方法，这里指文思。

[2] 文情：指作品的内容。

[3] 奥：深。派：支流。

[4] 颖：禾苗的末端，这里泛指苗。峻：高。颖峻：花实峻茂。

[5] 英：花瓣。蕤：状花叶下垂。英蕤：指精华，作品的精义与辞采。

[6] 文外：文字以外的意思。重旨：丰富的含意。

[7] 独拔：突出挺拔的文句。

【翻译】

文学创作的运思活动无边无际，作品的内容变化无穷。源远就流长，根深就叶茂，所以优秀的作品，有“隐”“秀”两种情形。所谓“隐”，文字之外具有多重含义；所谓“秀”，就是作品中特别突出的句子。

【疏解】

关于作品的“隐”或“秀”，前人有所关注。如陆机《文赋》所谓

"文外曲致"，即本段所谓"隐也者，文外之重旨者也"①。又比如陆机《文赋》所谓"立片言而居要，乃一篇之警策"与本段所谓"秀也者，篇中之独拔者也"② 同义。但将"隐秀"作为一个合成概念，并专篇进行论述的，刘勰是第一人。

刘勰认为"文之英蕤，有秀有隐"（优秀的作品，兼具"隐秀"），刘咸炘认为："无隐旨秀词，而徒取事练字，则苟为夸饰而已，不足以为文也。"③

2. 隐以复意为工[1]，秀以卓绝为巧[2]，斯乃旧章之懿绩[3]，才情之嘉会也[4]。

【注释】

[1] 复意：双重、多种意义。

[2] 卓绝：超越突出。

[3] 懿：美，善。

[4] 才情：即才华。嘉会：美好的会集，喻指文才的集中表现。

【翻译】

"隐"以内容丰富为工巧，"秀"以卓越独到为精妙：这是古代作品创造的美绩，作者才华的集中反映。

【疏解】

《文心雕龙·隐秀》篇有一个特殊情况，即《隐秀》篇有一印版丢失，明代学者声称找到全版又补全此篇。但学界多方论证，认为《隐秀》篇明末补文为伪作。其中一条证据即：宋代张戒《岁寒堂诗话》曾引刘勰语"情在词外曰隐，状溢目前曰秀"，这两句在现今的通行本《文心雕龙》未见。姑不论此两句是否确为本篇佚文，但二句的确简要地传达出了本篇所

---

① 范文澜注："辞约而义富，含味无穷，陆士衡云'文外曲致'，此隐之谓也。"

② 黄叔琳评："陆平原云：'一篇之警策'，其'秀'之谓乎？"

③ 刘勰：《文心雕龙》，黄叔琳注，纪昀评，李详补注，刘咸炘阐说，戚良德辑校，上海古籍出版社，2015，第 233 页。

谓“隐秀”的基本精神，实可与本篇现存文字互相参证①。

刘咸炘认为，“复意”即重旨，或旨外有旨，或该数义，皆为复隐。

3. 凡文集胜篇[1]，不盈十一[2]；篇章秀句，裁可百二[3]：并思合而自逢[4]，非研虑之所求也[5]。或有雕削取巧[6]，虽美非秀矣。

【注释】

［1］胜篇：优异的篇章。

［2］盈：满。十一：十分之一。

［3］裁：通“才”，仅。百二：百分之二。

［4］合：符合，适合。逢：遇合。

［5］研虑：进行长时间的细致思考。

［6］雕削：即雕琢。

【翻译】

大抵文集中的优秀作品，不满十分之一；篇章中的突出警句，仅约百分之二：都是文思吻合而自然遇逢，不是精研苦虑所追求的。有时雕琢刻削以求得工巧，虽然美好却并非秀句。

【疏解】

此段话有两个要点：一是文章中的“秀句”数量极少，占比很小；二是指“秀句”要出于自然，不须冥思苦想。纪昀评论：“精微之论。”② 刘咸炘认为：“‘思合自逢’，即机神也。”③

4. 故自然会妙[1]，譬卉木之耀英华[2]；润色取美，譬缯帛之染朱绿[3]。

---

① 张国庆、涂光社：《〈文心雕龙〉集校、集注、直译》，中国社会科学出版社，2015，第751页。

② 刘勰：《文心雕龙》，黄叔琳注，纪昀评，李详补注，刘咸炘阐说，戚良德辑校，上海古籍出版社，2015，第233页。

③ 刘勰：《文心雕龙》，黄叔琳注，纪昀评，李详补注，刘咸炘阐说，戚良德辑校，上海古籍出版社，2015，第234页。

【注释】

[1] 会：合。

[2] 耀：显，明。英华：草木之美者。

[3] 缯：丝织品的总称。帛：厚缯。

【翻译】

所以自然而合乎巧妙的，好比草木闪耀光华；修饰而获取美好的，好比丝绸染上红绿。

【疏解】

“自然会妙”，即上文“思合而自逢”。“卉木之耀英华”，是自然景物显示出来的“秀”；“缯帛之染朱绿”，是人工织品染出来的“秀”，前者出乎天然，后者出于人为，两者都可以显现“秀”的特点。

5. 深文隐蔚[1]，余味曲包[2]；辞生互体，有似变爻[3]。言之秀矣，万虑一交[4]；动心惊耳，逸响笙匏[5]。

【注释】

[1] 深文：深厚之文。蔚：草木繁盛，喻文采之盛。隐蔚：潜藏着繁盛的文采。

[2] 余味：《物色》篇说：“物色尽而情有余。”曲：曲折，指含意婉转。曲包：包含婉转曲折的情思。

[3] 辞生互体，有似变爻：指意义深富而含蓄的文辞，也像《周易》卦爻的变化一样，可以产生“取义无常”的作用。

[4] 万虑一交：犹言万虑一得。交：会，合。

[5] 逸响：高超之音。笙匏：乐器名。

【翻译】

文字深湛含蓄的作品，隐含着繁盛的文采，曲折地包含着无穷的韵味。由文辞变化产生的“言外之意”，好像由卦爻的变化而产生了互体。言辞中的秀句，是千万次构思中偶得。它使人听了惊心动魄，像笙匏发出嘹亮的高音。

【疏解】

此赞语前四句言“隐”，后四句言“秀”。“隐”篇的特点是“余味曲包”，就像互体变爻一样，意义具有充分的生发性。“秀句”是精心营构却又妙手偶得，所以具有“动心惊耳”的审美效果。

《指瑕》第四十一

1. 管仲有言[1]："无翼而飞者，声也；无根而固者，情也。"[2] 然则声不假翼[3]，其飞甚易；情不待根，其固匪难[4]。以之垂文[5]，可不慎欤！

【注释】

[1] 管仲：字夷吾，春秋时齐国政治家。

[2] "无翼而飞者，声也；无根而固者，情也。"：《管子·戒》中的原话，尹知章注："出言门庭，千里必应，故曰无翼而飞；同舟而济，胡越不患异心，知其情也，故曰无根而固。"

[3] 假：借助。

[4] 匪：不。

[5] 垂文：留下文章，指写作传世。

【翻译】

管仲曾说："没有翅膀却能四处飞扬的是声音，没有根底却能深入牢固的是情感。"但是，声音没有翅翼容易飞扬，情感如果没有一定的根基，是很难牢固的，根据这个道理来从事写作，能不慎重吗？

【疏解】

声音没有翅膀也能飞扬，情感没有根基也能稳固，靠声情来流传的文章，自然也容易传播影响、稳固情感，（假如这些流传飞扬的内容有错误缺失，造成的影响就很大了），所以就必须十分慎重。这也是为文需慎重的出发点。

2. 凡巧言易标[1]，拙辞难隐[2]；“斯言之玷”[3]，实深白圭[4]。

3. 斯言一玷，千载弗化。

【注释】

[1] 标：木末，树梢，引申为显露、表现。

[2] 拙：劣，指有瑕病的文辞。

[3] 玷（diàn）：玉的斑点。

[4] 白圭（guī）：白色玉器。

【翻译】

大凡精妙的言辞容易显露，拙劣的毛病也难以掩盖，只要有了缺点，就好比洁白的玉器上有了缺点很难磨掉。

作品中一个小小的污点，一千年也改变不了。

【疏解】

“斯言之玷”“实深白圭”，取意《诗经·大雅·抑》：“白圭之玷，尚可磨也；斯言之玷，不可为也。”“斯言一玷，千载弗化”，这是一种对于文章创作的敬畏，有这种敬畏心的作者才能创作出没有或极少错误的文章，所以纪昀认为：“《指瑕》原为巨手言之”①。

4. 若夫立文之道[1]，惟字与义：字以训正[2]，义以理宣[3]。

【注释】

[1] 道：道路，途径。

[2] 正：定，指通过正确的解释来确定字义。

[3] 宣：表明，显示。

【翻译】

文章写作的基本途径，不外用字和立义两个方面：用字要根据正确的

---

① 刘勰：《文心雕龙》，黄叔琳注，纪昀评，李详补注，刘咸炘阐说，戚良德辑校，上海古籍出版社，2015，第238页。

解释来确定含义，立义要通过正确的道理来阐明。

【疏解】

习近平总书记 2021 年 12 月 14 日在中国文联十一大、中国作协十大开幕式上的重要讲话中强调：“‘立文之道，惟字与义。’文艺只有向上向善才能成为时代的号角。止于至善，方能臻于至美。”

5. 若掠人美辞[1]，以为己力；宝玉、大弓[2]，终非其有。

【注释】

[1] 掠：夺取。

[2] 宝玉、大弓：鲁国的国宝。据《春秋·定公八年》：“（阳虎）盗窃宝玉大弓。”

[3] 终非其有：终究不能拥有（盗来的东西）。

【翻译】

如果掠取人家的好辞好句，当作自己的创作，就像春秋时期阳虎窃取了鲁国的宝玉大弓，终究不是自己应有之物（而退还）。

【疏解】

刘勰引《左传》阳虎盗取宝玉大弓最终归还的典故，说明“制同他文，理宜删革”，反对为文剽窃，这一点与《礼记·曲礼》的“毋剿说，毋雷同”① 的思想也是一致的。此外，陆机在刘勰之前也反对为文剽窃的行为，他说：“虽杼轴于予怀，怵他人之我先。苟伤廉而愆义，亦虽爱而必捐。”②

6. 丹青初炳而后渝[1]，文章岁久而弥光[2]；若能檃括于一朝[3]，可以无惭于千载也。

① （汉）郑玄注，（唐）孔颖达等正义《十三经注疏·礼记正义》，上海古籍出版社，1997，第 1240 页。

② 郭绍虞主编《中国历代文论选》第 1 册，上海古籍出版社，2001，第 173 页。

【注释】

［1］丹青：绘画用的颜色，亦指图画、绘画。炳：鲜明。渝：褪色。

［2］弥光：更加光彩鲜明。

［3］檃括：矫正曲木的工具，这里指改正作品中的瑕病。

【翻译】

绘画是开始鲜明而后来变色，文章则经历的年代愈久，愈显光辉灿烂，倘若能在写作时改正瑕疵，就可传之千载而永无愧色了。

【疏解】

江苏镇江市文心阁正门有副对联："丹青初炳而后渝，文章岁久而弥光"，既是对文论经典《文心雕龙》的赞扬，也寄寓对于著书立说的敬慎。

"檃括于一朝"的前提是文章很容易出现错误，正如赞语所言"羿氏舛射，东野败绩"（就算是善射的后羿也出现射失的情况，善于御马的东野稷也有过失误）。"檃括于一朝"的原因是"丹青初炳而后渝，文章岁久而弥光"（文章能够流传久远，所以要改正瑕疵，保证文章的正确）。"檃括于一朝"的结果是"无惭于千载"。

7. 虽有俊才，谬则多谢[1]。……令章靡疚[2]，亦善之亚[3]。

【注释】

［1］谬：指作品有了瑕病、错误。谢：惭愧。

［2］令章：美好的作品。靡疚：没有毛病。

［3］善：指善于写作的人。亚：稍次。

【翻译】

虽然有杰出的才能，出了错误就很惭愧……能写出没有毛病的好作品，也就和写作的高手相去不远了。

【疏解】

"虽有俊才，谬则多谢"，体现了严谨的文风。对于要写作学位论文的本科生、研究生来说，此话有着重要的警醒意义。

《养气》第四十二

1. 率志委和[1]，则理融而情畅；钻砺过分[2]，则神疲而气衰[3]：此性情之数也[4]。

【注释】

［1］率：循。委和：和顺。

［2］钻砺：钻研磨砺。

［3］气：元气。

［4］数：规律。

【翻译】

顺着情感的发展而自然谐和，就能思理融和而情绪顺畅；如果钻研过度，就精神疲惫而元气衰损：这就是性情的一般规律。

【疏解】

王元化认为：“‘率志委和’一语是指文学创作过程中的一种从容不迫、直接抒写的自然态度。率，遵也，循也。委，付属也。‘率志委和’就是循心之所至，任气之和畅的意思。”① “率志委和”与“钻砺过分”，恰成一组对比，两者造成的结果差别显著，一则“理融而情畅”，一则“神疲而气衰”，所以需要“养气”，不能过于伤身伤神。这是性情的基本规律，虽为写作而发，实可推至各类工作。

① 王元化：《文心雕龙讲疏》，广西师范大学出版社，2004，第256页。

刘咸炘认为，“率志委和”，亦谓自然高于勉强耳①。

2. 故淳言以比浇辞[1]，文质悬乎千载[2]；率志以方竭情[3]，劳逸差于万里[4]：古人所以余裕[5]，后进所以莫遑也[6]。

【注释】

［1］淳：厚也。浇：薄也。

［2］文质：华丽和朴质。悬：远，指悬殊。

［3］方：比。

［4］劳逸：劳苦和闲逸，指创作的费神与不费神之别。

［5］余裕：从容不迫。余：饶。裕：宽。

［6］莫遑：无暇。

【翻译】

淳厚的作品和浇薄的文辞相较，其华丽和质朴的不同相差千年；随顺情志的创作和绞尽脑汁的创作相比，其劳神苦思和轻松愉快的不同，更是相去万里：古代作者之所以从容不迫，后代作家之所以忙个不停，就是这个原因。

【疏解】

刘咸炘认为，这一段论“古近安勉之分”②。

3. 若夫器分有限[1]，智用无涯[2]；或惭凫企鹤[3]，沥辞镌思[4]。于是精气内销[5]，有似尾闾之波[6]；神志外伤，同乎“牛山之木”[7]：怛惕之盛疾[8]，亦可推矣。

【注释】

［1］器分：才分。

① 刘勰：《文心雕龙》，黄叔琳注，纪昀评，李详补注，刘咸炘阐说，戚良德辑校，上海古籍出版社，2015，第242页。

② 刘勰：《文心雕龙》，黄叔琳注，纪昀评，李详补注，刘咸炘阐说，戚良德辑校，上海古籍出版社，2015，第242页。

[2] 智用无涯：《庄子·养生主》："吾生也有涯（边际），而知（智）也无涯；以有涯随无涯，殆（困倦）已。"

[3] 惭凫（fú）：因凫腿之短而惭愧。凫：水鸟，俗称野鸭子。企鹤：羡慕鹤的腿长。《庄子·骈拇》："长者不为有余，短者不为不足。是故凫胫（脚）虽短，续之则忧；鹤胫虽长，断之则悲。"刘勰借此以喻作者违背自然之理，而提不切实际的要求。

[4] 沥（lì）辞：精选文辞。沥：过滤以除去杂质。镌（juān）：雕刻。

[5] 销：消耗，损毁。

[6] 尾闾：《庄子·秋水》："天下之水，莫大于海，万川归之，不知何时止而不盈；尾闾泄之，不知何时已而不虚。"尾闾：泄海水出外者也。

[7] 牛山之木：《孟子·告子上》："牛山之木尝美矣，以其郊于大国也，斧斤伐之，可以为美乎？……牛羊又从而牧之，是以若彼濯濯也。"赵岐注："牛山，齐之东南山也。……濯濯，无草木之貌。"

[8] 怛惕（dá tì）：惊恐忧惧，指害怕得不到佳作而烦恼紧张的心理状态。

【翻译】

至于人的才分，都有一定的限度，而智力的运用却是无边无际的；有的就像不满于鸭腿之短，而羡慕鹤腿之长，在写作中一字一字地挖空心思：于是精气消损于内，有如海水永不停止地外泄；神思损伤于外，像牛山上的草木被砍得精光。过分的惊惧紧张必将造成疾病，也就可想而知了。

【疏解】

这一段引用了许多《庄子》的思想，论述写作时不顾天分限制勉强用功会造成严重后果。"尾闾之波"比喻精力消耗像个无底洞，"牛山之木"比喻神志外伤只剩一片精光，由此可能造成怛惕盛疾。钟惺感叹道："文人读之寒心。"① 李安民由此而怀疑江郎才尽的传说，他说："江淹才尽，岂真取笔还景纯哉！"② 言下之意，江淹并非还了五色笔而才尽，其实是前

① 黄霖编著《文心雕龙汇评》，上海古籍出版社，2005，第138页。

② 黄霖编著《文心雕龙汇评》，上海古籍出版社，2005，第138页。

期写作用思太剧难以为继罢了。

4. 夫学业在勤，故有锥股自厉[1]；至于文也，则有申写郁滞[2]，故宜从容率情，优柔适会[3]。

5. 若销铄精胆[4]，蹙迫和气[5]；秉牍以驱龄[6]，洒翰以伐性[7]：岂圣贤之素心[8]，会文之直理哉[9]！

【注释】

［1］锥股自厉：《战国策·秦策一》："（苏秦）乃夜发书，陈箧（箱）数十，得《太公阴符》（传为姜尚兵书）之谋，伏而诵之，简练以为揣摩（反复研究）。读书欲睡，引锥自刺其股，血流至足。"厉：鞭策。

［2］申：伸张，舒展。郁滞：郁闷，忧郁。

［3］优柔：宽容，和上句的"从容"意近。适会：适应机会。

［4］销铄（shuò）精胆：即上文所说"精气内销"。销铄：熔化。精胆：犹精气。古人认为人的刚强之气出自胆，称胆气。

［5］蹙（cù）迫：逼迫。

［6］秉：持，拿着。牍（dú）：木简，纸。

［7］洒翰：挥笔。伐性：残害生命。

［8］素心：本意。

［9］会文：指写作。直理：正理。

【翻译】

在掌握学问上，是应该勤劳的，所以苏秦在读书困倦时，曾用锥子刺股以鞭策自己。至于文学创作，要抒发作者郁闷的情怀，因此应该从容不迫地顺着情感，舒缓沉着地适应时机。

如果大量消耗精神，过分逼迫人的和气，拿着纸张驱赶自己的年龄，挥动笔杆砍伐自己的生命，这岂是圣贤的本意，写作的正理呢！

【疏解】

这里将为学与为文区分开来，认为求学应该勤奋，写作则不应该用思太过，这样会老得太快、残害身心，不符合圣人的本意。黄叔琳评论道：

“学宜苦而行文须乐。”① 谈道“销铄精胆，蹙迫和气”的严重后果，李安民举例说：“呕心不已，长吉所以不寿。”② 长吉即李贺的字，李贺号称“诗鬼”，写诗有“呕出心肝”之传说。李安民认为，这是用思太过造成的。

6. 且夫思有利钝[1]，时有通塞[2]：“沐则心覆”[3]，且或反常；神之方昏[4]，再三愈黩[5]。

7. 是以吐纳文艺[6]，务在节宣[7]：清和其心[8]，条畅其气；烦而即舍[9]，勿使壅滞[10]。

8. 意得则舒怀以命笔[11]，理伏则投笔以卷怀[12]；逍遥以针劳[13]，谈笑以药倦。[14]

【注释】

[1] 利钝：以兵器的锐利或不锐利，比喻文思的敏锐或迟钝。

[2] 通塞：思路的通畅或阻塞。

[3] “沐则心覆”：《左传·僖公二十四年》：“晋侯之竖（小吏）头须，守藏者也……求见。公辞焉以沐。（头须）谓仆人曰：‘沐则心覆，心覆则图反（意图相反），宜吾不得见也。’”沐：洗头。

[4] 方：正当。昏：迷糊不清。

[5] 黩（dú）：指头脑更加昏黑不清。

[6] 吐纳：指写作。文艺：作文的技艺。

[7] 节宣：节制作息之意。宣，散也。

[8] 清和：指作者心境的清静和谐。

[9] 烦而即舍：用心过度便停止。

[10] 壅（yōng）滞：阻塞不通畅。

[11] 命笔：提笔写作。

[12] 伏：隐藏，不显露。卷怀：收藏。

---

① 黄霖编著《文心雕龙汇评》，上海古籍出版社，2005，第138页。

② 黄霖编著《文心雕龙汇评》，上海古籍出版社，2005，第139页。

［13］逍遥：优游自得。针劳：消除疲劳。

［14］药倦：和上句“针劳”意近。针：针刺治病，这里指医治。

【翻译】

何况作者的文思有敏锐和迟钝之别，写作的时机有畅通或阻塞之异；人在洗头的时候，心脏的位置有了变动，这时考虑问题可能违反常理；当人的精神已经昏乱不清时，继续思考就必然更加糊涂。

因此，从事文学创作务必适时休息，保持心情清静和谐，神气调和通畅；运思过烦就停止，不要使思路受到阻塞。

意有所得便心情舒畅地写下去，想写的事理隐伏不明，就放下笔墨停止写作。在自由自在中解除劳累，用说说笑笑来医治疲倦。

【疏解】

前文说不要不顾天分地耗费精力，第6条与前文相比，又进一层，认为就算是具有相应的天赋，也要注意文思利钝之时、写作通塞之际，就是说临文的状态要充分考虑，不能一味勉强构思行文。

对于“是以吐纳文艺，务在节宣；清和其心，条畅其气；烦而即舍，勿使壅滞”，纪昀评论道：“此非惟养气，实亦涵养文机。《神思》篇虚静之说，可以参观。彼疲困躁扰之余，安有清思逸致哉！”①

对于“意得则舒怀以命笔，理伏则投笔以卷怀，逍遥以针劳，谈笑以药倦”，李安民非常赞赏，说：“愿与海内文人共佩服斯言。”②

9. 纷哉万象[1]，劳矣千想[2]。玄神宜宝[3]，素气资养[4]。水停以鉴[5]，火静而朗[6]。无扰文虑[7]，郁此精爽[8]。

【注释】

［1］纷：纷乱。

［2］想：思虑。

---

① 刘勰：《文心雕龙》，黄叔琳注，纪昀评，李详补注，刘咸炘阐说，戚良德辑校，上海古籍出版社，2015，第241页。

② 黄霖编著《文心雕龙汇评》，上海古籍出版社，2005，第139页。

[3] 玄神：即精神。

[4] 素：平素。素气：经常的精气。

[5] 鉴：镜，引申为明。

[6] 火静：火无风则静。朗：明亮。

[7] 文虑：文思。

[8] 郁：郁结，凝聚。精爽：指清明安和的精神状态。

【翻译】

天地间万象纷纭，引起人们的千思万想。玄妙的精神应当珍惜，精气要好好保养。水波不兴才能用以为镜，火光不闪动才能明朗地映射四周，不要扰乱创作的思虑，要保持精神爽朗。

【疏解】

赞语的最后一句“无扰文虑，郁此精爽”总结了养气之方的精髓：不要扰乱文思，要营卫养旺精神。这里的“精爽”出自《左传·昭公二十五年》“心之精爽，是谓魂魄。魂魄去之，何以能久？”[①] 刘勰引用“精爽”一语，实则还指养卫精气才能保持强健的生命力，才能有健旺的精神从事写作，如果没有健旺的精神，就失去了魂魄，怎么可能持久呢？此一层意思与经典暗合。

需要说明一点，刘勰所说养气，是对于用思过度者而言，并非对无所事事者而言，正如黄侃所言：“彦和养气之说，正为刻厉之士言，不为逸游者立论也。”[②]

---

① （晋）杜预注，（唐）孔颖达等正义《十三经注疏·春秋左传正义》，上海古籍出版社，1997，第2107页。

② 黄侃：《文心雕龙札记》，周勋初导读，上海古籍出版社，2000，第204页。

《附会》第四十三

1. 夫才童学文[1]，宜正体制。必以情志为神明[2]，事义为骨鲠[3]，辞采为肌肤，宫商为声气[4]；然后品藻玄黄[5]，摛振金玉[6]，献可替否[7]，以裁厥中[8]：斯缀思之恒数也[9]。

【注释】

［1］才童：指有才华的少年。

［2］神明：指神志或精神。

［3］事义：文章中讲到的事情及其意义，也就是写作时所用的素材，即引事引言。

［4］宫商：五音中的两种，常用以代表五音，这里指文章的音节。声气：声腔气调。

［5］品藻：品评。玄黄：指色彩。品藻玄黄：品评、鉴别、运用文采，指对文辞的选用、修饰。

［6］摛振金玉：振动金石，奏乐之时，先鸣金，后击石，比喻作文始终有条理。金：钟。玉：指石，如磬。

［7］献可：选用合适的东西。献：进。可：好的。替否：丢掉不合适的东西。替：弃去。

［8］裁：判断。厥中：其中。中：指恰好。

［9］缀思：即构思。恒数：经久不变的方法、规律、法则。数：方法。

【翻译】

才华出众的少年学写文章，应当端正文章体制规范。必定要以情感志向为精神，事理意义为骨骼，文辞藻采为肌肤，语言音调为声气，然后品评黑黄色彩，振动金玉美声，选取好的替换坏的，以裁定它的适中得当：这是运思的常法啊。

【疏解】

“献可替否，以裁厥中”，选取好的替换坏的，以裁定它的适中得当，不仅可作为文章写作的法则，也可运用推广至其他各方面。刘勰的“缀思之恒数也”，指出这应该成为一种普遍的法则。

2. 驱万涂于同归[1]，贞百虑于一致[2]。

【注释】

[1] 涂：同途，途径。

[2] 贞：正，使之正。

【翻译】

把许多不同的途径汇合成一个目标，把各种不同的思绪统一起来。

【疏解】

“驱万涂于同归，贞百虑于一致”，语出《周易·系辞下》：“天下同归而殊途，一致而百虑”，但两者侧重点有不同。《周易》强调的是“殊途”和“百虑”，而《附会》篇强调的是“同归”和“一致”，即寓杂多于统一，突出了文章纲领的总括、统摄作用。

3. 夫画者谨发而易貌[1]，射者仪毫而失墙[2]：锐精细巧[3]，必疏体统[4]。

【注释】

[1] 易：忽视。

[2] 仪：审视。毫：毛发。《淮南子·说林训》：“画者谨毛而失貌，射者仪小而遗大。”高诱注：“谨悉微毛，留意于小，则失其大貌；仪望小处而射之，故耐（能）中。事各有宜。”刘勰的用意与此解略异。

［3］锐精：集中精力，注意推敲。

［4］疏：忽视。体统：主体，总体。

【翻译】

画师专注细微的头发而忽视整体形貌，射手审视毫毛而失察墙壁，集中精力于纤细小巧，必然疏忽于全局大体。

【疏解】

纪昀认为，“此所谓有句无篇”①。刘咸炘也认为，此段话“亦矫当时但求一章一节一字一句之病也。”② 不过，“锐精细巧，必疏体统”，不仅适用于“有句无篇”，它还可以适用于局部优秀整体有失的众多情形，俗话说“小事精明大事糊涂”也有这个意思。

4. 故宜诎寸以信尺[1]，枉尺以直寻[2]；弃偏善之巧[3]，学具美之绩[4]：此命篇之经略也[5]。

【注释】

［1］诎（qū）寸以信（shēn）尺：《太平御览》卷八三〇录《尸子》：“孔子曰：诎寸而信尺，小枉而大直，吾为之者也。”诎：屈，缩短。信：通伸，舒张。

［2］枉尺以直寻：《孟子·滕文公下》：“《志》曰：枉尺而直寻，宜若可为也。”枉，屈也；直，伸也；八尺曰寻。

［3］偏善：指片面的、无关全局的小巧。

［4］具：即俱，有完备的意思，和上句“偏”字相对。绩：功绩。

［5］命篇：写作成篇。经略：计谋，这里指写作的巧妙。

【翻译】

所以应当枉屈寸而伸展尺，枉屈尺而伸展丈，抛弃片面完善的工巧，

① 黄霖编著《文心雕龙汇评》，上海古籍出版社，2005，第140页。

② 刘勰：《文心雕龙》，黄叔琳注，纪昀评，李详补注，刘咸炘阐说，戚良德辑校，上海古籍出版社，2015，第245页。

学习整体全美的功绩：这是谋篇的经营方略啊。

【疏解】

“诎寸以信尺，枉尺以直寻；弃偏善之巧，学具美之绩”，符合局部服从整体的哲学思想。王元化认为，“只有‘诎寸以信尺，枉尺而直寻’，才能舍小取大，去粗存精。从内容主旨出发，根据内容主旨的要求去处理所有部分，安排所有细节，毫不爱惜地抛弃一切多余的装饰，无用的赘疣，哪怕它们是作者感到最得意的精心结撰也在所不惜，这就是刘勰关于艺术构思的根本观点。”①

5. 是以四牡异力[1]，而“六辔如琴”[2]；驭文之法[3]，有似于此。

6. 去留随心[4]，修短在手[5]；齐其步骤[6]，总辔而已[7]。

【注释】

[1] 牡：指雄性的马。四牡：四匹雄马。

[2] 辔：马缰绳。六辔：六个辔头。如琴：和谐如奏琴。

[3] 驭文：指写作。

[4] 去留：指处理题材、辞句，按题旨需要而定。

[5] 修短：长短，指多写或少写。

[6] 齐：调整。

[7] 总：抓住。总辔：喻从总体加以调控。

【翻译】

四匹马力量虽不一致，但六条马缰绳在车夫的手中，操纵自如，便如琴瑟一样和谐；驾驭文章写作的方法，与此大致同理。

或取或舍任随心意，或长或短自在掌握，使四匹马步骤整齐，总揽辔绳而已。

【疏解】

“四牡异力，而六辔如琴”语本《诗经·小雅·车辖》“四牡騑騑，六

① 王元化：《文心雕龙讲疏》，广西师范大学出版社，2004，第241页。

辔如琴”①，属于依经而立义。四匹脚力不同的马拉车，脚力快的马单独来看是非常好的，但却不利于整体的前进，是“偏善”，要适度调节，将缰绳或放长或缩短，平齐马步，总揽辔绳和谐前进，这才是“具美”，此时好像“六辔如琴”，和谐共进。此时，脚力快的马匹并未能最完美地展现其脚力，却是此时最正确的选择，合于“时中”。②

7. 改章难于造篇，易字艰于代句。

【翻译】

有时修改一段文章比写全篇还艰难，换一个字比改写一句还麻烦。

【疏解】

詹锳对此句话有解释，他认为：“‘改章难于造篇’，指修改某些意义不明确，游离于主题之外，与上下文义不衔接的章节，这必须善于附会，所以比另写一篇要难。‘易字艰于代句’，指更换一个精当的字，使句子通畅，意义明确，更富于表现力，这必须善于炼辞，所以比另造一句要困难。”③

袁枚《随园诗话》卷八：“《北史（文苑传）》称庾自直为隋炀帝改诗，许其诋呵。帝必削改至于再三，俟其称善而后已。炀帝虽非令主，如此虚心，亦云难得。第‘改章难于造篇，易字艰于代句’，刘勰所言，深知甘苦矣。”④

清代李安民对“改章难于造篇，易字艰于代句”非常佩服，认为可以直接用来拒绝某些人的改文之请，他说：“有以恶文求芟削者，举此答之。”⑤

---

① （汉）郑玄笺，（唐）孔颖达等正义《十三经注疏·毛诗正义》，上海古籍出版社，1997，第482页。

② 参见张国庆、涂光社《〈文心雕龙〉集校、集注、直译》，中国社会科学出版社，2015，第809-812页。

③ 詹锳：《文心雕龙义证》，上海古籍出版社，1989，第1610页。

④ 袁枚：《随园诗话》，人民文学出版社，1982，第274页。

⑤ 黄霖编著《文心雕龙汇评》，上海古籍出版社，2005，第141页。

《总术》第四十四

1. 将以立论，未见其论立也。

【翻译】

想建立一个论点，却没看到这个论点能够成立的依据。

【疏解】

这句话本身没有多少哲理内涵，但用于批驳某人的观点，特别是一些论据有问题的观点时，显示出一种釜底抽薪的气势。

2. 故知九变之贯匪穷[1]，“知言之选”难备矣[2]。

【注释】

[1] 九：虚数，泛指众多。贯：连贯。

[2] 知言：善于分析言辞，这里指善于讨论创作。选：善也。

【翻译】

各种复杂变化周而复始前后相续没有止境，即使是识见高明的议论也难以完备。

【疏解】

刘永济认为，“九变之贯”，语本逸《诗》，《汉书·武帝纪》元朔元年赦诏引之。① 其实，“九变之贯”“知言之选”都出自赦诏所引逸《诗》——

① 刘永济：《文心雕龙校释》，中华书局，2007，第150页。

"九变复贯，知言之选。"① "九变复贯"，贯亦一也，犹言九变而复于一也。数极于九，至九则复归于一，故曰"复贯"也。② "知言之选"，选，善也。③ 所以，"九变之贯匪穷，'知言之选'难备"，刘勰此论乃依逸《诗》而立。

3. 知夫调钟未易[1]，张琴实难[2]。"伶人告和"[3]，不必尽窕槬之中[4]；动角挥羽[5]，何必穷初终之韵[6]？

【注释】

[1] 调钟：古代用编钟，由十六个钟构成，所以敲击时要调整音律。

[2] 张琴：琴弦不调，要重新调整。张，指施弦。

[3] 伶人：乐师，乐人也。和：音调谐和。

[4] 尽：完全，这里是说完全掌握。窕槬：这里指大大小小的各种乐器。窕：小。槬：大。中：恰当，这里指音节的恰到好处。

[5] 动角挥羽：指弹奏乐曲。角：五声之一。羽：五声之一。

[6] 穷：尽，探索到底。初终：从头到尾。韵：指曲调。

【翻译】

协调钟的音响不容易，在琴上安弦定音确实也难。奏乐的伶工告知音调已经和谐，不见得声音的巨细都准确；伶工演奏的乐曲，未必从首至尾都音韵完美。

【疏解】

刘勰用调钟和张琴为喻，说明文章写作要有细致入微的分辨眼光。不要一听伶人的话就相信音调已经协调，也不要只看表面的演奏就认为韵律完美。要切身体会，细致辨析，才能了解真实的情况。

4. 夫不截盘根[1]，无以验利器；不剖文奥[2]，无以辨通才[3]：才之

① （汉）班固撰《汉书》，中华书局，1962，第169页。
② 刘永济：《文心雕龙校释》，中华书局，2007，第150页。
③ （汉）班固撰《汉书》，中华书局，1962，第169页。

能通，必资晓术[4]。

【注释】

［1］盘：弯曲。

［2］剖：分析。

［3］通：妙用无碍。

［4］资：凭借。

【翻译】

如果不能截断弯曲的树根，那就无法考验刀锯是否锋利；同样，如果不能分析深刻的写作道理，也就不能看出作者是否有妙才：要使文才通行无碍，就必须精通写作方法。

【疏解】

“不截盘根，无以验利器”是化用东汉虞诩（xǔ）的话：“不遇盘根错节，何以别利器乎？”①

从句式而言，“不截盘根，无以验利器；不剖文奥，无以辨通才”，“不……，无以……”两个表达因果关系的双重否定句式连用，句型与《荀子·劝学》“不积跬步，无以至千里；不积小流，无以成江海”② 完全一致。

5. 自非圆鉴区域[1]，大判条例[2]，岂能控引情源[3]，制胜文苑哉？

【注释】

［1］圆：全面。鉴：察看。区域：指各种体裁。

［2］判：裁决。条例：规则，这里指写作规则。

［3］控引：控制、拉开，即驾驭。

【翻译】

若非全面考察各种体裁，普遍明确各种法则，怎能掌握思想情感的来

① （南朝宋）范晔：《后汉书》，中华书局，1965，第1867页。

② （清）王先谦撰、沈啸寰、王星贤点校《荀子集解》，中华书局，1988，第8页。

龙去脉，在文坛上获得成功呢？

【疏解】

纪昀评论道：“大旨主于意在笔先，以法驭题。”① 纪昀所谓“法”内容并不清晰，刘咸炘则明确指出刘勰强调的是“辨体”之法。他说：“彦和大旨亦重辨体，体宜既明，乃可言命意。故曰：‘自非圆鉴区域，大判条例，岂能控引情源，制胜文苑哉？’宋以来论文者，但言载道取神，鲜知辨体矣。”②

6. 视之则锦绘[1]，听之则丝簧[2]，味之则甘腴[3]，佩之则芬芳[4]：断章之功[5]，于斯盛矣[6]。

【注释】

[1] 锦：杂色的丝织品。锦绘：指作品的形象鲜明。

[2] 丝：弦乐器，如琴瑟。簧：有簧的乐器，如笙。丝簧：指作品的音韵和谐。

[3] 味：品味。甘腴：指作品的内容丰富。腴：肥美。

[4] 佩：戴在身上。芬芳：范文澜注：“佩之则芬芳，情志也。”

[5] 断：裁决。断章：裁断篇章，指写作。

[6] 盛：较好的地步。

【翻译】

看上去像织锦的彩绘，听上去像琴弦簧管奏出的美妙之音，品味起来甘甜肥美，佩在身上芬芳四溢：文章写作的功效，像这样可谓非常完美了。

【疏解】

刘勰从视、听、味、嗅四种审美感觉来形容文章的审美效果，以此体现文章的理想状态。黄叔琳评论：“四者兼之为难。可视、可听而不可味、

① 刘勰：《文心雕龙》，黄叔琳注，纪昀评，李详补注，刘咸炘阐说，戚良德辑校，上海古籍出版社，2015，第248页。

② 刘勰：《文心雕龙》，黄叔琳注，纪昀评，李详补注，刘咸炘阐说，戚良德辑校，上海古籍出版社，2015，第250页。

尤不堪嗅者，品之下也。”①

7. 夫骥足虽骏[1]，缰牵忌长[2]；以万分一累[3]，且废千里。

【注释】

［1］骥：良马。骏：迅速，跑得快。

［2］缰：绳索。

［3］累：妨碍。

【翻译】

千里马虽然快，但缰绳不能太长，如有万分之一的差错，也会影响到千里之行。

【疏解】

这句话揭示一个哲理：不要小看任何微小的差错，否则会造成严重的后果，与“失之毫厘，谬以千里”近似。

8. 文场笔苑，有术有门[1]。务先大体，鉴必穷源[2]。乘一总万[3]，举要治繁。思无定契[4]，理有恒存[5]。

【注释】

［1］门：类。

［2］源：根源，指文学创作的基本原理。

［3］乘：因。一：指上文说的“源”。万：指上文说的“有术有门”。

［4］契：约券，引申指规则。

［5］理：指基本写作原理。

【翻译】

在创作领域里，方法是多种多样的。首先必须抓住文章纲领，观照要穷究源头；这样才能根据基本原理来掌握各种技巧，抓住要点来驾驭一

---

① 刘勰：《文心雕龙》，黄叔琳注，纪昀评，李详补注，刘咸炘阐说，戚良德辑校，上海古籍出版社，2015，第 248 页。

切。文思虽没有一定的规则，写作的基本原理却是恒定的。

【疏解】

这段话中的“务先大体，鉴必穷源”是一种突显纲领、穷究源头的写作方法；“乘一总万，举要治繁”强调“一”对“万”、“简”对“繁”的统御作用；“思无定契，思有恒存”突出“思”的不定性与“理”的恒定性之间的矛盾。结合自《神思》至《总术》“剖情析采”十九篇的内容来看，刘勰所说的“一”是指“术”（文术），“理”是指文术的运用法则。

《时序》第四十五

1. 时运交移[1]，质文代变[2]；古今情理，如可言乎？

【注释】

[1] 时运：世运，治乱、盛衰等，指时代风气。交移：交互推移、变化。

[2] 质：朴质，简单。文：文采丰富。质文：指文章的质朴与华彩。代变：代有所变。

【翻译】

时代不断地演进，质朴和华丽的文风也跟着变化；古往今来的写作情况和道理，大概还可以论述一下吧？

【疏解】

《时序》篇开头即总起全文，以下讨论不同历史阶段的“时运”对于“文质”的影响。

2. 幽、厉昏而《板》《荡》怒[1]，平王微而《黍离》哀[2]。

【注释】

[1] 幽、厉：指周幽王和周厉王，都是西周末年的昏君。《板》《荡》：是《大雅》中的两篇。

[2] 平王：东周第一代国君。微：衰落。《黍离》：《诗经·王风》中的一篇，相传是东周人伤叹西周故都而作。

【翻译】

幽王和厉王时期政治黑暗，因而《大雅》里的《板》《荡》等诗充满愤怒；平王时，周室渐渐衰落，于是出现了情调悲哀的《王风·黍离》。

【疏解】

政治上的崩溃败坏或是衰落微弱，都会引起文学上的反映。刘勰所举的《板》《荡》《黍离》反映了周幽王、周厉王、周平王时期的政治状况。

3. 故知歌谣文理[1]，与世推移[2]；风动于上，而波震于下者。

【注释】

［1］文理：文采情理。

［2］世：时代。

【翻译】

这些歌谣中的文采情理，是和时代一起演变的；政治教化像风一样在上边刮着，歌诗就像波浪一样在下边跟着震动。

【疏解】

“风动于上，而波震于下”，以风动波震的画面比喻时代的政治教化对于该时期文学表现的影响，生动形象。“风动于上，而波震于下”还可以用来形容上级某一要求，下级积极响应。

4. 故知炜烨之奇意[1]，出乎纵横之诡俗也。

【注释】

［1］炜烨（wěi yè）：光辉灿烂。

【翻译】

那些光彩耀眼的奇思妙想，受到纵横家诡谲多变的风气的影响。

【疏解】

《校释》：“‘故知炜烨之奇意，出乎纵横之诡俗’二句，深得屈宋文体流变之故，与实斋章氏（按：即章学诚）论战国文体出于行人辞命之说，可谓旷世同调……屈子亦近纵横家也。”① 刘勰认为文学风格不仅受政治的影响，也受社会风气的影响。战国时期，纵横家的诡辩之风，影响到文学方面，则形成诙诡离奇讲求藻采的风格②。

5. 观其时文，雅好慷慨，良由世积乱离[1]，风衰俗怨，并志深而笔长，故梗概而多气也[2]。

【注释】

[1] 良：诚。

[2] 梗概：慷慨。气：指文章的气势。

【翻译】

试看这一时期（建安时期）的诗文，崇尚慷慨激昂的风格，实在是由于世道长期动乱流离，风气衰败民怨沸腾，加之作家们情志深远、笔力雄健，所以感慨至深而意气昂扬。

【疏解】

刘勰对于建安风骨的原因总结，识力非凡，后人对此的看法也大体沿袭不变。“观其时文，雅好慷慨，良由世积乱离，风衰俗怨，并志深而笔长，故梗概而多气也”，也与《礼记·乐记》“乱世之音怨以怒，其政乖”暗合。

6. 是以世极迍邅[1]，而辞意夷泰[2]；诗必柱下之旨归[3]，赋乃漆园之义疏[4]。

【注释】

[1] 迍邅（zhūn zhān）：困难。

[2] 夷泰：平淡空洞。

[3] 柱下：指老子，春秋时期的思想家，被奉为道家的创始人，曾经

① 刘永济：《文心雕龙校释》，中华书局，2007，第151页。

② 詹锳：《文心雕龙义证》，上海古籍出版社，1989，第1664页。

担任周的柱下史。旨：意旨。

［4］漆园：指庄子，战国时期的思想家，道家学说的代表人物。庄子曾任漆园吏。疏：阐述。

【翻译】

所以这时（两晋）的政治局面虽极艰难，但作品内容很平淡空洞；吟诗不出《老子》的宗旨，作赋就像对《庄子》的发挥。

【疏解】

以上几句是对晋代玄言诗的批判。玄言诗受魏晋玄学影响，以阐释老庄道家为主，思想空洞，严重脱离社会现实。沈约《宋书·谢灵运传论》也说："有晋中兴，玄风独振，为学穷于柱下，博物止乎七篇（按：指《庄子》内七篇）。"①

7. 故知文变染乎世情[1]，兴废系乎时序[2]；原始以要终[3]，虽百世可知也[4]。

【注释】

［1］情：情况。

［2］序：秩序。

［3］原：推究，追溯。原始：追溯其始。要终：探究其末。

［4］百世：极言其年代长久。世，三十年。

【翻译】

可见作品的演变联系着社会的情况，文坛的盛衰联系着时代的政治秩序；如果查清其来龙去脉，虽然历史长久，也是可以弄明白的。

【疏解】

"文变染乎世情，兴废系乎时序"，与"时运交移，质文代变"意义相通，但表意更加明确，"染""系"两个字将文变与世情、兴废与时序的关联说得更清晰。这也是《时序》篇的核心观点。

---

① （梁）沈约：《宋书》，中华书局，1974，第1778页。

8. 今圣历方兴[1]，文思光被[2]；海岳降神[3]，才英秀发[4]；驭飞龙于天衢[5]，驾骐骥于万里[6]。

【注释】

[1] 圣历：指当时正在位的皇帝，可能是东昏侯萧宝卷；也有人认为是指和帝萧宝融。

[2] 光被：广及。

[3] 海岳降神：指山川显灵。

[4] 秀：超出众人之上。

[5] 衢：大路。

[6] 骐骥（qí jì）：良马。

【翻译】

当今皇帝刚刚继位，文化学术普遍展开；山川钟灵毓秀，产生了大量卓越的作家；像乘着神龙飞跃天上，像驾着良马驰骋万里。

【疏解】

“文思光被”“才英秀发”虽是对当时的统治者的赞美，但言不由衷，应该是出于自保的动机。当然，“文思光被”“才英秀发”也可以用来赞美作者的才华出众，文思宽广。

在颐和园长廊中的一块匾额上，刻着“文思光被”四个大字（见图 12）。

图 12　颐和园留佳亭写有“文思光被”的蝠式匾

9. 鸿风懿采[1]，短笔敢陈[2]？飏言赞时[3]，请寄明哲[4]！

【注释】

[1] 鸿：大。懿：美好。

[2] 短笔：刘勰自谦之辞。

[3] 飏言：发表言论，即对作品进行评论。飏：飞扬。时：指齐代。

[4] 明哲：指高明的评论家。

【翻译】

对于这些既有巨大教育意义，又有美好文采的作品，我哪敢妄加论述？分析评论的工作，请交给高明的评论家吧！

【疏解】

“鸿风懿采”，美好丰富的风采。据夏成钢《湖山品题：颐和园匾额楹联解读》，颐和园澹会轩北侧有匾额“鸿风懿采”①（见图 13）。

图 13 颐和园澹会轩写有“鸿风懿采”的横匾

① 夏成钢：《湖山品题：颐和园匾额楹联解读》，北京出版社，2019，第 353 页。

《物色》第四十六

1. 春秋代序[1]，阴阳惨舒[2]；物色之动[3]，心亦摇焉[4]。

2. 盖阳气萌而玄驹步[5]，阴律凝而丹鸟羞[6]；微虫犹或入感，四时之动物深矣。

3. 若夫珪璋挺其惠心[7]，英华秀其清气[8]；物色相召，人谁获安[9]？

4. 岁有其物，“物有其容”[10]；情以物迁[11]，辞以情发[12]。

【注释】

[1] 春秋：指四季。代：更替。序：次序，指四季的次序。

[2] 阴阳：阴指秋冬，阳指春夏。惨：不愉快。舒：舒畅。

[3] 物色：自然之物的声色容貌。

[4] 摇：动摇，这里指心情受到外物的影响而波动。

[5] 阳气萌：冬至后阳气开始萌生。萌：开始。玄驹：蚂蚁。步：走动。

[6] 阴律凝：阴历八月里阴气凝聚。古乐有十二律，阳律六，阴律六，用来配十二月，八月属阴律。丹鸟羞：螳螂吃（蚊子）。羞：吃，进食。

[7] 珪璋：古代聘问时所用的名贵玉器，这里泛指美玉。挺：挺拔，突出。惠：即慧。

[8] 秀：开花。清气：清明的气质。

[9] 安：安静。

[10] 容：形貌。

[11] 迁：改变，变化。

[12] 发：产生。

【翻译】

春和秋交替，寒暑的更迭，万物会有所触动，人的心情也会起着相应的变化。阴沉的天气使人感到凄凉，阳和的天气使人感到舒畅，景物的变化，使人的心情也跟着动荡起来。

随着季节的推移，春天阳气萌生，蚂蚁开始活动，农历八月阴气凝聚，秋风起了，螳螂捕食准备过冬，微小的昆虫尚且受到感发，可知四季的更易对万物的影响是很深的。

至于人类，灵慧的心思宛如美玉，清秀的气质有似奇花，对景物的感召，谁能无动于衷呢？

一年四季各有其不同的自然景物，这些不同的景物表现出不同的形貌，人的感情随着自然景物的不同而变化，文章内容便是这些感情的抒发。

【疏解】

刘勰围绕“物—情—辞”三个关键词，描述了文学创作的两个阶段：第一个阶段是“感物动情”，即“物动心摇”“物召心应”“情以物迁”。第二个阶段是“情动辞发”，即“辞以情发”。第一个阶段对应构思酝酿，第二个阶段对应文辞表达。

“珪璋挺其惠心，英华秀其清气”，缩减为“珪璋慧心，英华清气”，可以形容人具有灵慧之心、清秀之气。

叶绍泰对“珪璋挺其惠心，英华秀其清气，物色相召，人谁获安”一句评论道：“悼时伤物，古今诗人同此幽抱。”①

5. 是以《诗》人感物，联类不穷[1]；流连万象之际[2]，沉吟视听之区[3]。写气图貌[4]，既随物以宛转[5]；属采附声[6]，亦与心而徘徊[7]。

【注释】

[1] 联：联系，联想。类：相近、相似的。

① 黄霖编著《文心雕龙汇评》，上海古籍出版社，2005，第150页。

[2] 流连：徘徊不忍离去。万象：各种自然现象。

[3] 沉吟：低声吟味。

[4] 气：指事物的精神。图貌：描绘状貌。

[5] 宛转：曲折随顺，指在写作中根据事物的状貌来构思。

[6] 属：连缀。声：指文章的音节。

[7] 徘徊：来回走动，这里指外物与内心密切联系的构思活动。

【翻译】

因此，《诗经》的作者受外在景物感召，会产生无穷的类似联想。在万般景象之间流连，在感官体验中沉潜吟味。抒情状物，既顺随物态的变化而变化；文辞付诸表现，也在心里反复酝酿。

【疏解】

纪昀评论："'随物宛转，与心徘徊'八字，极尽流连之趣，会此方无死句。"①

王元化认为："刘勰提出'随物宛转'、'与心徘徊'的说法，一方面要求以物为主，以心服从于物；另一方面又要求以心为主，用心去驾驭物。表面看来，这似乎是矛盾的。可是，实际上，它们却是互相补充的，相反而相成。"②

6. 所谓诗人丽则而约言[1]，辞人丽淫而繁句也[2]。

【注释】

[1] 诗人：指《诗经》的作者，与下文"辞人"相反。则：合于规则而不过分。约：简练。

[2] 辞人：辞赋家。淫：过分。

【翻译】

《诗经》作者写的东西虽华丽，但恰如其分，而且文字也比较简约；

---

① 黄霖编著《文心雕龙汇评》，上海古籍出版社，2005，第150页。

② 王元化：《文心雕龙讲疏》，广西师范大学出版社，2004，第96页。

辞赋家写的东西，就过于华丽，辞句繁多。

【疏解】

此言脱胎于扬雄《法言·吾子》“诗人之赋丽以则，辞人之赋丽以淫。”①

7. 物有恒姿[1]，而思无定检[2]；或率尔造极[3]，或精思愈疏[4]。

【注释】

[1] 恒：经常的，有定的。

[2] 检：法式。

[3] 率尔：随便的样子。造极：达到理想的境地。

[4] 疏：远，指作者的思想和客观物象距离很大。

【翻译】

事物各有常见的样子，而作者构思却没有一定的法则；有的好像满不在乎也能把景物写得很好，有的却仔细思索还和所描写的景物相差很远。

【疏解】

外物与构思之间存在矛盾。外物有一定的形态，而文思没有一定的准则，两者之间有时看似无意却把景物写得很到位，有时用心思索却难以如意。刘勰对于物与思之间矛盾的描述，纪昀评论：“入微之论。”②

8. 是以四序纷回[1]，而入兴贵闲[2]；物色虽繁，而析辞尚简[3]。

【注释】

[1] 四序：四季。纷回：复杂多变。回：运转。

[2] 兴：指写作的兴致。闲：娴静。

---

① 汪荣宝撰，陈仲夫点校《法言义疏》，中华书局，1987，第49页。

② 刘勰：《文心雕龙》，黄叔琳注，纪昀评，李详补注，刘咸炘阐说，戚良德辑校，上海古籍出版社，2015，第266页。

[3] 析：分解，引申为抉择、运用。

【翻译】

四季更代，众多景物纷纷出现，作家要想获得写作兴致，重要的是娴静从容的心态。景物的状貌尽管繁杂，斟酌运用描绘的文辞却以简约为上。

【疏解】

“入兴贵闲”指的是写作之前要保持一种娴静从容的心态，或者说是无功利的审美状态。只有“闲”，才能涵养写作状态，才能写出超脱的意蕴。黄叔琳评论：“天下事哪件不从忙里错过，文亦然矣。”①

纪昀认为：“四语尤精。凡流传佳句，都是有意无意之中，偶然得一二语，都无累牍连篇，苦心力造之事。”②

刘咸炘认为：“‘入兴贵闲，析辞尚简’，八字极要。”③

9. 然屈平所以能洞监《风》《骚》之情者[1]，抑亦江山之助乎[2]！

【注释】

[1] 屈平：屈原名平，战国时楚国诗人。洞：深。监：察。《风》《骚》：指《国风》《离骚》。

[2] 抑：语首助词。

【翻译】

屈原之所以能够洞悉《国风》《离骚》的经验在创作上取得成功，难道不也是得力于江河山林自然景物的帮助吗？

【疏解】

《物色》篇刘勰首次说出作家的成功可以得“江山之助”的妙语，此

---

① 刘勰：《文心雕龙》，黄叔琳注，纪昀评，李详补注，刘咸炘阐说，戚良德辑校，上海古籍出版社，2015，第266页。

② 刘勰：《文心雕龙》，黄叔琳注，纪昀评，李详补注，刘咸炘阐说，戚良德辑校，上海古籍出版社，2015，第266页。

③ 刘勰：《文心雕龙》，黄叔琳注，纪昀评，李详补注，刘咸炘阐说，戚良德辑校，上海古籍出版社，2015，第266页。

后它也不时见于文人们著述中①。《新唐书·张说传》:“既谪岳州，而诗益凄婉，人谓得江山之助云。”② 宋代的陆游也说“挥毫当得江山助，不到潇湘岂有诗?”③

10. 山沓水匝[1]，树杂云合[2]；目既往还[3]，心亦吐纳[4]。“春日迟迟”[5]，秋风飒飒[6]；情往似赠[7]，兴来如答[8]。

【注释】

[1] 沓：重复。匝：围绕。

[2] 合：聚、会，连接聚合。

[3] 往还：反复观察。

[4] 吐纳：偏义复词，只取吐意，即意欲抒发感情。

[5] 迟迟：缓慢的样子，指阳光舒暖温和。

[6] 飒飒：指风声。

[7] 情往：指以情观物。

[8] 兴：指物色引起作者产生的创作兴致。兴来：指诗人得物色触发而兴起创作兴致。

【翻译】

高山重叠而绿水萦绕，绿树丛生，白云聚合。诗人的眼目反复观察这些景物，心灵也会和它相交接。春阳舒暖柔和，秋风萧瑟凉爽。诗人以情观物，就像给友人临别赠言一样；观物起兴，寄意无穷，恍如酬答知音一般。

【疏解】

纪昀评：“诸赞之中，此为第一。”④ 刘咸炘认为，“此篇之赞，较诸篇

① 张国庆、涂光社：《〈文心雕龙〉集校、集释、直译》，中国社会科学出版社，2015，第862页。

② 欧阳修、宋祁撰《新唐书》，中华书局，1975，第4410页。

③ 陆游著：《剑南诗稿校注》卷六十，钱仲联校注，上海古籍出版社，2005，第3474页。

④ 刘勰：《文心雕龙》，黄叔琳注，纪昀评，李详补注，刘咸炘阐说，戚良德辑校，上海古籍出版社，2015，第266页。

为轻隽，颇似司空（按：指司空图）《诗品》。”[①] 但是刘咸炘对纪昀独赞此篇也持不同意见。他认为：“六代文章，无美不备，后人但取轻隽而厌其烦奥，此《知音》篇所谓深废浅售也。纪公亦此面目。”[②]

① 刘勰：《文心雕龙》，黄叔琳注，纪昀评，李详补注，刘咸炘阐说，戚良德辑校，上海古籍出版社，2015，第 267 页。

② 刘勰：《文心雕龙》，黄叔琳注，纪昀评，李详补注，刘咸炘阐说，戚良德辑校，上海古籍出版社，2015，第 267 页。

《才略》第四十七

1. 磊落如琅玕之圃[1]，焜耀似缛锦之肆[2]。

【注释】

[1] 磊落：众多的样子。琅玕（láng gān）：似珠玉的美石。圃（pǔ）：园圃。

[2] 焜（kūn）耀：照明。缛（rù）锦：文采繁盛的锦绣。肆：商店，市场。

【翻译】

（春秋时期外交使节的）文章众多如美玉聚积的园圃，光彩绚烂似繁华的锦绣市场。

【疏解】

“磊落如琅玕之圃，焜耀似缛锦之肆”，不仅是对春秋时期外交场合的文章的整体描述，也可以用来形容某人的作品写得又多又好。

2. 竹柏异心而同贞，金玉殊质而皆宝也。

3. 殊声而合响[1]，异翮而同飞[2]。

【注释】

[1] 殊声：指嵇康以论，阮籍以诗。合响：指嵇、阮都反对司马氏。

[2] 翮（hé），鸟翅。此句指稽阮二人并肩斗争，和上句用意略同。

【翻译】

竹柏的中心虚实有异而同样坚贞，金玉质地不同却都宝贵。

（嵇康和阮籍）通过不同的形式发出共同的心声，用不同的翅膀朝着同一方向奋飞。

【疏解】

“竹柏异心而同贞，金玉殊质而皆宝”，用日常事物形象比喻不同事物皆有价值的道理，当然从竹与柏、金和玉来看，这些事物间的价值大致相当。“殊声而合响”“异翮而同飞”有殊途同归之意。

4. 俗情抑扬，雷同一响[1]，遂令文帝以位尊减才，思王以势窘益价[2]，未为笃论也[3]。

【注释】

[1] 雷同一响：指评价别无二致。

[2] 思王：曹植谥号“思”。窘（jiǒng）：指曹植与曹丕争夺王位失败后所处困境。

[3] 笃论：确实的论断。

【翻译】

世俗之情对人的或抑或扬，往往是随声附和的，于是使曹丕因身为帝王而被轻视了文才，曹植因处境困难而增加其价值，这并不是准确的论断。

【疏解】

李安民评论：“以丕较植，自为不及。”① 但世俗的看法并不客观，以致出现曹丕“以位尊减才”、曹植“以势窘益价”的看法，刘勰的评论深刻独到。陈仁锡认为刘勰对曹氏兄弟的评论是“千古公论、确论。”② “雷同”语出《礼记·曲礼上》：“毋雷同。”郑注：“雷之发声，物无不同时应者；人之言当各由己，不当然也。”

5. 刘劭《赵都》[1]，能攀于前修[2]；何晏《景福》[3]，克光于后进[4]。

① 黄霖编著《文心雕龙汇评》，上海古籍出版社，2005，第154页。

② 黄霖编著《文心雕龙汇评》，上海古籍出版社，2005，第154页。

【注释】

［1］刘劭：字孔才，三国时魏国文人，明帝时官至散骑常侍。《赵都》：《赵都赋》，今存不全，见《全三国文》卷三十二。

［2］攀：依附，引申为接近，赶上的意思。前修：前代贤人，指前代优秀的作家。

［3］何晏：字平叔，三国时魏国玄学家、文学家。《景福》：指何晏的《景福殿赋》，载《文选》卷十一。

［4］克：能。后进：后来作家。

【翻译】

刘劭的《赵都赋》，能够追上前代优秀的作家；何晏的《景福殿赋》，则可光照后世的作者。

【疏解】

刘勰将刘劭和何晏的作品置于文学史的大背景中，论述两人的成就，可谓既见树木又见森林。“攀于前修”“光于后进”，也可以用来激励当代青年奋发有为，在历史的定位中起到承前启后的作用。

6. 才难然乎！性各异禀[1]。一朝综文[2]，千年凝锦[3]。余采徘徊[4]，遗风籍甚[5]。无曰纷杂，皎然可品[6]。

【注释】

［1］禀：禀赋，生来就具有的。异禀：天赋不同。

［2］综文：组织文辞，指写成文章。

［3］凝：聚。

［4］徘徊：反复回旋，指作品长期流传，影响深远。

［5］风：风尚。籍甚：盛大。

［6］皎然：明亮，清楚。品：评论。

【翻译】

人才很难准确评价，不是这样吗？作家的才性，各有不同的先天禀赋。一旦写成文章，就凝结成千古不朽的锦绣。丰富的文采被人们反复品味，流传下来的风尚享有盛名。不必说历代的文章纷纷杂杂，它们都是可以清晰地予以品评的。

【疏解】

前两句说人才难以评定，因为禀性各异。三四句强调文人的才华会被后世品评，寄寓敬慎之意。五六句指出好的文章会造成深远影响。最后两句说文章虽多却可以做出清晰评价，显示了评价家的自信。

《知音》第四十八

1. “知音”其难哉![1] 音实难知，知实难逢[2]；逢其知音，千载其一乎!

【注释】

[1]“知音”：本意是指对音乐能做正确的理解和评论，借指对文学作品的正确理解和批评。

[2]知：前一个知，动词，理解、评价之意；后一个知，名词，指能对作品做出正确理解和评论的人。

【翻译】

文章的“知音”何其难得啊！文章确实难被理解，真正懂得你作品的人实难遇到，遇到知音，大概千载之中能有一次机会吧！

【疏解】

刘勰感叹知音难觅，说出了多少士人的心声。纪昀评曰：“‘难’字一篇之骨。”① 刘勰围绕知音之难、知音之法、音实可知几个方面展开论述，使《知音》篇成为中国古代文论史上第一篇完整而严密的批评专论。

2. 故鉴照洞明[1]，而贵古贱今者，二主是也[2]；才实鸿懿[3]，而崇己抑人者[4]，班、曹是也[5]；学不逮文[6]，而信伪迷真者[7]，楼护是也。

---

① 刘勰：《文心雕龙》，黄叔琳注，纪昀评，李详补注，刘咸炘阐说，戚良德辑校，上海古籍出版社，2015，第279页。

【注释】

[1] 照：察看、理解。洞：深。

[2] 二主：指秦始皇与汉武帝。

[3] 鸿：大。懿：美。

[4] 崇：高。

[5] 班：指班固。曹：指曹植。

[6] 逮（dài）：及。

[7] 信伪：指楼护相信司马迁请教东方朔这样的错误传说。

【翻译】

见识高超而不免崇古非今的人，那就是秦始皇和汉武帝；才华卓越而抬高自己压低别人的人，那就是班固和曹植；毫无文才而误信传说、不明真相的人，那就楼护。

【疏解】

刘勰列举的三种情形——“贵古贱今”“崇己抑人”“信伪迷真”，都不是正确的文学批评。纪昀评曰：“确有此三种。”①

3. 会己则嗟讽[1]，异我则沮弃[2]；各执一隅之解[3]，欲拟万端之变[4]：所谓“东向而望，不见西墙”也[5]。

【注释】

[1] 会：合。嗟：赞叹。讽：诵读。

[2] 沮弃：诋毁，抛弃。

[3] 隅：边，角。

[4] 拟：度量，衡量。

[5] “东向而望，不见西墙”：《淮南子·汜论训》：“故东面而望，不

① 刘勰：《文心雕龙》，黄叔琳注，纪昀评，李详补注，刘咸炘阐说，戚良德辑校，上海古籍出版社，2015，第279页。

见西墙；南面而视，不睹北方。”①

【翻译】

合乎自己爱好的就赞叹，与自己趣味相异的就抛弃一旁，各自偏执于片面的理解，却想评价变化万千的文章，正是所谓“只向东面张望，就看不到西面的大墙”。

【疏解】

纪昀赞叹刘勰此论，称之为“千古症结，数言洞见。”② 但是，刘勰此数句，只是从鉴赏者的主观方面来讨论“知音之难”，刘勰前文也讨论了知音之难的客观原因（“文情难鉴”“篇章杂沓，质文交加”）。从客观与主观两方面来综合讨论“知音之难”，更显出刘勰思维之缜密。

4. 凡操千曲而后晓声[1]，观千剑而后识器[2]，故圆照之象[3]，务先博观。

5. 阅乔岳以形培塿[4]，酌沧波以喻畎浍[5]。

6. 无私于轻重，不偏于憎爱；然后能平理若衡[6]，照辞如镜矣。

7. 是以将阅文情，先标“六观”：一观位体[7]，二观置辞[8]，三观通变[9]，四观奇正[10]，五观事义[11]，六观宫商[12]。斯术既形[13]，则优劣见矣。

【注释】

[1] 操：持，即操作、实践的意思。晓：明白。桓谭《新论·琴道》：“成少伯工吹竽，见安昌侯张子夏鼓瑟，谓曰：‘音不通千曲以上，不足以为知音。’”③

[2] 观千剑：桓谭《新论·道赋》：“扬子云工于赋，王君大习兵器，

① 刘文典撰《淮南鸿烈集解》，中华书局，1989，第439页。

② 刘勰：《文心雕龙》，黄叔琳注，纪昀评，李详补注，刘咸炘阐说，戚良德辑校，上海古籍出版社，2015，第279页。

③ （汉）桓谭：《桓谭〈新论〉》，吴则虞辑校，社会科学文献出版社，2014，第101页。

余欲从二子学。子云曰：‘能读千赋则善赋。’君大曰：‘能观千剑则晓剑。’”①

[3] 圆：周遍，全面。照：察看，理解。

[4] 乔岳：高山。形：显著，这里指看清。培塿（pǒu lǒu）：小土山。

[5] 酌：斟酌。沧：沧海。畎浍（quǎn kuài）：田间小沟。

[6] 衡：秤。

[7] 位：安排，处理。体：体裁。

[8] 置：安放。

[9] 通：指继承方面。变：指创新方面。

[10] 奇：指不常见的表现方式。正：指正常的表现方式。

[11] 事：主要指作品中所用的典故。

[12] 宫商：指平仄，古人常以五音配四声。

[13] 术：方法。

【翻译】

人在弹奏过千首乐曲之后就能通晓音乐，观赏过千把宝剑之后就能识别兵器。所以全面考察文章的得失，务必先扩大自己的视野。

观览过高山就了解小丘的低矮，斟酌过沧海的波涛就会明白小水沟的渺小。

不存轻重有别的私心，不因一己憎爱而有所偏好：然后评价就能够做到像天平的称量一样公平准确，鉴赏文辞就会如同照镜子一样客观了。

因此在将要阅读文章的时候，先要明白须从六个方面入手：一看体式的安排运用；二看文辞的组织修饰；三看其因革变化；四看“奇”与“正”的关系和取舍；五看事类的征引；六看语言的音韵声律。这样的方法若已熟练掌握，那么文章的优劣就会显现无遗了。

【疏解】

本段文字集中论述知音之法。概括起来，有以下几点内容：一要博

---

① （汉）桓谭：《桓谭〈新论〉》，吴则虞辑校，社会科学文献出版社，2014，第83页。

观；二要典型；三要客观；四要运用“六观之法”。

纪昀认为“圆照之象，务先博观”是“扼要之论，探出知音之本。”①

《习近平谈治国理政》第一卷《着力培养选拔党和人民需要的好干部(2013年6月28日全国组织工作会议讲话)》篇，有引《文心雕龙·知音》篇名句：“要近距离接触干部，观察干部对重大问题的思考，……功夫要下在平时，并注重重大关头、关键时刻。‘操千曲而晓声，观千剑而识器。’”②

“操千曲而后晓声，观千剑而后识器”两句，《文心雕龙》原意是比喻文学鉴赏批评的必要条件；“知音”篇名，也由此成为中国文艺的美学范畴。《习近平谈治国理政》引此比喻“考察识别干部”的方法，可谓活用典故。相对于学问传统，《习近平谈治国理政》的活用可谓别具一格，别开生面。

“操千曲而后晓声，观千剑而后识器”，前半句着眼于“文”的方面，后半句着眼于“武”的方面，一“文”一“武”，强调实践出真知。

“阅乔岳以形培塿，酌沧波以喻畎浍”，与元稹“曾经沧海难为水，除却巫山不是云”有相似之处，即两者都强调只有见识了“典型”，就会很容易明白平凡的一般的美。

“无私于轻重，不偏于憎爱”，体现了一种公平公正客观的态度。

8. 夫缀文者情动而辞发[1]，观文者披文以入情[2]：沿波讨源[3]，虽幽必显[4]。

【注释】

［1］缀文：指写作。缀：联结。

［2］披：翻阅。

［3］讨：寻究。

① 刘勰：《文心雕龙》，黄叔琳注，纪昀评，李详补注，刘咸炘阐说，戚良德辑校，上海古籍出版社，2015，第279页。

② 习近平：《习近平谈治国理政》（第一卷），外文出版社，2018，第418~419页。

[4] 幽：隐微。

【翻译】

作家情动于内心而后表现于文辞，读者通过文辞了解作品和作家的情致，沿江河上溯追寻源头，尽管幽深也必定会显露出来。

【疏解】

“缀文”与“披文”，涉及创作与鉴赏两个阶段，“情动而辞发”“披文以入情”凸显了情感在文学活动中的核心地位。“沿波讨源，虽幽必显”，说到“音本易知”，更觉“知音不逢之可伤”（纪昀）①。

9. 俗监之迷者[1]，深废浅售[2]；此庄周所以笑《折杨》[3]，宋玉所以伤《白雪》也[4]。

【注释】

[1] 监：察看。

[2] 售：指作品有许多人欣赏。

[3] 庄周：即庄子，战国时思想家。《折杨》：一种庸俗的歌曲。

[4] 宋玉：战国时楚国著名作家。《白雪》：一种高妙的乐曲。

【翻译】

一般的鉴赏者容易陷入迷途，他们放弃深邃、炫耀浅薄；如同庄周讥笑鄙俗的《折杨》却大受欢迎，而宋玉则为高雅的《白雪》被冷落而感伤！

【疏解】

刘咸炘认为：“‘深废浅售’，乃衡文之通弊。”② 其实，“深废浅售”的现象不只是文坛常事，也是社会普遍现象。要追求深度，拒绝浅薄，还需要更多有识之士对于“深废浅售”的自觉抵制。

---

① 刘勰：《文心雕龙》，黄叔琳注，纪昀评，李详补注，刘咸炘阐说，戚良德辑校，上海古籍出版社，2015，第279页。

② 刘勰：《文心雕龙》，黄叔琳注，纪昀评，李详补注，刘咸炘阐说，戚良德辑校，上海古籍出版社，2015，第280页。

10. 见异，唯知音耳。

【翻译】

能看到其卓异之处的，唯有“知音”而已。

【疏解】

知音的重要功能就是能看出作品的卓异闪光处。这不但需要卓越的见识，也需要客观公正的态度。

《程器》第四十九

1. 盖人禀五材[1]，修短殊用[2]；自非上哲[3]，难以求备。

【注释】

[1] 五材：就是五行，指金、木、水、火、土，古人认为这些物质的配合和人的性情有关。

[2] 修：长。殊：不同。

[3] 哲：明智的人。

【翻译】

人具有各种才性，其优点和缺点表现各异，除非圣贤，很难要求完备。

【疏解】

刘勰认为，“人禀五材，修短殊用”，人禀有五材之质，或长或短表现不同，“自非上哲，难以求备”。这显然与《论语·微子》“无求备于一人”的思想相通。

2. 然将相以位隆特达[1]，文士以职卑多诮[2]，此江河所以腾涌[3]，涓流所以寸折者也[4]。

【注释】

[1] 位隆：地位高，官位大。特达：超出侪辈之上。这里和下句“多诮”对举，指受到特别原谅。

[2] 诮（qiào）：责怪。

[3] 腾涌：水势奔腾，喻豪贵之家的声势。

[4] 涓（juān）：小水。寸折：喻职卑的文士在发展道路上困难曲折极多。

【翻译】

（同样是品行有瑕疵，）将相因为地位崇高而受到特别原谅，文人因职位卑微而多受讥诮，这就是大江大河所以浪腾波涌，小水小溪所以曲折难行的原因吧。

【疏解】

鲁迅在《摩罗诗力说》中认为，“中国汉晋以来，凡负文名者，多受谤毁，刘彦和为之辩曰：‘盖人禀五材，修短殊用，自非上哲，难以求备。然将相以位隆特达，文士以职卑多诮：此江河所以腾涌，涓流所以寸折者。’东方恶习，尽此数言。”①

3. 盖士之登庸[1]，以成务为用[2]。

4. 安有丈夫学文，而不达于政事哉[3]？

5. 文武之术，左右惟宜[4]。

【注释】

[1] 登庸：升用。

[2] 务：事。用：指对人的任用。

[3] 达：通晓。

[4] 左右惟宜：指文武兼备。

【翻译】

人材是否被重用，要看能不能达成政务。

哪有大丈夫学了文章，却不通达政事的呢？

文武才略，两者都应兼备。

---

① 鲁迅：《鲁迅全集》卷一，人民文学出版社，1973，第72页。

【疏解】

刘勰强调“成务为用”，即强调文人经世达政的实才①，不仅要会写文章，还要通达政事，文武兼备，这才是理想的文人。

6. 是以“君子藏器”[1]，“待时而动”[2]，发挥事业。固宜蓄素以弸中[3]，散采以彪外[4]；楩楠其质[5]，豫章其干[6]。

7. 摛文必在纬军国[7]，负重必在任栋梁[8]；穷则独善以垂文[9]，达则奉时以骋绩[10]。

【注释】

［1］君子：指理想的作家。器：指人的才德。藏器：具备达于政事的才德。

［2］“待时而动”：《周易·系辞下》：“君子藏器于身，待时而动。”

［3］素：质地，指人的才德。弸中：充满于中。

［4］彪：虎纹，这里指外表的文饰。彪外：文采显著于外。

［5］楩：黄楩树。楠：楠树。它们都质地坚实，皆优质木材。

［6］豫章：樟树类大树名，都是枝干高大的树种。干：树干，引申为骨干。

［7］摛：发布。纬：组织，谋划。

［8］栋梁：房屋的大梁，比喻国家的骨干。

［9］穷：政治上不得意。垂：留下。

［10］达：政治上得意。奉：进献。绩：功。骋绩：驰骋才能建立功绩。

【翻译】

因此有修养的文人志士具备才德，等待时机来加以施展，在建立事功的过程中闪耀光芒。本来就应该培养才德来充实内在的美，散播文采来显示外在的美，具有楩、楠那样坚实的质地，豫章那样高大的枝干。

---

① 周兴陆：《刘勰“文德”论新探》，《文艺理论研究》2015年第1期。

写文章一定要有助于经纬军国大事，担负重任一定要成为栋梁，仕途不利则保全自己的品德而从事写作，如果飞黄腾达，便趁着时机做番事业。

【疏解】

君子只有“藏器于身”“蓄素以弸中”，才有可能“散采以彪外”。换句话说，并不是所有的“藏器于身”的“文人”都能“为世所用”，这里面还有一个“时运”的问题。刘勰认为，君子应该正确对待“时运”。不得志就培养品德以著作传世（“穷则独善以垂文”），得志就及时建功立业（“达则奉时以骋绩”）。“穷”与“达”，是不同的“时”，要“待时而动”。“穷则独善以垂文，达则奉时以骋绩”，与《孟子·尽心下》“古之人，得志，泽加于民；不得志，修身见于世。穷则独善其身，达则兼善天下”① 相通，属于依经立义。

① 杨伯峻：《孟子译注》，中华书局，2008，第236页。

《序志》第五十

1. 夫宇宙绵邈[1]，黎献纷杂[2]；拔萃出类[3]，智术而已。

2. 岁月飘忽，性灵不居[4]；腾声飞实[5]，制作而已。

3. 夫肖貌天地[6]，禀性五才[7]，拟耳目于日月[8]，方声气乎风雷[9]：其超出万物，亦已灵矣。

4. 形甚草木之脆[10]，名逾金石之坚[11]，是以君子处世，树德建言[12]。

【注释】

[1] 绵、邈（miǎo）：都是长远的意思。

[2] 黎献：众人中之贤者。黎：众人。献：贤者。

[3] 拔萃：才能特出。《孟子·公孙丑上》："出乎其类，拔乎其萃。"

[4] 性灵：指人的智慧。不居：很快就过去。居：停留。

[5] 腾声：名声的流传。腾：跃起。实：指造成其名声的事业。

[6] 肖：相似。

[7] 禀：接受，引申为禀赋。五才：即五行，指金、木、水、火、土。

[8] 拟耳目：《淮南子·精神训》中说："是故耳目者，日月也；血气者，风雨也。"

[9] 方：比。

[10] 草木之脆：比喻容易朽败。

[11] 逾：超过。金石之坚：像金石一样坚固不朽。

[12] 树德建言：树立德行，发表言论。

【翻译】

宇宙浩渺无边，芸芸众生中不少贤能混杂其间，出类拔萃者，全凭智慧而已。

岁月的流逝不会停步，灵慧的生命不会久存，要使自己名声远播、建树长存，就只能靠写作了。

人类的形貌象征着大地，又从五行里取得自己的天性；耳目好比日月，声气好比风雷；他们能超过一切生物，就在于人有智慧。

人的形体如同草木般脆弱易朽，名声的不朽可以超过金石的坚固；因此君子活在世上，就要建树功德、著书立说。

【疏解】

刘勰在《序志》篇开篇谈道“出类拔萃”可以依靠“智术”，“腾声飞实”可以依靠“制作”，人虽是万物之灵，但“形甚草木之脆”，要想“名逾金石之坚”，只能“树德建言”。显然，这种价值观来自《左传》“三不朽”的思想。《左传·襄公二十四年》载穆叔的话：“太上有立德，其次有立功，其次有立言，虽久不废，此之谓不朽。”刘勰只说到德和言，也包含功，但重点则是强调立言的不朽。

5.（吉甫、士龙之辈）并未能振叶以寻根，观澜而索源[1]。

6. 不述先哲之诰[2]，无益后生之虑。

【注释】

[1]“并未能振叶以寻根，观澜而索源”二句：这里是拿枝叶和波澜比喻作品的辞藻，拿根和源比喻作品所应依据的儒家学说。

[2] 诰（gào）：教训。

【翻译】

（应贞、陆云之辈）都未能由枝叶追寻根本，从波澜追溯源头。

没能追述以往圣贤的教诲，无益于后人的思考。

【疏解】

刘勰对十多位文论家的文论进行了点评，给出的评价都不高。他认为论文如果不能阐述儒家圣人（经典）的教导，对后代探讨文章是没有益处的。“先哲之诰”即是“经”；“述”指申明阐述，按照孔子“述而不作，信而好古”（《论语·述而》）的思想，“述”指阐述儒家先哲的教诲，“述先哲之诰”正是一种“依经立义”。“不述先哲之诰，无益后生之虑”，这一双重否定句式，正体现了刘勰对“依经立义”之有益性的强调。

7. 及其品评成文，有同乎旧谈者，非雷同也[1]，势自不可异也；有异乎前论者，非苟异也，理自不可同也。

8. 同之与异，不屑古今[2]；“擘肌分理”[3]，惟务折衷[4]。

【注释】

[1] 雷同：指一样的评价、一样的观点。

[2] 不屑：不顾、不问。

[3] “擘肌分理”：指剖析的精细。这里是比喻对文学理论的分析。

[4] 折衷：即折中。折是判断，中是恰当。

【翻译】

至于已经写到书中的文字，有些和前人的说法差不多，并不是有意随声附和，而是事理本身不可能有别的说法；有些和前人的说法不同，这也不是随便提出异说，因为按照道理无法赞同旧说。

观点的同与异，不考虑它是古人说的还是今人说的，通过精细的剖析，力求公允中正。

【疏解】

刘勰认为，自己的观点与前人的观点，不要“雷同”，也不能“苟异”，要依“势”“理”而行。“不屑古今”的前提是“惟务折衷”。刘咸炘认为，“‘惟务折衷’，故不雷同，不苟异。”①

9. “生也有涯”[1]，无涯惟智。逐物实难[2]，凭性良易[3]。傲岸泉石[4]，咀嚼文义[5]。文果载心[6]，余心有寄[7]。

---

① 刘勰：《文心雕龙》，黄叔琳注，纪昀评，李详补注，刘咸炘阐说，戚良德辑校，上海古籍出版社，2015，第289页。

【注释】

［1］涯：边际。

［2］逐物：指理解、掌握事物。

［3］性：指作者的天性。

［4］傲岸：高傲，不随和世俗，即任性，这里有无所拘束、逍遥自得的意思。岸：高。泉石：指隐居处。

［5］咀嚼：咬嚼，体味，细细品味。

［6］载心，表达其心意。

［7］寄：寄托。

【翻译】

人生是有尽的，学问却无边无际。用有尽的人生研求无尽的物理，实在是困难的。凭着自己的天性去作文，却比较容易。如无拘无束的隐居者那样纵情于山水之间，推敲文义，文章真的能够抒写心意，那么我的心灵就有所寄托了。

【疏解】

前两句来源于《庄子》“吾生也有涯，而知也无涯。以有涯随无涯，殆已。”① 刘咸炘认为：“‘无涯惟智’，即‘文心’也。大旨言‘文心’之变不穷，而可以永于后世。”② “逐物实难，凭性良易”，在求知与作文之间，前者重“智”，后者重“情”。五六句描述隐居者以文自赏、不随流俗的情形。最后两句表示文章（此处指《文心雕龙》全书）可以寄托作者的情志。

“文果载心，余心有寄”，可用于文人之间的赠书留言，既表示所赠之书是自己精心所撰，也希望受赠之人能感受到作者的寄托，表达了对于知音的期盼。

---

① 陈鼓应：《庄子今注今译》（修订本），商务印书馆，2007，第113页。

② 刘勰：《文心雕龙》，黄叔琳注，纪昀评，李详补注，刘咸炘阐说，戚良德辑校，上海古籍出版社，2015，第289页。

附录 《文心雕龙》原文*

《原道》第一

文之为德也，大矣！与天地并生者，何哉？

夫玄黄色杂，方圆体分。日月叠璧，以垂丽天之象；山川焕绮，以铺理地之形：此盖道之文也。仰观吐曜，俯察含章；高卑定位，故两仪既生矣。惟人参之，性灵所钟，是谓三才。为五行之秀气，实天地之心生。心生而言立，言立而文明，自然之道也。

傍及万品，动植皆文。龙凤以藻绘呈瑞，虎豹以炳蔚凝姿。云霞雕色，有逾画工之妙；草木贲华，无待锦匠之奇：夫岂外饰？盖自然耳！至于林籁结响，调如竽瑟；泉石激韵，和若球锽。故形立则章成矣，声发则文生矣。夫以无识之物，郁然有彩；有心之器，其无文欤？

人文之元，肇自太极。幽赞神明，《易》象惟先。庖牺画其始，仲尼翼其终；而《乾》《坤》两位，独制《文言》。言之文也，天地之心哉！若乃河图孕乎八卦，洛书韫乎九畴；玉版金镂之实，丹文绿牒之华：谁其尸之？亦神理而已。

自鸟迹代绳，文字始炳。炎皞遗事，纪在《三坟》；而年世渺邈，声采靡追。唐虞文章，则焕乎为盛。元首载歌，既发吟咏之志；益、稷陈谟，亦垂敷奏之风。夏后氏兴，业峻鸿绩；九序惟歌，勋德弥缛。逮及商周，文胜其质；《雅》《颂》所被，英华日新。文王患忧，繇辞炳耀；符采

---

* 笔者采戚良德辑校《文心雕龙》为底本，少数文字依其他注家所说有所改动。

复隐，精义坚深。重以公旦多才，振其徽烈，制诗缉《颂》，斧藻群言。至夫子继圣，独秀前哲。镕钧“六经”，必金声而玉振；雕琢性情，组织辞令；木铎启而千里应，席珍流而万世响；写天地之辉光，晓生民之耳目矣。

爰自风姓，暨于孔氏；玄圣创典，素王述训：莫不原道心以敷章，研神理而设教。取象乎河洛，问数乎蓍龟，观天文以极变，察人文以成化；然后能经纬区宇，弥纶彝宪，发挥事业，彪炳辞义。故知道沿圣以垂文，圣因文而明道；旁通而无涯，日用而不匮。《易》曰：“鼓天下之动者，存乎辞。”辞之所以能鼓天下者，乃道之文也。

赞曰：道心惟微，神理设教。光采玄圣，炳耀仁孝。
龙图献体，龟书呈貌；天文斯观，民胥以效。

《征圣》第二

夫作者曰圣，述者曰明。陶铸性情，功在上哲。“夫子文章，可得而闻”，则圣人之情，见乎辞矣。

先王声教，布在方册；夫子文章，溢乎格言。是以远称唐世，则焕乎为盛；近褒周代，则郁哉可从：此政化贵文之征也。郑伯入陈，以文辞为功；宋置折俎，以多文举礼：此事绩贵文之征也。褒美子产，则云“言以足志，文以足言”；泛论君子，则云“情欲信，辞欲巧”：此修身贵文之征也。然则志足以言文，情信而辞巧，乃含章之玉牒，秉文之金科矣。

夫鉴周日月，妙极机神；文成规矩，思合符契。或简言以达旨，或博文以该情，或明理以立体，或隐义以藏用。故《春秋》一字以褒贬，丧服举轻以包重，此简言以达旨也。《邠诗》联章以积句，《儒行》缛说以繁词，此博文以该情也。《书》契决断以象《夬》，文章昭晢以效《离》，此明理以立体也。“四象”精义以曲隐，“五例”微辞以婉晦，此隐义以藏用也。故知繁略殊制，隐显异术，抑引随时，变通适会，征之周、孔，则文有师矣。

是以论文必征于圣，窥圣必宗于经。《易》称“辨物正言，断辞则备”，《书》云“辞尚体要，不唯好异”。故知正言所以立辨，体要所以成辞，辞成则无好异之尤，辨立则有断辞之美。虽精义曲隐，无伤其正言；微辞婉晦，不害其体要。体要与微辞偕通，正言共精义并用；圣人之文章，亦可见也。

颜阖以为，仲尼“饰羽而画”，徒事华辞。虽欲訾圣，不可得也。然则圣文之雅丽，固衔华而佩实者也。天道难闻，且或钻仰；文章可见，宁曰勿思？若征圣立言，则文其庶矣。

赞曰： 妙极生知，睿哲惟宰。精理为文，秀气成采。

鉴悬日月，辞富山海。百龄影徂，千载心在。

《宗经》第三

三极彝训，其书曰经。经也者，恒久之至道，不刊之鸿教也。故象天地，效鬼神，参物序，制人纪；洞性灵之奥区，极文章之骨髓者也。

皇世《三坟》，帝代《五典》，重以《八索》，申以《九丘》；岁历绵暧，条流纷糅。自夫子删述，而大宝启耀。于是《易》张“十翼”，《书》标“七观”，《诗》列“四始”，《礼》正“五经”，《春秋》“五例”。义既埏乎性情，辞亦匠于文理；故能开学养正，昭明有融。然而道心惟微，圣谟卓绝；墙宇重峻，吐纳自深。譬万钧之洪钟，无铮铮之细响矣。

夫《易》惟谈天，入神致用，故《系》称：旨远、辞文、言中、事隐。韦编三绝，固哲人之骊渊也。《书》实记言，而诂训芒昧；通乎《尔雅》，则文意晓然。故子夏叹《书》：“昭昭若日月之代明，离离如星辰之错行。”言照灼也。《诗》之言志，诂训同《书》；摛风裁兴，藻辞谲喻；温柔在诵，最附深衷矣。《礼》以立体，据事制范；章条纤曲，执而后显；采掇片言，莫非宝也。《春秋》辨理，一字见义：五石、六鹢，以详略成文；雉门、两观，以先后显旨。其婉章志晦，谅已邃矣。《尚书》则览文如诡，而寻理即畅；《春秋》则观辞立晓，而访义方隐。此圣文之殊致，表里之异体者也。至于根柢盘固，枝叶峻茂，辞约而旨丰，事近而喻远。是以往者唯旧，而余味日新；后进追取而非晚，前修久用而未先。可谓太山遍雨，河润千里者也。

故论说辞序，则《易》统其首；诏策章奏，则《书》发其源；赋颂歌赞，则《诗》立其本；铭诔箴祝，则《礼》总其端；记传盟檄，则《春秋》为根。并穷高以树表，极远以启疆；所以百家腾跃，终入环内。若禀经以制式，酌《雅》以富言，是即山而铸铜，煮海而为盐者也。

故文能宗经，体有"六义"：一则情深而不诡，二则风清而不杂，三则事信而不诞，四则义贞而不回，五则体约而不芜，六则文丽而不淫。故扬子比雕玉以作器，谓"五经"之含文也。夫文以行立，行以文传；"四教"所先，符采相济。迈德树声，莫不征圣；而建言修辞，鲜克宗经。是以楚艳汉侈，流弊不还。极正归本，不其懿哉！

赞曰：三极彝道，训深稽古。致化惟一，分教斯五。
性灵镕匠，文章奥府。渊哉铄乎！群言之祖。

《正纬》第四

夫神道阐幽，天命微显；马龙出而大《易》兴，神龟见而《洪范》耀。故《系辞》称："河出图，洛出书，圣人则之。"斯其谓也。但世夐文隐，好生矫托；真虽存矣，伪亦凭焉。

夫"六经"彪炳，而纬候稠叠；《孝》《论》昭晢，而《钩》《谶》葳蕤。酌经验纬，其伪有四：盖纬之成经，其犹织综，丝麻不杂，布帛乃成。今经正纬奇，倍摘千里，其伪一矣。经显世训，纬隐神教；世训宜广，神教宜约。而纬多于经，神理更繁，其伪二矣。"有命自天"，乃称符谶，而八十一篇，皆托于孔子，则是尧造绿图，昌制丹书，其伪三矣。商周以前，绿图频见；春秋之末，群经方备：先纬后经，体乖织综，其伪四矣。伪既倍摘，则义异自明；经足训矣，纬何预焉！

夫绿图之见，乃昊天休命，事以瑞圣，义非配经。故河不出图，夫子有叹；如或可造，无劳喟然。昔康王河图，陈于东序，故知前圣符命，历代宝传。仲尼所撰，序录而已。于是技数之士，附以诡术：或说阴阳，或叙灾异，若鸟鸣似语，虫叶成字，篇条滋蔓，必征孔氏。通儒讨核，谓伪起哀平；东序秘宝，朱紫乱矣！

至光武之世，笃信斯术；风化所靡，学者比肩。沛献集纬以通经，曹褒选谶以定礼：乖道谬典，亦已甚矣。是以桓谭疾其虚伪，尹敏戏其浮假，张衡发其僻谬，荀悦明其诡托：四贤博练之精矣。

若乃羲、农、轩、皞之源，山渎、钟律之要，白鱼、赤雀之符，黄银、紫玉之瑞，事丰奇伟，辞富膏腴，无益经典而有助文章。是以古来辞人，捃摭英华。平子虑其迷学，奏令禁绝；仲豫惜其杂真，未许煨燔。前代配经，故详论焉。

赞曰：荣河温洛，是孕图纬。神宝藏用，理隐文贵。

世历二汉，朱紫腾沸。芟夷谲诡，采其雕蔚。

《辨骚》第五

自《风》《雅》寝声，莫或抽绪；奇文郁起，其《离骚》哉！固已轩翥诗人之后，奋飞辞家之前；岂去圣之未远，而楚人之多才乎？

昔汉武爱《骚》，而淮南作《传》，以为《国风》好色而不淫，《小雅》怨诽而不乱，若《离骚》者，可谓兼之；蝉蜕秽浊之中，浮游尘埃之外，皭然"涅而不缁"，虽与日月争光可也。班固以为，露才扬己，忿怼沉江；羿、浇、二姚，与《左氏》不合；昆仑、悬圃，非经义所载；然其文丽雅，为词赋之宗：虽非明哲，可谓妙才。王逸以为，诗人提耳，屈原婉顺；《离骚》之文，依经立义：驷虬乘翳，则"时乘六龙"；昆仑流沙，则《禹贡》敷土；名儒辞赋，莫不拟其仪表，所谓"金相玉质，百世无匹"者也。及汉宣嗟叹，以为皆合经传；扬雄讽味，亦言体同《诗》雅。四家举以方经，而孟坚谓不合传；褒贬任声，抑扬过实，可谓鉴而不精，玩而未核者矣！

将核其论，必征言焉。故其陈尧、舜之耿介，称禹、汤之祗敬，典诰之体也。讥桀、纣之猖披，伤羿、浇之颠陨，规讽之旨也。虬龙以喻君子，云蜺以譬谗邪，比兴之义也。每一顾而掩涕，叹君门之九重，忠怨之辞也。观兹四事，同乎《风》《雅》者也。至于托云龙，说迂怪；驾丰隆，求宓妃；凭鸩鸟，媒娀女：诡异之辞也。康回倾地，夷羿彃日，木夫九首，土伯三目：谲怪之谈也。依彭咸之遗则，从子胥以自适：狷狭之志也。"士女杂做，乱而不分"，指以为乐；"娱酒不废"，沉湎日夜，举以为欢：荒淫之意也。摘此四事，异于经典者也。

故论其典诰则如彼，语其夸诞则如此。固知《楚辞》者，体宪于三代，而风杂于战国；乃《雅》《颂》之博徒，而词赋之英杰也。观其骨鲠所树，肌肤所附，虽取镕经旨，亦自铸伟辞。《骚经》《九章》，朗丽以哀志；《九歌》《九辨》，靡妙以伤情；《远游》《天问》，瑰诡而慧巧；《招魂》《大招》，耀艳而采华；《卜居》标放言之致，《渔父》寄独往之才。故能气往轹古，辞来切今，惊采绝艳，难与并能矣。

自《九怀》已下，遽蹑其迹；而屈、宋逸步，莫之能追。故其叙情怨，则郁伊而易感；述离居，则怆怏而难怀；论山水，则循声而得貌；言节候，则披文而见时。是以枚、贾追风以入丽，马、扬沿波而得奇；其衣被辞人，非一代也。故才高者菀其鸿裁，中巧者猎其艳辞，吟讽者衔其山川，童蒙者拾其香草。若能凭轼以倚《雅》《颂》，悬辔以驭楚篇，酌奇而不失其贞，玩华而不坠其实；则顾盼可以驱辞力，欬唾可以穷文致，亦不复乞灵于长卿，假宠于子渊矣。

赞曰： 不有屈平，岂见《离骚》？惊才风逸，壮志烟高。

山川无极，情理实劳。金相玉式，艳溢锱毫。

《明诗》第六

大舜云：“诗言志，歌永言。”圣谟所析，义已明矣。是以“在心为志，发言为诗”，舒文载实，其在兹乎！故诗者，持也，持人情性。“三百”之蔽，义归“无邪”，持之为训，信有符焉尔。

人禀七情，应物斯感，感物吟志，莫非自然。昔葛天乐辞，《玄鸟》在曲；黄帝《云门》，理不空弦。至尧有《大章》之歌，舜造《南风》之诗，观其二文，“辞达而已”。及大禹成功，九序惟歌；太康败德，五子咸讽：顺美匡恶，其来久矣。自商暨周，《雅》《颂》圆备，“四始”彪炳，“六义”环深。子夏鉴绚素之章，子贡悟琢磨之句，故商、赐二子，可与言《诗》矣。自王泽殄竭，风人辍采，春秋观志，讽诵旧章，酬酢以为宾荣，吐纳而成身文。逮楚国讽怨，则《离骚》为刺。秦皇灭典，亦造《仙诗》。

汉初四言，韦孟首唱；匡谏之义，继轨周人。孝武爱文，柏梁列韵；

严、马之徒，属辞无方。至成帝品录，三百余篇，朝章国采，亦云周备。而辞人遗翰，莫见五言，所以李陵、班婕，见疑于后代也。案《邵南·行露》，始肇半章；孺子《沧浪》，亦有全曲；《暇豫》优歌，远见春秋；《邪径》童谣，近在成世：阅时取征，则五言久矣。又《古诗》佳丽，或称枚叔；其《孤竹》一篇，则傅毅之辞。比彩而推，固两汉之作乎？观其结体散文，直而不野，婉转附物，怊怅切情，实五言之冠冕也。至如张衡《怨》篇，清典可味；《仙诗》缓歌，雅有新声。

暨建安之初，五言腾跃。文帝、陈思，纵辔以骋节；王、徐、应、刘，望路而争驱。并怜风月，狎池苑，述恩荣，叙酣宴。慷慨以任气，磊落以使才。造怀指事，不求纤密之巧；驱辞逐貌，唯取昭晳之能：此其所同也。及正始明道，诗杂仙心；何晏之徒，率多浮浅。唯嵇志清峻，阮旨遥深，故能标焉。若乃应璩《百壹》，独立不惧，辞谲义贞，亦魏之遗直也。

晋世群才，稍入轻绮。张、左、潘、陆，比肩诗衢，采缛于正始，力柔于建安。或析文以为妙，或流靡以自妍，此其大略也。江左篇制，溺乎玄风，羞笑徇务之志，崇盛忘机之谈。袁、孙已下，虽各有雕采，而辞趣一揆，莫能争雄，所以景纯《仙》篇，挺拔而为俊矣。宋初文咏，体有因革；庄、老告退，而山水方滋。俪采百字之偶，争价一句之奇；情必极貌以写物，辞必穷力而追新：此近世之所竞也。

故铺观列代，而情变之数可鉴；撮举同异，而纲领之要可明矣。若夫四言正体，则雅润为本；五言流调，则清丽居宗：华实异用，唯才所安。故平子得其雅，叔夜含其润，茂先凝其清，景阳振其丽；兼善则子建、仲宣，偏美则太冲、公幹。然诗有恒裁，思无定位，随性适分，鲜能圆通。若妙识所难，其易也将至；忽以为易，其难也方来。

至于三六杂言，则出自篇什；离合之发，则萌于图谶；回文所兴，则道原为始；联句共韵，则柏梁余制。巨细或殊，情理同致，总归诗囿，故不繁云。

赞曰：民生而志，咏歌所含。兴发皇世，风流二《南》。

神理共契，政序相参。英华弥缛，万代永耽。

《乐府》第七

乐府者，“声依永，律和声”也。钧天九奏，既其上帝；葛天八阕，爰乃皇时。自《咸》《英》以降，亦无得而论矣。至于涂山歌于候人，始为南音；有娀谣于飞燕，始为北声；夏甲叹于东阳，东音以发；殷整思于西河，西音以兴：心声推移，亦不一概矣。及匹夫庶妇，讴吟土风，诗官采言，乐胥被律，志感丝簧，气变金竹：是以师旷觇风于盛衰，季札鉴微于兴废，精之至也。夫乐本心术，故响浃肌髓。先王慎焉，务塞淫滥；敷训胄子，必歌九德：故能情感七始，化动八风。

自雅声浸微，溺音腾沸，秦燔《乐经》，汉初绍复。制氏纪其铿锵，叔孙定其容典，于是《武德》兴乎高祖，《四时》广于孝文；虽摹《韶》《夏》，而颇袭秦旧，中和之响，阒其不还。暨武帝崇礼，始立乐府，总赵代之音，撮齐楚之气。延年以曼声协律，朱马以骚体制歌。《桂华》杂曲，丽而不经；《赤雁》群篇，靡而非典。河间荐雅而罕御，故汲黯致讥于《天马》也。至宣帝雅诗，颇效《鹿鸣》；逮及元、成，稍广淫乐：正音乖俗，其难也如此。

暨后汉郊庙，惟新雅章，词虽典文，而律非夔、旷。至于魏之三祖，气爽才丽，宰割词调，音靡节平。观其《北上》众引，《秋风》列篇，或述酣宴，或伤羁戍，志不出于慆荡，辞不离于哀思，虽三调之正声，实《韶》《夏》之郑曲也。逮于晋世，则傅玄晓音，创定雅歌，以咏祖宗；张华新篇，亦充庭《万》。然杜夔调律，音奏舒雅，荀勖改悬，声节稍急，故阮咸讥其离磬，后人验其铜尺。和乐之精妙，固表里而相资矣。

故知诗为乐心，声为乐体。乐体在声，瞽师务调其器；乐心在诗，君子宜正其文。“好乐无荒”，晋风所以称美；“伊其相谑”，郑国所以云亡。故知季札观辞，不直听声而已。若夫艳歌婉娈，怨诗诀绝，淫辞在曲，正响焉生？然俗听飞驰，职竞新异。雅咏温恭，必欠伸鱼睨；奇辞切至，则拊髀雀跃：诗声俱郑，自此阶矣！

凡乐词曰诗，咏声曰歌，声来被词，词繁难节。故陈思称左延年闲于增损古辞，多者则宜减之，明贵约也。睹高祖之咏“大风”，孝武之叹

“来迟”，歌童被声，莫敢不协。子建、士衡，咸有佳篇，并无诏伶人，故事谢丝管，俗称乖调，盖未思也。至于轩岐《鼓吹》，汉世《铙》《挽》，虽戎丧殊事，而总入乐府；缪袭所改，亦有可算焉。昔子政品文，诗与歌别，故略序乐篇，以标区界也。

赞曰：八音摛文，树词为体。讴吟坰野，金石云陛。
《韶》响难追，郑声易启。岂惟睹乐？于焉识礼。

《诠赋》第八

《诗》有“六义”，其二曰赋。赋者，铺也，铺彩摛文，体物写志也。昔邵公称：“公卿献诗，师箴瞽赋。”《传》云：“登高能赋，可为大夫。”《诗序》则同义，《传》说则异体；总其归涂，实相枝干。故刘向明“不歌而颂”，班固称“古诗之流也”。至如郑庄之赋《大隧》，士蔿之赋《狐裘》，结言短韵，辞自己作，虽合赋体，明而未融。及灵均唱《骚》，始广声貌。然则赋也者，受命于《诗》人，而拓宇于《楚辞》也。于是荀况《礼》《智》，宋玉《风》《钓》，爰锡名号，与诗画境，“六义”附庸，蔚成大国。遂客主以首引，极形貌以穷文。斯盖别诗之原始，命赋之厥初也。

秦世不文，颇有杂赋。汉初辞人，循流而作：陆贾扣其端，贾谊振其绪，枚、马播其风，王、扬骋其势；皋、朔以下，品物毕图。繁积于宣时，校阅于成世，进御之赋，千有余首。讨其源流，信兴楚而盛汉矣。若夫京殿苑猎，述行叙志，并体国经野，义尚光大。既履端于唱序，亦归余于总乱。序以建言，首引情本；乱以理篇，写送文势。案《那》之卒章，闵马称“乱”，故知殷人缉《颂》，楚人理赋。斯并鸿裁之环域，雅文之枢辖也。至于草区禽族，庶品杂类，则触兴致情，因变取会。拟诸形容，则言务纤密；象其物宜，则理贵侧附。斯又小制之区畛，奇巧之机要也。

观夫荀结隐语，事数自环；宋发夸谈，实始淫丽。枚乘《兔园》，举要以会新；相如《上林》，繁类以成艳。贾谊《鵩鸟》，致辨于情理；子渊《洞箫》，穷变于声貌。孟坚《两都》，明绚以雅赡；张衡《二京》，迅拔以宏富。子云《甘泉》，构深伟之风；延寿《灵光》，含飞动之势：凡此十家，并辞赋之英杰也。及仲宣靡密，发篇必遒；伟长博通，时逢壮采。太冲、安仁，策勋于鸿规；士衡、子安，底绩于流制。景纯绮巧，缛理有余；彦伯梗概，情韵不匮：亦魏晋之赋首也。

原夫登高之旨，盖睹物兴情。情以物兴，故义必明雅；物以情睹，故词必巧丽。丽词雅义，符采相胜，如组织之品朱紫，画绘之差玄黄，文虽杂而有质，色虽糅而有仪，此立赋之大体也。然逐末之俦，蔑弃其本，虽读千赋，愈惑体要。遂使繁华损枝，膏腴害骨，无实风轨，莫益劝戒。此扬子所以追悔于雕虫，贻诮于雾縠者也。

赞曰： 赋自诗出，异流分派。写物图貌，蔚似雕画。
抑滞必扬，言旷无隘。风归丽则，辞翦稊稗。

《颂赞》第九

“四始”之至，颂居其极。颂者，容也，所以美盛德而述形容也。昔帝喾之世，咸黑为颂，以歌《九招》。自《商颂》已下，文理允备。夫化偃一国谓之风，风正四方谓之雅，雅容告神谓之颂。风雅序人，故事兼变正；颂主告神，故义必纯美。鲁以公旦次编，商以前王追录，斯乃宗庙之政歌，非飨谦之恒咏也。《时迈》一篇，周公所制；哲人之颂，规式存焉。

夫民各有心，勿壅惟口。晋舆之称“原田”，鲁民之刺裘韠，直言不咏，短辞以讽：丘明子高，并谍为颂。斯则野颂之变体，浸被于人事矣。及三闾《橘颂》，辞彩芬芳；比类寓意，乃覃及乎细物矣。至于秦政刻文，爰颂其德。汉之惠景，亦有述容。沿世并作，相继于时矣。若夫子云之表充国，孟坚之序戴侯，武仲之美显宗，史岑之述熹后，或拟《清庙》，或范《駉》《那》，虽深浅不同，详略各异，其褒德显容，典章一也。

至于班、傅之《北征》《西征》，变为序引，岂不褒过而谬体哉！马融之《广成》《上林》，雅而似赋，何弄文而失质乎！又崔瑗《文学》，蔡邕《樊渠》，并致美于序，而简约乎篇。挚虞品藻，颇为精核；至云“杂以风雅”，而不辨旨趣，徒张虚论，有似黄白之伪说矣。及魏晋杂颂，鲜有出辙。陈思所缀，以《皇子》为标；陆机积篇，唯《功臣》最显。其褒贬杂居，固末代之讹体也。

原夫颂惟典懿，词必清铄。敷写似赋，而不入华侈之区；敬慎如铭，而异乎规戒之域。揄扬以发藻，汪洋以树仪，虽纤巧曲致，与情而变。其大体所弘，如斯而已。

赞者，明也，助也。昔虞舜之祀，乐正重赞，盖唱发之词也。及“益赞于禹”，“伊陟赞于巫咸”，并飏言以明事，嗟叹以助辞。故汉置鸿胪，以唱拜为赞，即古之遗语也。至相如属笔，始赞荆轲。及史班因书，托赞褒贬，约文以总录，颂体而论词也。又纪传后评，亦同其名。而仲治《流别》，谬称为述，失之远矣。及景纯注《尔雅》，动植赞之，事兼美恶，亦犹颂之变耳。然本其为义，事生奖叹，所以古来篇体，促而不旷。必结言于四字之句，盘桓乎数韵之词；约举以尽情，照灼以送文：此其体也。发源虽远，而致用盖寡，大抵所归，其颂家之细条乎！

赞曰： 容德底颂，勋业垂赞。镂影摛声，文理有烂。

年迹逾远，音徽如旦。降及品物，炫辞作玩。

《祝盟》第十

天地定位，礼遍群神；“六宗”既禋，“三望”咸秩。甘雨和风，是生稷黍；兆民所仰，美报兴焉。牺盛惟馨，本于明德；祝史陈信，资乎文词。昔伊耆始蜡，以祭“八神”。其词云：“土反其宅，水归其壑，昆虫无作，草木归其泽。”则上皇祝文，爰在兹矣。舜之祠田云：“荷此长耜，耕彼南亩，与四海俱有。”利民之志，颇形于言矣。

至于商履，圣敬日跻。玄牡告天，以万方罪己，即郊禋之辞也；素车祷旱，以六事责躬，则雩禜之文也。及周之太祝，掌“六祝”之辞。是以庶物咸生，陈于天地之郊；“旁作穆穆”，唱于迎日之拜；“夙兴夜处”，言于祔庙之祀；“多福无疆”，布于少牢之馈。宜、社、类、祃，莫不有文：所以寅虔于神祇，严恭于宗庙也。

自春秋已下，黩祀谄祭，“祝币史辞”，靡神不至。至如张老贺室，致美于歌哭之祷；蒯聩临战，获祐于筋骨之请：虽造次颠沛，必于祝矣。若夫《楚辞·招魂》，可谓祝辞之组丽者也。逮汉氏群祀，肃其百礼，既总硕儒之义，亦参方士之术。所以秘祝移过，异乎成汤之心；侲子驱疫，同于越巫之说：体失之渐也。至如黄帝有《咒耶》之文，东方朔有《骂鬼》之书，于是后之谴咒，务于善骂。唯陈思《诘咎》，裁以正义矣。

若乃礼之祭祝，事止告飨；而中代祭文，兼赞言行。祭而兼赞，盖引伸之作也。又汉代山陵，哀策流文；周丧盛姬，内史执策。然则策本书赗，因哀为文也。是以义同于诔，而文实告神；诔首而哀末，颂体而祝仪。太祝所读，固祝之文者也。

凡群言务华，而降神务实；修辞立诚，在于无愧。祈祷之式，必诚以敬；祭奠之楷，宜恭且哀：此其大较也。班固之祠涿山，祈祷之诚敬也；潘岳之祭庾妇，祭奠之恭哀也：举汇而求，昭然可鉴矣。

盟者，明也。骍旄、白马，珠盘、玉敦，陈辞乎方明之下，祝告于神明者也。在昔三王，诅盟不及，时有要誓，结言而退。周衰屡盟，弊及要劫，始之以曹沫，终之以毛遂。及秦昭盟夷，设黄龙之诅；汉祖建侯，定山河之誓。然义存则克终，道废则渝始；崇替在人，祝何豫焉？若夫臧洪歃血，辞截云蜺；刘琨铁誓，精贯霏霜：而无补汉晋，反为仇雠。故知信不由衷，盟无益也。

夫盟之大体，必序危机，奖乎忠孝，存亡戮力。祈幽灵以取鉴，“指九天以为正”；感激以立诚，切至以敷词：此其所同也。然非词之难，处辞为难。后之君子，宜存殷鉴。忠信可矣，无恃神焉。

赞曰：毖祀歃血，祝史惟谈。立诚在肃，修辞必甘。
季代弥饰，绚言朱蓝。神之来格，所贵无惭。

《铭箴》第十一

昔帝轩刻舆几以弼违，大禹勒笋簴以招谏。成汤盘盂，著日新之规；武王户席，题必诫之训。周公慎言于金人，仲尼革容于欹器：列圣鉴戒，其来久矣。

铭者，名也。观器必名焉，正名审用，贵乎慎德。盖臧武仲之论铭也，曰：“天子令德，诸侯计功，大夫称伐。”夏铸九牧之金，周勒肃慎之楛，令德之事也；吕望铭功于昆吾，仲山镂绩于庸器，计功之义也；魏颗纪勋于景钟，孔悝表勤于卫鼎，称伐之类也。若乃飞廉有石椁之锡，灵公有夺里之谥：铭发幽石，噫可怪矣！赵灵勒迹于潘吾，秦昭刻博于华山：夸诞示后，吁可笑也！详观众例，铭义见矣。

至于始皇勒岳，政暴而文泽，亦其疏通之美焉。班固燕然之勒，张昶华阴之碣，序亦盛矣。蔡邕铭思，独冠古今。桥公之钺，则吐纳典谟；朱穆之鼎，全成碑文：溺所长也。至如敬通杂器，准矱武铭；而事非其物，繁略违中。崔骃品物，赞多戒少；李尤积篇，义俭辞碎。蓍龟神物，而居博奕之下；衡斛嘉量，而在杵臼之末。曾名品之未暇，何事理之能闲哉！魏文"九宝"，器利辞钝。唯张载《剑阁》，清采其才。迅足骎骎，后发前至，诏勒岷汉，得其宜矣。

箴者，针也；所以攻疾防患，喻箴石也。斯文之兴，盛于三代。《夏》《商》二箴，余句颇存。周之辛甲，百官箴阙，唯《虞箴》一篇，体义备焉。迄至春秋，微而未绝。故魏绛讽君于后羿，楚子训人于在勤。战代已来，弃德务功，铭辞代兴，箴文委绝。至扬雄稽古，始范《虞箴》，作《卿尹》《州牧》二十五篇。及崔、胡补缀，总称《百官》。指事配位，鞶鉴有征，可谓追清风于前古，攀辛甲于后代者也。

至于潘勖《符节》，要而失浅；温峤《侍臣》，博而患繁。王济《国子》，引多而事寡；潘尼《乘舆》，义正而体芜：凡斯继作，鲜有克衷。至于王朗《杂箴》，乃寘巾履，得其戒慎，而失其所施。观其约文举要，宪章武铭；而水火井灶，繁辞不已：志有偏也。

夫箴诵于官，铭题于器；名用虽异，而警戒实同。箴全御过，故文资确切；铭兼褒赞，故体贵弘润。其取事也必核以辨，其摛文也必简而深：此其大要也。然矢言之道盖阙，庸器之制久沦，所以箴铭寡用，罕施后代。唯秉文君子，宜酌其远大者焉。

赞曰：铭实器表，箴唯德轨。有佩于言，无鉴于水。

秉兹贞厉，警乎立履。义典则弘，文约为美。

《诔碑》第十二

周世盛德，有铭、诔之文。大夫之才，临丧能诔。诔者，累也；累其德行，旌之不朽也。夏商已前，其词靡闻。周虽有诔，未被于士。又"贱不诔贵，幼不诔长”，其在万乘，则“称天以诔之”。读诔定谥，其节文大矣。自鲁庄战乘丘，始及于士。逮尼父之卒，哀公作诔。观其“慭遗”之辞，“呜呼”之叹，虽非睿作，古式存焉。至柳妻之诔惠子，则辞哀而韵长矣。

暨乎汉世，承流而作。扬雄之诔元后，文实繁秽。沙鹿撮其要，而挚疑成篇；安有累德述尊，而阔略四句乎？杜笃之诔，有誉前代；《吴诔》虽工，而他篇颇疏。岂以见称光武，而改眄千金哉！傅毅所制，文体伦序；苏顺、崔瑗，辨洁相参。观其序事如传，辞靡律调，固诔之才也。潘岳构思，专师孝山，巧于叙悲，易入新切，所以隔代相望，能徽厥声者也。至如崔骃《诔赵》，刘陶《诔黄》，并得宪章，工在简要。陈思叨名，而体实繁缓。文皇诔末，百言自陈，其乖甚矣！

若夫殷臣咏汤，追褒《玄鸟》之祚；周史歌文，上阐后稷之烈：诔述祖宗，盖诗人之则也。至于序述哀情，则触类而长。傅毅之诔北海，云："白日幽光，雰雾杳冥"。始序致感，遂为后式；影而效者，弥取于切矣。

详夫诔之为制，盖选言录行；传体而颂文，荣始而哀终。论其人也，暧乎若可觌；述其哀也，凄焉如可伤：此其旨也。

碑者，裨也。上古帝王，纪号封禅，树石裨岳，故曰碑也。周穆纪迹于弇山之石，亦碑之意也。又宗庙有碑，树之两楹，事止丽牲，未勒勋绩。而庸器渐阙，故后代用碑，以石代金，同乎不朽。自庙徂坟，犹封墓也。

自后汉以来，碑碣云起；才锋所断，莫高蔡邕。观杨赐之碑，骨鲠《训》《典》；《陈》《郭》二文，句无择言；《周》《胡》众碑，莫非清允。其叙事也该而要，其缀采也雅而泽；清辞转而不穷，巧义出而卓立：察其为才，自然而至矣。孔融所创，有摹伯喈；《张》《陈》两文，辩给足采，亦其亚也。及孙绰为文，志在于碑；《温》《王》《郗》《庾》，辞多枝杂；《桓彝》一篇，最为辨裁矣。

夫属碑之体，资乎史才；其叙则传，其文则铭。标叙盛德，必见清风之华；昭纪鸿懿，必见峻伟之烈：此碑之致也。夫碑实铭器，铭实碑文，因器立名，事先于诔。是以勒器赞勋者，入铭之域；树碑述亡者，同诔之区焉。

赞曰：写远追虚，碑诔以立。铭德纂行，光彩允集。

观风似面，听辞如泣。石墨镌华，颓影岂戢。

《哀吊》第十三

赋宪之谥，“短折曰哀”。哀者，依也。悲实依心，故曰哀也。以辞遣哀，盖下流之悼，故不在黄发，必施夭昏。昔“三良”殉秦，百夫莫赎，事均夭枉，《黄鸟》赋哀，抑亦诗人之哀辞乎！

暨汉武封禅，而霍嬗暴亡，帝伤而作诗，亦哀辞之类矣。降及后汉，汝阳主亡，崔瑗哀辞，始变前式。然“腹突[1]鬼门”，怪而不辞；“驾龙乘云”，仙而不哀。又卒章五言，颇似歌谣，亦仿佛乎汉武也。至于苏顺、张升，并述哀文，虽发其华，而未极心实。建安哀辞，唯伟长差善；《行女》一篇，时有恻怛。及潘岳继作，实钟其美。观其虑赡辞变，情洞哀苦，叙事如传，结言摹诗，促节四言，鲜有缓句。故能义直而文婉，体旧而趣新，《金鹿》《泽兰》，莫之或继也。

原夫哀辞大体，情主于痛伤，而辞穷乎爱惜。幼未成德，故誉止于察惠；弱不胜务，故悼加乎肤色。隐心而结文则事惬，观文而属心则体夸。夸体为辞，则虽丽不哀；必使情往会悲，文来引泣，乃其贵耳。

吊者，至也。《诗》云：“神之吊矣”，言神之至也。君子令终定谥，事极理哀，故宾之慰主，以至到为言也。压溺乖道，所以不吊。又宋水郑火，行人奉辞，国灾民亡，故同吊也。及晋筑虒台，齐袭燕城，史赵、苏秦，翻贺为吊，虐民构敌，亦亡之道。凡斯之例，吊之所设也。或骄贵以殒身，或狷忿而乖道；或有志而无时，或行美而兼累：追而慰之，并名为吊。

自贾谊浮湘，发愤吊屈；体周而事核，辞清而理哀，盖首出之作也。及相如之吊二世，全为赋体；桓谭以为其言恻怆，读者叹息；及卒章要切，断而能悲也。扬雄吊屈，思积功寡，意深反《骚》，故辞韵沉腿。班

---

[1] 通行本作“履突”。

彪、蔡邕，并敏于致诘，然影附贾氏，难为并驱耳。胡、阮之吊夷齐，褒而无间；仲宣所制，讥呵实工。然则胡、阮嘉其清，王子伤其隘，各其志也。祢衡之吊平子，缛丽而轻清；陆机之吊魏武，序巧而文繁。降斯已下，未有可称者矣。

夫吊虽古义，而华辞未造[1]；华过韵缓，则化而为赋。固宜正义以绳理，昭德而塞违；剖析褒贬，哀而有正，则无夺伦矣。

赞曰： 辞之所哀，在彼弱弄。苗而不秀，自古斯恸。
虽有通才，迷方失控。千载可伤，寓言以送。

《杂文》第十四

智术之子，博雅之人，藻溢于辞，辩盈乎气。苑囿文情，故日新而殊致。宋玉含才，颇亦负俗，始造《对问》，以申其志，放怀寥廓，气实使文。及枚乘摛艳，首制《七发》，腴辞云构，夸丽风骇。盖七窍所发，发乎嗜欲，始邪末正，所以戒膏粱之子也。扬雄覃思文阔，业深综述，碎文琐语，肇为《连珠》：珠连其辞，虽小而明润矣。凡此三文，文章之枝派，暇豫之末造也。

自《对问》以后，东方朔效而广之，名为《客难》，托古慰志，疏而有辨。扬雄《解嘲》，杂以谐调，回环自释，颇亦为工。班固《宾戏》，含懿采之华；崔骃《达旨》，吐典言之式。张衡《应间》，密而兼雅；崔寔《客讥》，整而微质。蔡邕《释诲》，体奥而文炳；郭璞《客傲》，情见而采蔚：虽迭相祖述，然属篇之高者也。至于陈思《客问》，辞高而理疏；庾敳《客谘》，意荣而文悴。斯类甚众，无所取才矣。

原夫兹文之设，乃发愤以表志。身挫凭乎道胜，时屯寄于情泰；莫不渊岳其心，麟凤其采：此立体之大要也。

自《七发》以下，作者继踵。观枚氏首唱，信独拔而伟丽矣。及傅毅《七激》，会清要之工；崔骃《七依》，入博雅之巧。张衡《七辨》，结采绵靡；崔瑗《七厉》，植义纯正。陈思《七启》，取美于宏壮；仲宣《七

---

① 据杨明照《文心雕龙校注》，“未”当作“末”，名言疏解选作“未造”。

释》，致辨于事理。自桓麟《七说》已下，左思《七讽》已上，枝附影从，十有余家。或文丽而义睽，或理粹而辞驳。观其大抵所归，莫不高谈宫馆，壮语田猎。穷瑰奇之服馔，极蛊媚之声色；甘意摇骨髓，艳词洞魂识。虽始之以淫侈，终之以居正，然讽一劝百，势不自反，子云所谓“骋郑声，曲终而奏雅”者也。唯《七厉》叙贤，归以儒道；虽文非拔群，而意实卓尔矣。

自《连珠》以下，拟者间出。杜笃、贾逵之曹，刘珍、潘勖之辈，欲穿明珠，多贯鱼目。可谓寿陵匍匐，非复邯郸之步；里丑捧心，不关西施之嚬矣。唯士衡思新文敏，而裁章置句，广于旧篇，岂慕朱仲四寸之珰乎！夫文小易周，思闲可赡。足使义明而词净，事圆而音泽，落落自转，可称珠耳。

详夫汉来杂文，名号多品。或典、诰、誓、问，或览、略、篇、章，或曲、操、弄、引，或吟、讽、谣、咏。总括其名，并归杂文之区；甄别其义，各入讨论之域。类聚有贯，故不曲述也。

赞曰：伟矣前修，学坚才饱。负文余力，飞靡弄巧。

枝辞攒映，嘒若参昴。慕嚬之徒，心焉只搅。

《谐隐》第十五

芮良夫之诗云：“自有肺肠，俾民卒狂。”夫心险如山，口壅若川；怨怒之情不一，欢谑之言无方。昔华元弃甲，城者发“睅目”之讴；臧纥丧师，国人造“侏儒”之歌：并嗤戏形貌，内怨为俳也。又“蚕蟹”鄙谚，“狸首”淫哇，苟可箴戒，载于《礼》典。故知谐辞隐言，亦无弃矣。

谐之言皆也，辞浅会俗，皆悦笑也。昔齐威酣乐，而淳于说甘酒；楚襄燕集，而宋玉赋《好色》：意在微讽，有足观者。及优旃之讽漆城，优孟之谏葬马，并谲辞饰说，抑止昏暴。是以子长编史，列传《滑稽》，以其辞虽倾回，意归义正也。但本体不雅，其流易弊。于是东方、枚皋，餔糟啜醨，无所匡正，而诋嫚媟弄，故其自称：为赋乃亦俳也，见视如倡，亦有悔矣。至魏文因俳说以著《笑书》，薛综凭宴会而发嘲调；虽抃推席，而无益时用矣。然而懿文之士，未免枉辔：潘岳《丑妇》之属，束皙《卖饼》之类，尤而效之，盖以百数。魏晋滑稽，盛相驱扇：遂乃应玚之鼻，方于盗削卵；张华之形，比乎握舂杵。曾是莠言，有亏德音；岂非溺者之妄笑，胥靡之狂歌欤？

讔者，隐也；遁辞以隐意，谲譬以指事也。昔还社求拯于楚师，喻"眢井"而称"麦麹"；叔仪乞粮于鲁人，歌"珮玉"而呼"庚癸"。伍举刺荆王以"大鸟"，齐客讥薛公以"海鱼"；庄姬托辞于"龙尾"，臧文谬书于"羊裘"。隐语之用，被于纪传；大者兴治济身，其次弼违晓惑。盖意生于权谲，而事出于机急；与夫谐辞，可相表里者也。汉世《隐书》，十有八篇，歆、固编文，录之歌末。

昔楚庄、齐威，性好隐语。至东方曼倩，尤巧辞述。但谬辞诋戏，无益规补。自魏代以来，颇非俳优，而君子嘲隐，化为谜语。谜也者，回互其辞，使昏迷也。或体目文字，或图象品物；纤巧以弄思，浅察以衒辞。义欲婉而正，辞欲隐而显。荀卿《蚕赋》，已兆其体；至魏文、陈思，约而密之。高贵乡公，博举品物，虽有小巧，用乖远大。

夫观古之为隐，理周要务，岂为童稚之戏谑，搏髀而忭笑哉！然文辞之有谐讔，譬九流之有小说，盖稗官所采，以广视听；若效而不已，则髡袒之入室，旃、孟之石交乎！

赞曰：古之嘲隐，振危释惫。虽有丝麻，无弃菅蒯。
会义适时，颇益讽诫；空戏滑稽，德音大坏。

《史传》第十六

开辟草昧，岁纪绵邈，居今识古，其载籍乎！轩辕之世，史有仓颉，主文之职，其来久矣。《曲礼》曰："史载笔。"史者，使也；执笔左右，使之记也。古者，左史记言，右史书事。言经则《尚书》，事经则《春秋》。唐虞流于典、谟，商夏被于诰、誓。自周命维新，姬公定法，䌷三正以班历，贯四时以联事。诸侯建邦，各有国史，"彰善瘅恶，树之风声"。自平王微弱，政不及雅，宪章散紊，"彝伦攸斁"。昔者夫子闵王道之缺，伤斯文之坠；静居以叹凤，临衢而泣麟。于是就太师以正《雅》《颂》，因鲁史以修《春秋》；举得失以表黜陟，征存亡以标劝戒。褒见一字，贵逾轩冕；贬在片言，诛深斧钺。然睿旨幽隐，经文婉约，丘明同时，实得微言，乃“原始要终”，创为传体。传者，转也；转受经旨，以授于后：实圣文之羽翮，记籍之冠冕也。

及至从横之世，史职犹存。秦并七王，而战国有《策》；盖录而弗叙，故即简而为名也。汉灭嬴、项，武功积年；陆贾稽古，作《楚汉春秋》。爰及太史谈，世惟执简；子长继志，甄序帝绩。比尧称典，则位杂中贤；法孔题经，则文非元圣。故取式《吕览》，通号曰“纪”；纪纲之号，亦宏称也。故“本纪”以述皇王，“列传”以总侯伯，“八书”以铺政体，“十表”以谱年爵：虽殊古式，而得事序焉。尔其实录无隐之旨，博雅弘辩之才，爱奇反经之尤，条例踳落之失，叔皮论之详矣。及班固述《汉》，因循前业，观史迁之辞，思实过半。其“十志”该富，“赞”“序”弘丽，儒雅彬彬，信有遗味。至于宗经矩圣之典，端绪丰赡之功，遗亲攘美之罪，征贿鬻笔之愆，公理辨之究矣。

观夫《左氏》缀事，附经间出，于文为约，而氏族难明。及史迁各传，人始区详而易览，述者宗焉。及孝惠委机，吕后摄政，班、史立纪，违经失实。何则？庖牺以来，未闻女帝者也；汉运所值，难为后法。“牝鸡无晨”，武王首誓；妇无与国，齐桓著盟。宣后乱秦，吕氏危汉，岂唯政事难假，亦名号宜慎矣。张衡司史，而惑同迁、固，元帝王后，欲为立纪，谬亦甚矣。寻子弘虽伪，要当孝惠之嗣；孺子诚微，实继平帝之体：二子可纪，何有于二后哉？

至于后汉纪传，发源东观。袁、张所制，偏驳不伦；薛、谢之作，疏谬少信。若司马彪之详实，华峤之准当，则其冠也。及魏代三雄，记传互出。《阳秋》《魏略》之属，《江表》《吴录》之类，或激抗难征，或疏阔寡要；唯陈寿《三志》，文质辨洽，荀、张比之于迁、固，非妄誉也。至于晋代之书，系乎著作。陆机肇始而未备，王韶续末而不终。干宝述《纪》，以审正得序；孙盛《阳秋》，以约举为能。按《春秋》经传，举例发凡；自《史》《汉》以下，莫有准的。至邓粲《晋纪》，始立条例。又摆落汉魏，宪章殷周，虽湘川曲学，亦有心典谟。及安国立例，乃邓氏之规焉。

原夫载籍之作也，必贯乎百氏，被之千载，表征盛衰，殷鉴兴废。使一代之制，共日月而长存；王霸之迹，并天地而久大。是以在汉之初，史职为盛：郡国文计，先集太史之府，欲其详悉于体国也；必阅石室，启金匮，抽裂帛，检残竹，欲其博练于稽古也。是立义选言，宜依经以树则；劝戒与夺，必附圣以居宗。然后铨评昭整，苛滥不作矣。然纪传为式，编年缀事；文非泛论，按实而书。岁远则同异难密，事积则起讫易疏，斯固总会之为难也。或有同归一事，而数人分功，两记则失于复重，偏举则病于不周，此又铨配之未易也。故张衡摘史、班之舛滥，傅玄讥《后汉》之尤烦，皆此类也。

若夫追述远代，代远多伪。公羊高云"传闻异辞"，荀况称录远略近，盖文疑则阙，贵信史也。然俗皆爱奇，莫顾实理；传闻而欲伟其事，录远而欲详其迹。于是弃同即异，穿凿傍说，旧史所无，我书则传。此讹滥之本源，而述远之巨蠹也。至于记编同时，时同多诡；虽定、哀微辞，而世情利害。勋荣之家，虽庸夫而尽饰；迍败之士，虽令德而常嗤。吹霜煦露，寒暑笔端，此又同时之枉，可为叹息者也！故述远则诬矫如彼，记近则回邪如此；析理居正，唯素心乎！若乃尊贤隐讳，固尼父之圣旨，盖纤瑕不能玷瑾瑜也；奸慝惩戒，实良史之直笔，农夫见莠，其必锄也。若斯之科，亦万代一准焉。

至于寻繁领杂之术，务信弃奇之要，明白头讫之序，品酌事例之条：晓其大纲，则众理可贯。然史之为任，乃弥纶一代；负海内之责，而赢是非之尤：秉笔荷担，莫此之劳。迁、固通矣，而历诋后世；若任情失正，文其殆哉！

赞曰：史肇轩黄，体备周、孔。世历斯编，善恶偕总。
腾褒裁贬，万古魂动。辞宗丘明，直归南、董。

《诸子》第十七

诸子者，述道见志之书。太上立德，其次立言。百姓之群居，苦纷杂而莫显；君子之处世，疾名德之不章。唯英才特达，则炳曜垂文，腾其姓氏，悬诸日月焉。昔风后、力牧、伊尹，咸其流也。篇述者，盖上古遗语，而战代所记者也。至鬻熊知道，而文王谘询；余文遗事，录为《鬻子》。子目肇始，莫先于兹。及伯阳识礼，而仲尼访问；爰序《道德》，以冠百氏。然则鬻惟文友，李实孔师；圣贤并世，而经子异流矣。

逮及七国力政，俊乂蜂起。孟轲膺儒以磬折，庄周述道以翱翔；墨翟执俭确之教，尹文课名实之符；野老治国于地利，驺子养政于天文；申、商刀锯以制理，鬼谷唇吻以策勋；尸佼兼总于杂术，青史曲缀于街谈。承流而枝附者，不可胜算：并飞辩以驰术，餍禄而余荣矣。暨于暴秦烈火，势炎崐冈；而烟燎之毒，不及诸子。逮汉成留思，子政雠校，于是《七略》芬菲，九流鳞萃，杀青所编，百有八十余家矣。迄至魏晋，作者间出，谰言兼存，琐语必录，类聚而求，亦充箱照轸矣。

然繁辞虽积，而本体易总：述道言治，枝条五经；其纯粹者入矩，踳驳者出规。《礼记·月令》，取乎《吕氏》之纪；《三年问》丧，写乎《荀子》之书：此纯粹之类也。若乃汤之问棘，云蚊睫有雷霆之声；惠施对梁王，云蜗角有伏尸之战；《列子》有移山跨海之谈，《淮南》有倾天折地之说：此踳驳之类也。是以世疾诸子，混洞虚诞。按《归藏》之经，大明迂怪，乃称羿毙十日，嫦娥奔月。殷汤如兹，况诸子乎！

至如商、韩，"六虱"、"五蠹"，弃孝废仁；轘药之祸，非虚至也。公孙之"白马""孤犊"，辞巧理拙；魏牟比之鸮鸟，非妄贬也。昔东平求诸子、《史记》，而汉朝不与；盖以《史记》多兵谋，而诸子杂诡术也。然洽闻之士，宜撮纲要；览华而食实，弃邪而采正。极睇参差，亦学家之壮观也。

研夫孟、荀所述，理懿而辞雅；管、晏属篇，事核而言练。列御寇之书，气伟而采奇；邹子之说，心奢而辞壮。墨翟、随巢，意显而语质；尸佼、尉缭，术通而文钝。鹖冠绵绵，亟发深言；鬼谷眇眇，每环奥义。情辨以泽，文子擅其能；辞约而精，尹文得其要。慎到析密理之巧，韩非著博喻之富；吕氏鉴远而体周，淮南泛采而文丽。斯则得百氏之华采，而辞气之大略也。

若夫陆贾《典语》，贾谊《新书》，扬雄《法言》，刘向《说苑》，王符《潜夫》，崔寔《政论》，仲长《昌言》，杜夷《幽求》：或叙经典，或明政术，虽标论名，归乎诸子。何者？博明万事为子，适辨一理为论；彼皆蔓延杂说，故入诸子之流。

夫自六国以前，去圣未远，故能越世高谈，自开户牖。两汉以后，体势漫弱，虽“明乎坦途”，而类多依采，此远近之渐变也。嗟夫！身与时舛，志共道申；标心于万古之上，而送怀于千载之下：金石靡矣，声其销乎？

赞曰：丈夫处世，怀宝挺秀；辨雕万物，智周宇宙。

立德何隐？含道必授。条流殊述，若有区囿。

《论说》第十八

圣哲彝训曰经，述经叙理曰论。论者，伦也；伦理无爽，则圣意不坠。昔仲尼微言，门人追记，故抑其经目，称为《论语》。盖群论立名，始于兹矣。自《论语》已前，经无“论”字；《六韬》二论，后人追题乎？

详观论体，条流多品：陈政则与议、说合契，释经则与传、注参体，辨史则与赞、评齐行，铨文则与叙、引共纪。故议者宜言，说者说语，传者转师，注者主解，赞者明意，评者平理，序者次事，引者胤辞：八名区分，一揆宗论。论也者，弥纶群言，而研精一理者也。

是以庄周《齐物》，以论为名；不韦《春秋》，“六论”昭列。至石渠论艺，白虎讲聚，述圣通经，论家之正体也。及班彪《王命》，严尤《三将》，敷述昭情，善入史体。魏之初霸，术兼名法；傅嘏、王粲，校练名理。迄至正始，务欲守文；何晏之徒，始盛玄论。于是聃、周当路，与尼父争涂矣。

详观兰石之《才性》，仲宣之《去伐》，叔夜之《辨声》，太初之《本元》，辅嗣之《两例》，平叔之《二论》，并师心独见，锋颖精密，盖论之英也。至如李康《运命》，同《论衡》而过之；陆机《辨亡》，效《过秦》而不及：然亦其美矣。次及宋岱、郭象，锐思于机神之区；夷甫、裴頠，交辨于有无之域：并独步当时，流声后代。然滞有者，全系于形用；贵无者，专守于寂寥。徒锐偏解，莫诣正理；动极神源，其般若之绝境乎？逮江左群谈，惟玄是务；虽有日新，而多抽前绪矣。至如张衡《讥世》，韵似[①]俳说；孔融《孝廉》，但谈嘲戏；曹植《辨道》，体同书抄。才不持论，宁

① 杨明照《文心雕龙校注》，认为“韵似”疑为“颇似”，可以。

如其已。

原夫论之为体，所以辨正然否。穷于有数，追于无形，钻坚求通，钩深取极；乃百虑之筌蹄，万事之权衡也。故其义贵圆通，辞忌枝碎。必使心与理合，弥缝莫见其隙；辞共心密，敌人不知所乘：斯其要也。是以论如析薪，贵能破理。斤利者，越理而横断；辞辨者，反义而取通：览文虽巧，而检迹知妄。唯君子能通天下之志，安可以曲论哉？

若夫注释为词，解散论体，杂文虽异，总会是同。若秦延君之注“尧典”，十余万字；朱普之解《尚书》，三十万言：所以通人恶烦，羞学章句。若毛公之训《诗》，安国之传《书》，郑君之释《礼》，王弼之解《易》：要约明畅，可为式矣。

说者，悦也。兑为口舌，故言资悦怿；过悦必伪，故舜惊谗说。说之善者，伊尹以论味隆殷，太公以辨钓兴周；及烛武行而纾郑，端木出而存鲁，亦其美也。暨战国争雄，辨士云踊；从横参谋，长短角势。《转丸》骋其巧辞，《飞钳》伏其精术。一人之辨，重于九鼎之宝；三寸之舌，强于百万之师。“六印磊落”以佩，五都隐赈而封。至汉定秦、楚，辨士弭节。郦君既毙于齐镬，蒯子几入乎汉鼎。虽复陆贾籍甚，张释傅会，杜钦文辨，楼护唇舌；颉颃万乘之阶，抵嘘公卿之席，并顺风以托势，莫能逆波而溯洄矣。

夫说贵抚会，弛张相随；不专缓颊，亦在刀笔。范雎之言事，李斯之止逐客，并烦情[①]入机，动言中务；虽批逆鳞，而功成计合，此上书之善说也。至于邹阳之说吴、梁，喻巧而理至，故虽危而无咎矣；敬通之说鲍、邓，事缓而文繁，所以历骋而罕遇也。凡说之枢要，必使时利而义贞；进有契于成务，退无阻于荣身。自非谲敌，则唯忠与信；披肝胆以献主，飞文敏以济辞：此说之本也。而陆氏直称“说炜晔以谲诳”，何哉？

赞曰：理形于言，叙理成论。词深人天，致远方寸。

阴阳莫贰[②]，鬼神靡遁。说尔飞钳，呼吸沮劝。

---

① “烦情”，通行本作“顺情”。

② 王利器《文心雕龙校证》、杨明照《文心雕龙校注》主张“贰”应为“忒”（差错），名言疏解引文从其说。

《诏策》第十九

皇帝御宇，其言也神；渊嘿黼扆，而响盈四表，其唯诏策乎！昔轩辕唐虞，同称为“命”；“命”之为义，制性之本也。其在三代，事兼诰誓；誓以训戎，诰以敷政。命喻自天，故授官锡胤。《易》之《姤·象》：“后以施命诰四方。”诰命动民，若天下之有风矣。

降及七国，并称曰“命”；命者，使也。秦并天下，改“命”曰“制”。汉初定仪，则有四品：一曰策书，二曰制书，三曰诏书，四曰戒敕。“敕”戒州郡，“诏”诰百官，“制”施赦命，“策”封王侯。策者，简也；制者，裁也；诏者，告也；敕者，正也。《诗》云“畏此简书”，《易》称“君子以制数度”，《礼》称“明君之诏”，《书》称“敕天之命”，并本经典以立名目。远诏近命，习秦制也。《记》称“丝纶”，所以应接群后。虞重纳言，周贵喉舌；故两汉诏诰，职在尚书。王言之大，动入史策，“其出如綍”，不反若汗。是以淮南有英才，武帝使相如视草；陇右多文士，光武加意于书辞：岂直取美当时，亦敬慎来叶矣。

观文景以前，诏体浮杂；武帝崇儒，选言弘奥。策封三王，文同“训”“典”；劝戒渊雅，垂范后代。及制诏严助，即云“厌承明庐”，盖宠才之恩也。孝宣玺书，责博于陈遂，亦故旧之厚也。逮光武拨乱，留意斯文，而造次喜怒，时或偏滥。诏赐邓禹，称司徒为尧；敕责侯霸，称“黄钺一下”：若斯之类，实乖宪章。暨明章崇学，雅诏间出。和安政弛，礼阁鲜才，每为诏敕，假手外请。建安之末，文理代兴。潘勖《九锡》，典雅逸群；卫觊《禅诰》，符采炳耀：不可加已。自魏晋诰策，职在中书。刘放、张华，管于斯任；施令发号，洋洋盈耳。魏文帝下诏，辞义多伟；至于“作威作福”，其万虑之一弊乎！晋氏中兴，唯明帝崇才，以温峤文清，故引入中书。自斯以后，体宪风流矣。

夫王言崇秘，“大观在上”，所以百辟其刑，万邦作孚。故授官选贤，则义炳重离之辉；优文封策，则气含风雨之润；敕戒恒诰，则笔吐星汉之华；治戎燮伐，则声有洊雷之威；“眚灾肆赦”，则文有春露之滋；明罚敕法，则辞有秋霜之烈：此诏策之大略也。

戒敕为文，实诏之切者；周穆命“郊父受敕宪”，此其事也。魏武称：作敕戒当指事而语，勿得依违，晓治要矣。及晋武敕戒，备告百官。敕都督以兵要，戒州牧以董司，警郡守以恤隐，勒牙门以御卫：有“训”“典”焉。

戒者，慎也，禹称“戒之用休”。君、父至尊，在三同极。汉高祖之《敕太子》，东方朔之《戒子》，亦顾命之作也。及马援已下，各贻家戒。班姬《女戒》，足称“母师”矣。

教者，效也，出言而民效也。契敷“五教”，故王侯称“教”。昔郑弘之守南阳，条教为后所述，乃事绪明也；孔融之守北海，文教丽而罕施，乃治体乖也。若诸葛孔明之详约，庾稚恭之明断，并理得而辞中，教之善也。

自教以下，则又有命。《诗》云：“有命自天。”明命为重也。《周礼》曰：“师氏诏王。”明诏为轻也。今诏重而命轻者，古今之变也。

赞曰： 皇王施令，寅严宗诰。我有丝言，兆民伊好。

辉音峻举，鸿风远蹈。腾义飞辞，涣其大号。

《檄移》第二十

震雷始于曜电，出师先乎威声，故观电而惧雷壮，听声而惧兵威。兵先乎声，其来已久。昔有虞始戒于国，夏后初誓于军，殷誓军门之外，周将交刃而誓之。故知帝世戒兵，三王誓师，宣训我众，未及敌人也。至周穆西征，祭公谋父称，古“有威让之令，有文告之辞”，即檄之本源也。及春秋征伐，自诸侯出，惧敌弗服，故兵出须名。振此威风，暴彼昏乱，刘献公所谓“告之以文辞，董之以武师”者也。齐桓征楚，诘菁茅之阙；晋厉伐秦，责箕部之焚。管仲、吕相，奉辞先路：详其意义，即今之檄文。暨乎战国，始称为檄。檄者，皦也；宣布于外，皦然明白也。张仪檄楚，书以尺二；明白之文，或称露布。露布者，盖露板不封，布诸视听也。

夫兵以定乱，莫敢自专：天子亲戎，则称“恭行天罚”；诸侯御师，则云“肃将王诛”。故分阃推毂，“奉辞伐罪”，非唯“致果为毅”，亦且厉辞为武。使声如冲风所击，气似欃枪所扫；奋其武怒，总其罪人。征其恶稔之时，显其贯盈之数；摇奸宄之胆，订信顺之心。使百尺之冲，摧折于咫书；万雉之城，颠坠于一檄者也。观隗嚣之檄亡新，布其“三逆”；文不雕饰，而辞切事明：陇右文士，得檄之体矣！陈琳之檄豫州，壮有骨鲠。虽奸阉携养，章实太甚；发丘摸金，诬过其虐；然抗辞书衅，皦然曝露。固矣，敢指曹公之锋；幸哉！免袁党之戮也。钟会檄蜀，征验甚明；桓温檄胡，观衅尤切：并壮笔也。

凡檄之大体，或述此休明，或叙彼苛虐。指天时，审人事，算强弱，角权势；标蓍龟于前验，悬鞶鉴于已然。虽本国信，实参兵诈；谲诡以驰旨，炜晔以腾说。凡此众条，莫之或违者也。故其植义飏辞，务在刚健。插羽以示迅，不可使辞缓；露板以宣众，不可使义隐。必事昭而理辨，气盛而辞断，此其要也。若曲趣密巧，无所取才矣。又州郡征吏，亦称为檄，固明举之义也。

移者，易也；移风易俗，令往而民随者也。相如之《难蜀老》，文晓而喻博，有移檄之骨焉。及刘歆之《移太常》，辞刚而义辨，文移之首也；陆机之《移百官》，言约而事显，武移之要者也。故檄移为用，事兼文武。其在金革，则逆党用檄，顺众资移；所以洗濯民心，坚明符契。意用小异，而体义大同；与檄参伍，故不重论也。

赞曰：三驱弛纲，九伐先话。鞶鉴吉凶，蓍龟成败。

摧压鲸鲵，抵落蜂虿。移宝[①]易俗，草偃风迈。

《封禅》第二十一

夫正位北辰，向明南面，所以运天枢、毓黎献者，何尝不经道纬德，以勒皇迹者哉！绿图曰：“潬潬嗃嗃，棼棼雉雉，万物尽化。”言至德所被也。丹书曰：“义胜欲则从，欲胜义则凶。”戒慎之至也。则戒慎以崇其德，至德以凝其化；七十有二君，所以封禅矣。

昔黄帝神灵，克膺鸿瑞，勒功乔岳，铸鼎荆山。大舜巡岳，显乎《虞典》；成康封禅，闻之《乐纬》。及齐桓之霸，爰窥王迹；夷吾谲陈，距以

① “移宝易俗”，王利器《文心雕龙校证》、杨明照《文心雕龙校注》将“宝”校为“风”。

怪物。固知玉牒、金镂，专在帝皇也。然则西鹣东鲽，南茅北黍，空谈非征，勋德而已。是以史迁八书，明述封禅者，固禋祀之殊礼，铭号之秘祝，祀天之壮观矣。

秦皇铭岱，文自李斯；法家辞气，体乏弘润，然疏而能壮，亦彼时之绝采也。铺观两汉隆盛：孝武禅号于肃然，光武巡封于梁父；诵德铭勋，乃鸿笔耳。观相如《封禅》，蔚为唱首。尔其表权舆，序皇王，炳玄符，镜鸿业；驱前古于当今之下，腾休明于列圣之上；歌之以祯瑞，赞之以介丘：绝笔兹文，固维新之作也。及光武勒碑，则文自张纯。首胤“典”“谟”，末同祝辞；引钩谶，叙离乱，计武功，述文德；事核理举，华不足而实有余矣！凡此二家，并岱宗实迹也。

及扬雄《剧秦》，班固《典引》，事非镌石，而体因纪禅。观《剧秦》为文，影写长卿，诡言遁辞，故兼包神怪；然骨掣靡密，辞贯圆通，自称“极思”，无遗力矣。《典引》所叙，雅有懿采；历鉴前作，能执厥中；其致义会文，斐然余巧。故称《封禅》丽而不典，《剧秦》典而不实；岂非追观易为明，循势易为力欤？至于邯郸《受命》，攀响前声，风末力寡，辑韵成颂：虽文理颇序，而不能奋飞。陈思《魏德》，假论客主，问答迂缓，且已千言：劳深绩寡，飙焰缺焉。

兹文为用，盖一代之典章也。搆位之始，宜明大体：树骨于“训”“典”之区，选言于宏富之路；使意古而不晦于深，文今而不坠于浅；义吐光芒，辞成廉锷，则为伟矣。虽复道极数殚，终然相袭，而日新其采者，必超前辙焉。

赞曰：封勒帝勣，对越天休。逖听高岳，声英克彪。
树石九旻，泥金八幽。鸿律蟠采，如龙如虬。

《章表》第二十二

夫设官分职，高卑联事，天子垂珠以听，诸侯鸣玉以朝。“敷奏以言，明试以功。”故尧咨四岳，舜命八元，固辞再让之请，俞往钦哉之授，并陈辞帝庭，匪假书翰。然则“敷奏以言”，则章表之义也；“明试以功”，即授爵之典也。至太甲既立，伊尹书诫；思庸归亳，又作书以赞：文翰献替，事斯见矣。周监二代，文理弥盛。再拜稽首，对扬休命，承文受册，敢当丕显：虽言笔未分，而陈谢可见。降及七国，未变古式；言事于王，皆称上书。秦初定制，改书曰奏。汉定礼仪，则有四品：一曰章，二曰奏，三曰表，四曰议。章以谢恩，奏以按劾，表以陈请，议以执异。章者，明也。《诗》云“为章于天”，谓文明也。其在文物，赤白曰章。表者，标也。《礼》有《表记》，谓德见于仪。其在器式，揆景曰表。章、表之目，盖取诸此也。

按《七略》《艺文》，谣咏必录；章表奏议，经国之枢机，然阙而不纂者，乃各有故事，布在职司也。前汉表谢，遗篇寡存。及后汉察举，必试章奏。左雄表议，台阁为式；胡广章奏，“天下第一”：并当时之杰笔也。观伯始谒陵之章，足见其典文之美焉。昔晋文受策，三辞从命，是以汉末让表，以三为断。曹公称为表不必三让，又勿得浮华。所以魏初表章，指事造实；求其靡丽，则未足美矣。至于文举之荐祢衡，气扬采飞；孔明之辞后主，志尽文畅：虽华实异旨，并表之英也。琳、瑀章表，有誉当时；孔璋称健，则其标也。陈思之表，独冠群才：观其体赡而律调，辞清而志显；应物制巧，随变生趣；执辔有余，故能缓急应节矣。逮晋初笔札，则张华为俊：其三让公封，理周辞要；引义比事，必得其偶；世珍《鹪鹩》，莫顾章表。及羊公之辞开府，有誉于前谈；庾公之让中书，信美于往载：序志联类，有文雅焉。刘琨劝进，张骏自序，文致耿介，并陈事之美表也。

原夫章表之为用也，所以对扬王庭，昭明心曲；既其身文，且亦国华。章以造阙，风矩应明；表以致禁，骨采宜耀：循名课实，以文为本者也。是以章式炳贲，志在典谟；使要而非略，明而不浅。表体多包，情伪屡迁；必雅义以扇其风，清文以驰其丽。然恳恻者辞为心使，浮侈者情为文出[1]。繁约得正，华实相胜，唇吻不滞，则中律矣。子贡云“心以制之”“言以结之”，盖一辞意也。荀卿以为：观人美辞，丽于黼黻文章，亦可以

① 《太平御览》引作“浮侈者情为文出”，黄叔琳《文心雕龙辑注》本作“情为文使”，注云“一作‘情为文屈’”，名言疏解引作“情为文屈”。

喻于斯乎?

赞曰: 敷奏绛阙,献替黼扆。言必贞明,义则弘伟。

肃恭节文,条理首尾。君子秉文,辞令有斐。

《奏启》第二十三

昔唐虞之臣,敷奏以言;秦汉之辅,上书称奏。陈政事,献典仪,上急变,劾愆谬,总谓之奏。奏者,进也;言敷于下,情进于上也。

秦始立奏,而法家少文。观王绾之奏勋德,辞质而义近;李斯之奏骊山,事略而意径:政无膏润,形于篇章矣。自汉以来,奏事或称上疏;儒雅继踵,殊采可观。若夫贾谊之务农,晁错之兵术,匡衡之定郊,王吉之劝礼,温舒之缓狱,谷永之谏仙:理既切至,辞亦通辨,可谓识大体矣。后汉群贤,嘉言罔伏:杨秉耿介于灾异,陈蕃愤懑于尺一,骨鲠得焉;张衡指摘于史谶,蔡邕铨列于朝仪,博雅明焉。魏代名臣,文理迭兴:若高堂天文,黄观教学,王朗节省,甄毅考课,亦尽节而知治矣。晋氏多难,灾屯流移:刘颂殷勤于时务,温峤恳恻于费役,并体国之忠规矣。

夫奏之为笔,固以明允笃诚为本,辨析疏通为首。强志足以成务,博见足以穷理;酌古御今,治繁总要:此其体也。

若乃按劾之奏,所以明宪清国。昔周之太仆,"绳愆纠谬";秦有御史,职主文法;汉置中丞,总司按劾;故位在鸷击,砥砺其气,必使笔端振风,简上凝霜者也。观孔光之奏董贤,则实其奸回;路粹之奏孔融,则诬其衅恶:名儒之与险士,固殊心焉。若夫傅咸劲直,而按辞坚深;刘隗切正,而劾文阔略:各其志也。

后之弹事,迭相斟酌,惟新日用,而旧准弗差。然函人欲全,矢人欲伤;术在纠恶,势必深峭。《诗》刺谗人,"投畀豺虎";《礼》疾无礼,方之鹦猩。墨翟非儒,目以羊彘;孟轲讥墨,比诸禽兽。《诗》、《礼》、儒、墨,既其如兹;奏劾严文,孰云能免?是以近世为文,竞于诋诃,吹毛取瑕,次骨为戾,复似善骂,多失折衷。若能辟礼门以悬规,标义路以植矩,然后逾垣者折肱,捷径者灭趾,何必躁言丑句,诟病为巧哉!是以立范运衡,宜明体要。必使理有典刑,辞有风轨;总法家之裁,秉儒家之文。“不畏强御”，气流墨中；“无纵诡随”，声动简外：乃称绝席之雄，直方之举也。

启者，开也。高宗云“启乃心，沃朕心”，盖其义也。孝景讳启，故两汉无称。至魏国笺记，始云“启闻”；奏事之末，或云“谨启”。自晋来盛启，用兼表奏。陈政言事，既奏之异条；让爵谢恩，亦表之别干。必敛御入规，促其音节，辨要轻清，文而不侈：亦启之大略也。

又表奏确切，号为“谠言”。谠者，偏也。王道有偏，乖乎荡荡；其偏，故曰“谠言”也。孝成称班伯之“谠言”，贵直也。自汉置八仪，密奏阴阳；皂囊封板，故曰“封事”。晁错受《书》，还上“便宜”。后代便宜，多附封事，慎机密也。夫王臣匪躬，必吐謇谔；事举人存，故无待泛说也。

赞曰：皂饬司直，肃清风禁。笔锐干将，墨含淳酖。
虽有次骨，无或肤浸。献政陈宜，事必胜任。

《议对》第二十四

“周爰咨谋”，是谓为议。议之言宜，审事宜也。《易》之《节卦》：“君子以制度数，议德行”。《周书》曰：“议事以制，政乃弗迷”。议贵节制，经典之体也。昔管仲称，轩辕有“明台之议”，则其来远矣。洪水之难，尧咨四岳；百揆之举，舜畴五臣。三代所兴，询及刍荛。春秋释宋，鲁桓预议。及赵灵胡服，而季父争论；商鞅变法，而甘龙交辩：虽宪章无算，而同异足观。

迄至有汉，始立驳议。驳者，杂也；杂议不纯，故曰驳也。自两汉文明，楷式昭备；蔼蔼多士，“发言盈庭”。若贾谊之遍代诸生，可谓捷于议也。至如主父之驳挟弓，安国之辨匈奴；贾捐之陈于朱崖，刘歆之辨于祖宗：虽质文不同，得事要矣。若乃张敏之断轻侮，郭躬之议擅诛；程晓之驳校事，司马芝之议货钱；何曾蠲出女之科，秦秀定贾充之谥：事实允当，可谓达议体矣。汉世善驳，则应劭为首；晋代能议，则傅咸为宗。然仲瑗博古，而铨贯有叙；长虞识治，而属辞枝繁。及陆机《断议》，亦有锋颖；而腴辞弗剪，颇累文骨：亦有其美，风格存焉。

夫动先拟议，“明用稽疑”，所以敬慎群务，弛张治术。故其大体所资，必枢纽经典。采故实于前代，观通变于当今；理不谬摇其枝，字不妄舒其藻。郊祀必洞于礼，戎事宜练于兵，田谷先晓于农，断讼务精于律。然后标以显义，约以正辞。文以辨洁为能，不以繁缛为巧；事以明核为美，不以环隐为奇：此纲领之大要也。若不达政体，而舞笔弄文，支离构辞，穿凿会巧：空骋其华，固为事实所摈；设得其理，亦为游辞所埋矣。昔秦女嫁晋，从文衣之媵，晋人贵媵而贱女；楚珠鬻郑，为薰桂之椟，郑人买椟而还珠。若文浮于理，末胜其本，则秦女楚珠，复存于兹矣。

又对策者，应诏而陈政也；射策者，探事而献说也。言中理准，譬射侯中的；二名虽殊，即议之别体也。古之造士，选事考言。汉文中年，始举贤良；晁错对策，蔚为举首。及孝武益明，旁求俊乂。对策者以第一登庸，射策者以甲科入仕：斯固选贤要术也。

观晁氏之对，验古明今，辞裁以辨，事通而赡；超升“高第”，信有征矣。仲舒之对，祖述《春秋》，本阴阳之化，究列代之变；烦而不慁者，事理明也。公孙之对，简而未博；然总要以约文，事切而情举，所以太常居下，而天子擢上也。杜钦之对，略而指事，辞以治宣，不为文作。及后汉鲁丕，辞气质素，以儒雅中策，独入“高第”。凡此五家，并前代之明范也。魏晋以来，稍务文丽。以文纪实，所失已多；及其来选，又称疾不会：虽欲求文，弗可得也。是以汉饮博士，而雉集乎堂；晋策秀才，而麏兴于前：无他怪也，选失之异耳。

夫驳议偏辨，各执异见；对策揄扬，大明治道。使事深于政术，理密于时务。酌三五以镕世，而非迂缓之高谈；驭权变以拯俗，而非刻薄之伪论。风恢恢而能远，流洋洋而不溢，王庭之美对也。难矣哉，士之为才也！或练治而寡文，或工文而疏治。对策所选，实属通才；志足文远，不其鲜欤！

赞曰：议惟畴政，名实相课。断理必刚，摛辞无懦。

对策王庭，同时酌和。治体高秉，雅谟远播。

《书记》第二十五

大舜云：“书用识哉！”所以记时事也。盖圣贤言辞，总为之书；书之为体，主言者也。扬雄曰："言，心声也；书，心画也。声画形，君子小人见矣。"故书者，舒也。舒布其言，染之简牍，取象乎《夬》，贵在明决而已。

三代政暇，文翰颇疏；春秋聘繁，书介弥盛。绕朝赠士会以策，子家与赵宣以书；巫臣之遗子反，子产之谏范宣：详观四书，辞若对面。又子服敬叔，进吊书于滕君。固知行人挈辞，多被翰墨矣。及七国献书，诡丽辐辏；汉来笔札，辞气纷纭。观史迁之报任安，东方之谒公孙，杨恽之酬会宗，子云之答刘歆：志气盘桓，各含殊采；并杼轴乎尺素，抑扬乎寸心。逮后汉书记，则崔瑗尤善。魏之元瑜，号称翩翩；文举属章，半简必录。休琏好事，留意词翰，抑其次也。嵇康绝交，实志高而文伟矣；赵至赠离，乃少年之激昂也。至如陈遵占辞，百封各意；祢衡代书，亲疏得宜：斯又尺牍之偏才也。

详总书体，本在尽言，言所以散郁陶，托风采；故宜条畅以任气，优柔以怿怀。文明从容，亦心声之献酬也。若夫尊贵差序，则肃以节文。战国以前，君臣同书；秦汉立仪，始有表奏。王公国内，亦称奏书；张敞奏书于胶后，其义美矣。迄至后汉，稍有名品：公府奏记，而郡将奉笺。记之言志，进己志也。笺者，表也，识表其情也。崔寔奏记于公府，则崇让之德音矣；黄香奉笺于江夏，亦肃恭之遗式矣。公干笺记，文丽而规益：子桓不论，故世所共遗；若略名取实，则有美于为诗矣。刘廙谢恩，喻切以至；陆机自理，情周而巧：笺之善者也。原笺记之为式，既上窥乎表，亦下睨乎书；使敬而不慑，简而无傲，清靡以惠其才，彪蔚以文其响：盖笺记之分也。

夫书记广大，衣被事体；笔札杂名，古今多品。是以总领黎庶，则有谱、籍、簿、录；医历星筮，则有方、术、占、式；申宪述兵，则有律、令、法、制；朝市征信，则有符、契、券、疏；百官询事，则有关、刺、解、牒；万民达志，则有状、列、辞、谚：并述理于心，著言于翰；虽艺文之末品，而政事之先务也。

故谓谱者，普也。注序世统，事资周普。郑氏谱《诗》，盖取乎此。籍者，借也。岁借民力，条之于版。《春秋》司籍，即其事也。簿者，圃也。草木区别，文书类聚。张汤、李广，为吏所簿，别情伪也。录者，领也。古史《世本》，编以简策，领其名数，故曰录也。

方者，隅也。医药攻病，各有所主；专精一隅，故药术称方。术者，路也。算历极数，见路乃明，《九章》积微，故以为术；淮南《万毕》，皆其类也。占者，觇也。星辰飞伏，伺候乃见；精观书云，故曰占也。式者，则也。阴阳盈虚，五行消息；变虽不常，而稽之有则也。

律者，中也。黄钟调起，五音以正；法律驭民，八刑克平。以律为名，取中正也。令者，命也。出命申禁，有若自天；管仲下令如流水，使民从也。法者，象也。兵谋无方，而奇正有象，故曰法也。制者，裁也。上行于下，如匠之制器也。

符者，孚也。征召防伪，事资中孚。三代玉瑞，汉世金竹；末代从省，易以书翰矣。契者，结也。上古纯质，结绳执契；今羌胡征数，负贩记缗，其遗风欤！券者，束也。明白约束，以备情伪。字形半分，故周称判书。古有铁券，以坚信誓。王褒"髯奴"，则券之谐也。疏者，布也。布置物类，撮题近意；故小券短书，号为疏也。

关者，闭也。出入由门，关闭当审；庶务在政，通塞应详。韩非云："孙亶回，圣相也，而关于州部。"盖谓此也。刺者，达也。《诗》人讽刺，《周礼》"三刺"；事叙相达，若针之通结矣。解者，释也。解释结滞，征事以对也。牒者，叶也。短简编牒，如叶在枝。温舒截蒲，即其事也。议政未定，故短牒咨谋。牒之尤密，谓之为签。签者，纤密者也。

状者，貌也。体貌本原，取其事实。先贤表谥，并有行状，状之大者也。列者，陈也。陈列事情，昭然可见也。辞者，舌端之文，通己于人。子产有辞，诸侯所赖，不可已也。谚者，直语也。丧言亦不及文，故吊亦称谚。廛路浅言，有实无华；邹穆公云"囊漏储中"，皆其类也。《太誓》曰："古人有言，牝鸡无晨。"《大雅》云"人亦有言""惟忧用老"，并上古遗谚，《诗》《书》所引者也。至于陈琳谏辞，称"掩目捕雀"；潘岳哀辞，称"掌珠""伉俪"，并引俗说而为文辞者也。夫文辞鄙俚，莫过于谚；而圣贤《诗》《书》，采以为谈。况逾于此，岂可忽哉！

观此四条，并书记所总：或事本相通，或文意各异；或全任质素，或杂用文绮。随事立体，贵乎精要：意少一字则义阙，句长一言则辞妨；并有司之实务，而浮藻之所忽也。然才冠鸿笔，多疏尺牍；譬九方堙之识骏足，而不知毛色牝牡也。言既身文，信亦邦瑞；翰林之士，思理实焉。

赞曰：文藻条流，托在笔札。既驰金相，亦运木讷。

万古声荐，千里应拔。庶务纷纶，因书乃察。

《神思》第二十六

古人云，形在江海之上，心存魏阙之下：神思之谓也。文之思也，其神远矣。故寂然凝虑，思接千载；悄焉动容，视通万里。吟咏之间，吐纳珠玉之声；眉睫之前，卷舒风云之色：其思理之致乎！故思理为妙，神与物游。神居胸臆，而志气统其关键；物沿耳目，而辞令管其枢机。枢机方通，则物无隐貌；关键将塞，则神有遁心。是以陶钧文思，贵在虚静；疏瀹五藏，澡雪精神。积学以储宝，酌理以富才，研阅以穷照，驯致以绎辞。然后使玄解之宰，寻声律而定墨；独照之匠，窥意象而运斤。此盖驭文之首术，谋篇之大端。

夫神思方运，万涂竞萌；规矩虚位，刻镂无形。登山则情满于山，观海则意溢于海；我才之多少，将与风云而并驱矣！方其搦翰，气倍辞前；暨乎篇成，半折心始。何则？意翻空而易奇，言征实而难巧也。是以意授于思，言授于意；密则无际，疏则千里。或理在方寸，而求之域表；或义在咫尺，而思隔山河。是以秉心养术，无务苦虑；含章司契，不必劳情也。

人之禀才，迟速异分；文之制体，大小殊功。相如含笔而腐毫，扬雄辍翰而惊梦；桓谭疾感于苦思，王充气竭于沉虑；张衡研《京》以十年，左思练《都》以一纪：虽有巨文，亦思之缓也。淮南崇朝而赋《骚》，枚皋应诏而成赋；子建援牍如口诵，仲宣举笔似宿构；阮瑀据案而制书，祢衡当食而草奏：虽有短篇，亦思之速也。

若夫骏发之士，心总要术；敏在虑前，应机立断。覃思之人，情饶歧路；鉴在疑后，研虑方定。机敏故造次而成功，虑疑故愈久而致绩。难易虽殊，并资博练。若学浅而空迟，才疏而徒速；以斯成器，未之前闻。是以临篇缀虑，必有二患：理郁者苦贫，辞溺者伤乱。然则博见为馈贫之粮，贯一为拯乱之药；博而能一，亦有助乎心力矣。

若情数诡杂，体变迁贸；拙辞或孕于巧义，庸事或萌于新意。视布于麻，虽云未贵；杼轴献功，焕然乃珍。至于思表纤旨，文外曲致；言所不追，笔固知止。至精而后阐其妙，至变而后通其数。伊挚不能言鼎，轮扁不能语斤，其微矣乎！

赞曰：神用象通，情变所孕。物以貌求，心以理应。

刻镂声律，萌芽比兴。结虑司契，垂帷制胜。

《体性》第二十七

夫情动而言形，理发而文见；盖沿隐以至显，因内而符外者也。然才有庸俊，气有刚柔，学有浅深，习有雅郑：并情性所铄，陶染所凝，是以笔区云谲，文苑波诡者矣。故辞理庸俊，莫能翻其才；风趣刚柔，宁或改其气；事义浅深，未闻乖其学；体式雅郑，鲜有反其习：各师成心，其异如面。

若总其归涂，则数穷“八体”：一曰典雅，二曰远奥，三曰精约，四曰显附，五曰繁缛，六曰壮丽，七曰新奇，八曰轻靡。典雅者，镕式经诰，方轨儒门者也。远奥者，馥采曲文，经理玄宗者也。精约者，核字省句，剖析毫厘者也。显附者，辞直义畅，切理厌心者也。繁缛者，博喻酿采，炜烨枝派者也。壮丽者，高论宏裁，卓烁异采者也。新奇者，摈古竞今，危侧趣诡者也。轻靡者，浮文弱植，缥缈附俗者也。故雅与奇反，奥与显殊，繁与约舛，壮与轻乖：文辞根叶，苑囿其中矣。

若夫“八体”屡迁，功以学成；才力居中，肇自血气。“气以实志，志以定言”；吐纳英华，莫非情性。是以贾生俊发，故文洁而体清；长卿傲诞，故理侈而辞溢；子云沈寂，故志隐而味深；子政简易，故趣昭而事博；孟坚雅懿，故裁密而思靡；平子淹通，故虑周而藻密；仲宣躁锐，故颖出而才果；公幹气褊，故言壮而情骇；嗣宗俶傥，故响逸而调远；叔夜俊侠，故兴高而采烈；安仁轻敏，故锋发而韵流；士衡矜重，故情繁而辞隐。触类以推，表里必符，岂非自然之恒资，才气之大略哉？

夫才有天资，学慎始习。斫梓染丝，功在初化；器成彩定，难可翻移。故童子雕琢，必先雅制；沿根讨叶，思转自圆。“八体”虽殊，会通合数；得其环中，则辐辏相成。故宜摹体以定习，因性以练才：文之司南，用此道也。

赞曰：才性异区，文体繁诡；辞为肤根，志实骨髓。
雅丽黼黻，淫巧朱紫。习亦凝真，功沿渐靡。

《风骨》第二十八

《诗》总“六义”，风冠其首；斯乃化感之本源，志气之符契也。是以怊怅述情，必始乎风；沉吟铺辞，莫先于骨。故辞之待骨，如体之树骸；情之含风，犹形之包气。结言端直，则文骨成焉；意气骏爽，则文风清焉。若丰藻克赡，风骨不飞，则振采失鲜，负声无力。是以缀虑裁篇，务盈守气；刚健既实，辉光乃新：其为文用，譬征鸟之使翼也。

故练于骨者，析辞必精；深乎风者，述情必显。捶字坚而难移，结响凝而不滞，此风骨之力也。若瘠义肥辞，繁杂失统，则无骨之征也；思不环周，索莫乏气，则无风之验也。昔潘勖《锡魏》，思摹经典，群才韬笔，乃其骨髓峻也；相如赋仙，气号“凌云”，“蔚为辞宗”，乃其风力遒也。能鉴斯要，可以定文；兹术或违，无务繁采。

故魏文称：“文以气为主，气之清浊有体，不可力强而致。”故其论孔融，则云“体气高妙”；论徐幹，则云“时有齐气”；论刘桢，则云“有逸气”。公幹亦云：“孔氏卓卓，信含异气；笔墨之性，殆不可胜。”并重气之旨也。夫翚翟备色，而翾翥百步，肌丰而力沉也；鹰隼无采，而“翰飞戾天”，骨劲而气猛也。文章才力，有似于此。若风骨乏采，则鸷集翰林；采乏风骨，则雉窜文囿。唯藻耀而高翔，固文笔之鸣凤也。

若夫镕冶经典之范，翔集子史之术；洞晓情变，曲昭文体，然后能孚甲新意，雕画奇辞。昭体，故意新而不乱；晓变，故辞奇而不黩。若骨采未圆，风辞未练，而跨略旧规，驰骛新作，虽获巧意，危败亦多；岂空结奇字，纰缪而成经矣！《周书》云：“辞尚体要，弗惟好异。”盖防文滥也。然文术多门，各适所好；明者弗授，学者弗师；于是习华随侈，“流遁忘反”。若能确乎正式，使“文明以健”，则风清骨峻，篇体光华。能研诸虑，“何远之有”哉？

赞曰：情与气偕，辞共体并。“文明以健”，珪璋乃聘。

蔚彼风力，严此骨鲠；才锋峻立，符采克炳。

《通变》第二十九

夫设文之体有常，变文之数无方。何以明其然耶？凡诗赋书记，名理相因，此有常之体也；文辞气力，通变则久，此无方之数也。名理有常，体必资于故实；通变无方，数必酌于新声：故能骋无穷之路，饮不竭之源。然绠短者衔渴，足疲者辍涂；非文理之数尽，乃通变之术疏耳。故论文之方，譬诸草木：根干丽土而同性，臭味晞阳而异品矣。

是以九代咏歌，志合文则：黄歌“断竹”，质之至也；唐歌“在昔”，则广于黄世；虞歌“卿云”，则文于唐时；夏歌“雕墙”，缛于虞代；商周篇什，丽于夏年。至于序志述时，其揆一也。暨楚之骚文，矩式周人；汉之赋颂，影写楚世；魏之篇制，顾慕汉风；晋之辞章，瞻望魏采。榷而论之，则黄唐淳而质，虞夏质而辨，商周丽而雅，楚汉侈而艳，魏晋浅而绮，宋初讹而新：从质及讹，弥近弥澹。何则？竞今疏古，风末气衰也。

今才颖之士，刻意学文；多略汉篇，师范宋集：虽古今备阅，然近附而远疏矣。夫青生于蓝，绛生于蒨；虽逾本色，不能复化。桓君山云：“予见新进丽文，美而无采；及见刘、扬言辞，常辄有得。”此其验也。故练青濯绛，必归蓝茜；矫讹翻浅，还宗经诰。斯斟酌乎质文之间，而檃括乎雅俗之际，可与言通变矣。

夫夸张声貌，则汉初已极。自兹厥后，循环相因；虽轩翥出辙，而终入笼内。枚乘《七发》云：“通望兮东海，虹洞兮苍天。”相如《上林》云：“视之无端，察之无涯；日出东沼，月生西陂。”马融《广成》云：“天地虹洞，固无端涯；大明出东，月生西陂”。扬雄《校猎》云：“出入日月，天与地沓”。张衡《西京》云：“日月于是乎出入，象扶桑于濛汜。”此并广寓极状，而五家如一。诸如此类，莫不相循。

参伍因革，通变之数也。是以规略文统，宜宏大体：先博览以精阅，总纲纪而摄契；然后拓衢路，置关键，长辔远驭，从容按节。凭情以会通，负气以适变；采如宛虹之奋鬐，光若长离之振翼：乃颖脱之文矣。若乃龌龊于偏解，矜激乎一致，此庭间之回骤，岂万里之逸步哉？

赞曰：文律运周，日新其业。变则其久，通则不乏。

趋时必果，乘机无怯。望今制奇，参古定法。

《定势》第三十

夫情致异区，文变殊术，莫不因情立体，即体成势也。势者，乘利而为制也；如机发矢直，涧曲湍回，自然之趣也。圆者规体，其势也自转；方者矩形，其势也自安：文章体势，如斯而已。是以模经为式者，自入典雅之懿；效骚命篇者，必归艳逸之华。综意浅切者，类乏酝藉；断辞辨约者，率乖繁缛：譬激水不漪，槁木无阴，自然之势也。

是以绘事图色，文辞尽情；色糅而犬马殊形，情交而雅俗异势。镕范所拟，各有司匠；虽无严郛，难得逾越。然渊乎文者，并总群势：奇正虽反，必兼解以俱通；刚柔虽殊，必随时而适用。若爱典而恶华，则兼通之理偏；似夏人争弓矢，执一不可以独射也。若雅郑而共篇，则总一之势离；是楚人鬻矛楯，两难得而俱售也①。

是以括囊杂体，功在诠别；宫商朱紫，随势各配。章、表、奏、议，则准的乎典雅；赋、颂、歌、诗，则羽仪乎清丽；符、檄、书、移，则楷式于明断；史、论、序、注，则师范于核要；箴、铭、碑、诔，则体制于弘深；连珠、七辞，则从事于巧艳。此循体而成势，随变而立功者也。虽复契会相参，节文互杂，譬五色之锦，各以本采为地矣。

桓谭称："文家各有所慕，或好浮华而不知实核，或美众多而不见要约。"陈思亦云："世之作者，或好烦文博采，深沉其旨者；或好离言辨白，分毫析厘者：所习不同，所务各异。"言势殊也。刘桢云："文之体指实强弱；使其辞已尽而势有余，天下一人耳，不可得也。"公幹所谈，颇亦兼气。然文之任势，势有刚柔；不必壮言慷慨，乃称势也。又陆云自

---

① 据杨明照《文心雕龙校注》，"誉"字当移动位置，当作"是楚人鬻矛盾，誉两，难得而俱售也"，始能与上文"似夏人争弓矢，执一，不可以独射也"相俪，名言疏解引文从其说。

称："往日论文，先辞而后情，尚势而不取悦泽。"及张公论文，则"欲宗其言"。夫情固先辞，势实须泽，可谓先迷后能从善矣。

自近代辞人，率好诡巧。原其为体，讹势所变；厌黩旧式，故穿凿取新。察其讹意，似难而实无他术也，反正而已。"故文反正为乏"，辞反正为奇。效奇之法，必颠倒文句；上字而抑下，中辞而出外：回互不常，则新色耳。夫通衢夷坦，而多行捷径者，趋近故也；正文明白，而常务反言者，适俗故也。然密会者以意新得巧，苟异者以失体成怪。旧练之才，则执正以驭奇；新学之锐，则逐奇而失正。势流不反，则文体遂弊。秉兹情术，可无思耶？

赞曰：形生势成，始末相承。湍回似规，矢激如绳。

因利骋节，情采自凝。枉辔学步，力止寿陵。

《情采》第三十一

圣贤书辞，总称"文章"，非采而何？夫水性虚而沦猗结，木体实而华萼振：文附质也。虎豹无文，则鞟同犬羊；犀兕有皮，而色资丹漆：质待文也。若乃综述性灵，敷写器象；镂心鸟迹之中，织辞鱼网之上：其为彪炳，缛彩名矣。故立文之道，其理有三：一曰形文，五色是也；二曰声文，五音是也；三曰情文，五性是也。五色杂而成黼黻，五音比而成《韶》《夏》，五性发而为辞章：神理之数也。

《孝经》垂典，丧"言不文"；故知君子常言，未尝质也。老子疾伪，故称"美言不信"；而五千精妙，则非弃美矣。庄周云"辩雕万物"，谓藻饰也；韩非云"艳采辩说"，谓绮丽也。绮丽以艳说，藻饰以辩雕；文辞之变，于斯极矣。研味《孝》《老》，则知文质附乎性情；详览《庄》《韩》，则见华实过乎淫侈。若择源于泾渭之流，按辔于邪正之路，亦可以驭文采矣。夫铅黛所以饰容，而盼倩生于淑姿；文采所以饰言，而辩丽本于情性。故情者，文之经；辞者，理之纬。经正而后纬成，理定而后辞畅：此立文之本源也。

昔诗人什篇，为情而造文；辞人赋颂，为文而造情。何以明其然？盖《风》《雅》之兴，志思蓄愤，而吟咏情性，以讽其上：此为情而造文也。

诸子之徒，心非郁陶，苟驰夸饰，鬻声钓世：此为文而造情也。故为情者要约而写真，为文者淫丽而烦滥。而后之作者，采滥忽真，远弃《风》《雅》，近师辞赋；故体情之制日疏，逐文之篇愈盛。故有志深轩冕，而泛咏皋壤；心缠几务，而虚述人外：真宰弗存，“翩其反矣”！夫桃李不言而成蹊，有实存也；男子树兰而不芳，无其情也。夫以草木之微，依情待实；况乎文章，述志为本！言与志反，文岂足征！

是以联辞结采，将欲明理；采滥辞诡，则心理愈翳。固知翠纶桂饵，反所以失鱼；言隐荣华，殆谓此也。是以“衣锦褧衣”，恶文太章；《贲》象穷白，贵乎反本。夫能设模以位理，拟地以置心；心定而后结音，理正而后摛藻。使文不灭质，博不溺心；正采耀乎朱蓝，间色屏于红紫：乃可谓雕琢其章，彬彬君子矣。

赞曰：言以文远，诚哉斯验！心术既形，英华乃赡。
吴锦好渝，舜英徒艳。繁采寡情，味之必厌。

《镕裁》第三十二

情理设位，文采行乎其中。刚柔以立本，变通以趋时。立本有体，意或偏长；趋时无方，辞或繁杂。蹊要所司，职在镕裁：檃括情理，矫揉文采也。规范本体谓之镕，剪截浮词谓之裁。裁则芜秽不生，镕则纲领昭畅，譬绳墨之审分，斧斤之斫削矣。“骈拇枝指”，由侈于性；“附赘悬疣”，实侈于形。一意两出，义之骈枝也；同辞重句，文之疣赘也。

凡思绪初发，辞采苦杂；心非权衡，势必轻重。是以草创鸿笔，先标“三准”：“履端于始”，则设情以位体；“举正于中”，则酌事以取类；“归余于终”，则撮辞以举要。然后舒华布实，献替节文。绳墨以外，美材既斫；故能首尾圆合，条贯始序。若术不素定，而委心逐辞；异端丛至，骈赘必多。

故“三准“既定，次讨字句。句有可削，足见其疏；字不得减，乃知其密。精论要语，极略之体；游心窜句，极繁之体：谓繁与略，适分所好。引而申之，则两句敷为一章；约以贯之，则一章删成两句。思赡者善敷，才核者善删；善删者字去而意留，善敷者辞殊而义显。字删而意阙，则短乏而非核；辞敷而言重，则芜秽而非赡。

昔谢艾、王济，西河文士。张骏以为，艾繁而不可删，济略而不可益。若二子者，可谓练镕裁而晓繁略矣。至如士衡才优，而缀辞尤繁；士龙思劣，而雅好清省。及云之论机，亟恨其多，而称“清新相接，不以为病”，盖崇“友于”耳。夫美锦制衣，修短有度；虽玩其采，不倍领袖。巧犹难繁，况在乎拙？而《文赋》以为“榛楛勿剪”“庸音足曲”，其识非不鉴，乃情苦芟繁也。夫百节成体，共资荣卫；万趣会文，不离辞情。若情周而不繁，辞运而不滥，非夫镕裁，何以行之乎？

赞曰： 篇章户牖，左右相瞰。辞如川流，溢则泛滥。

权衡损益，斟酌浓淡。芟繁剪秽，“弛于负担”。

《声律》第三十三

夫音律所始，本于人声者也。声含宫商，肇自血气；先王因之，以制乐歌。故知器写人声，声非学器者也。故言语者，文章神明枢机；吐纳律吕，唇吻而已。

古之教歌，“先揆以法”，使“疾呼中宫，徐呼中徵”。夫商徵响高，宫羽声下；抗喉矫舌之差，攒唇激齿之异：廉肉相准，皎然可分。今操琴不调，必知改张；摛文乖张，而不识所调。响在彼弦，乃得“克谐”；声萌我心，更失和律。其故何哉？良由外听易为察，内听难为聪也。故外听之易，弦以手定；内听之难，声与心纷：可以数求，难以辞逐。

凡声有飞沉，响有双叠。双声隔字而每舛，叠韵离句而必睽；沉则响发如断，飞则声飏不还：并辘轳交往，逆鳞相比。迂其际会，则“往蹇来连”；其为疾病，亦文家之吃也。夫吃文为患，生于好诡；逐新趣异，故喉唇纠纷。将欲解结，务在刚断；左碍而寻右，末滞而讨前。则声转于吻，玲玲如振玉；辞靡于耳，累累如贯珠矣。

是以声画妍蚩，寄在吟咏。滋味流于字句，风力穷于和韵；异音相从谓之和，同声相应谓之韵。韵气一定，则余声易遣；和体抑扬，故遗响难契。属笔易巧，选和至难；缀文难精，而作韵甚易。虽纤毫曲变，非可缕言；然振其大纲，不出兹论。

若夫宫商大和，譬诸吹籥；翻回取均，颇似调瑟。瑟资移柱，故有时而乖贰；籥含定管，故无往而不壹。陈思、潘岳，吹籥之调也；陆机、左思，瑟柱之和也。概举而推，可以类见。又《诗》人综韵，率多清切；《楚辞》辞楚，故讹韵实繁。及张华论韵，谓士衡多楚，《文赋》亦称知楚不易；可谓衔灵均之余声，失黄钟之正响也。

凡切韵之动，势若转圆；讹音之作，甚于枘方：免乎枘方，则无大过矣。练才洞鉴，剖字钻响；疏识阔略，随音所遇，若长风之过籁，南郭之吹竽耳。古之佩玉，左宫右徵，以节其步，声不失序；音以律文，其可忽哉！

赞曰： 标情务远，比音则近。吹律胸臆，调钟唇吻。
声得盐梅，响滑榆槿。割弃支离，宫商难隐。

《章句》第三十四

夫设情有宅，置言有位；宅情曰章，位言曰句。故章者，明也；句者，局也。局言者，联字以分疆；明情者，总义以包体：区畛相异，而衢路交通矣。夫人之立言，因字而生句，积句而为章，积章而成篇。篇之彪炳，章无疵也；章之明靡，句无玷也；句之清英，字不妄也：振本而末从，知一而万毕矣。

夫裁文匠笔，篇有大小；离章合句，调有缓急：随变适会，莫见定准。句司数字，待相接以为用；章总一义，须意穷而成体。其控引情理，送迎际会：譬舞容回环，而有缀兆之位；歌声靡曼，而有抗坠之节也。寻《诗》人拟喻，虽断章取义，然章句在篇，如茧之抽绪，“原始要终”，体必鳞次。启行之辞，逆萌中篇之意；绝笔之言，追媵前句之旨。故能外文绮交，内义脉注；跗萼相衔，首尾一体。若辞失其朋，则“羁旅而无友”；事乖其次，则飘寓而不安。是以搜句忌于颠倒，裁章贵于顺序：斯固情趣之指归，文笔之同致也。

若夫笔句无常，而字有条数：四字密而不促，六字格而非缓；或变之以三五，盖应机之权节也。至于诗、颂大体，以四言为正；唯“祈父”“肇禋”，以二言为句。寻二言肇于黄世，《竹弹》之谣是也；三言兴于虞时，元首之诗是也；四言广于夏年，《洛汭之歌》是也；五言见于周代，《行露》之章是也。六言、七言，杂出《诗》《骚》；二体之篇，成于两汉。情数运周，随时代用矣。

若乃改韵从调，所以节文辞气。贾谊、枚乘，两韵辄易；刘歆、桓谭，百句不迁：亦各有其志也。昔魏武论诗，嫌于积韵，而善于贸代。陆云亦称："四言转句，以四句为佳"。观彼制韵，志同枚、贾。然两韵辄易，则声韵微躁；百句不迁，则唇吻告劳。妙才激扬，虽触思"利贞"，曷若折之中和，庶保"无咎"？

又《诗》人以"兮"字入于句限，《楚辞》用之，字出句外。寻"兮"字承句，乃语助余声。舜咏《南风》，用之久矣；而魏武弗好，岂不以无益文义耶！至于"夫""惟""盖""故"者，发端之首唱；"之""而""于""以"者，乃札句之旧体；"乎""哉""矣""也"，亦送末之常科。据事似闲，在用实切；巧者回运，弥缝文体：将令数句之外，得一字之助矣。外字难谬，况章句欤！

赞曰： 断章有检，积句不恒。理资配主，辞忌失朋。
环情草调，宛转相腾。离同合异，以尽厥能。

《丽辞》第三十五

造化赋形，支体必双；神理为用，事不孤立。夫心生文辞，运裁百虑；高下相须，自然成对。唐虞之世，辞未极文，而皋陶赞云："罪疑惟轻，功疑惟重"。益陈谟云："满招损，谦受益。"岂营丽辞，率然对耳。《易》之《文》《系》，圣人之妙思也。序《乾》四德，则八句相衔；龙虎类感，则字字相俪；乾坤易简，则宛转相承；日月往来，则隔行悬合：虽句字或殊，而偶意一也。至于《诗》人偶章，大夫联辞，奇偶适变，不劳经营。自扬、马、张、蔡，崇盛丽辞：如"宋画、吴冶，刻形镂法"；丽句与深采并流，偶意共逸韵俱发。至魏晋群才，析句弥密：联字合趣，剖毫析厘；然契机者入巧，浮假者无功。

故丽辞之体，凡有四对：言对为易，事对为难；反对为优，正对为劣。言对者，双比空辞者也；事对者，并举人验者也；反对者，理殊趣合者也；正对者，事异义同者也。长卿《上林》云："修容乎《礼》园，翱翔乎《书》圃。"此言对之类也。宋玉《神女赋》云："毛嫱鄣袂，不足程式；西施掩面，比之无色。"此事对之类也。仲宣《登楼》云："钟仪幽而楚奏，庄舄显而越吟。"此反对之类也。孟阳《七哀》云："汉祖想枌榆，光武思白水。"此正对之类也。凡偶辞胸臆，言对所以为易也；征人之学，事对所以为难也；幽显同志，反对所以为优也；并贵共心，正对所以为劣也。又以事对，各有反正；指类而求，万条自昭然矣。

张华诗称："游雁比翼翔，归鸿知接翮。"刘琨诗言："宣尼悲获麟，西狩泣孔丘。"若斯重出，即对句之骈枝也。是以言对为美，贵在精巧；事对所先，务在允当。若两事相配，而优劣不均，是骥在左骖，驽为右服也。若夫事或孤立，莫与相偶，是夔之一足，"趻踔而行"也。若气无奇类，文乏异采，碌碌丽辞，则昏睡耳目。必使理圆事密，联璧其章；迭用奇偶，节以杂佩：乃其贵耳。类此而思，理斯见也。

赞曰：体植必两，辞动有配。"左提右挈"，精味兼载。
炳烁联华，镜静含态。玉润双流，如彼珩珮。

《比兴》第三十六

《诗》文弘奥，包韫"六义"；毛公述《传》，独标"兴"体：岂不以"风"通而"赋"同，"比"显而"兴"隐哉？故比者，附也；兴者，起也。附理者切类以指事，起情者依微以拟议；起情故"兴"体以立，附理故"比"例以生。"比"则畜愤以斥言，"兴"则环譬以托讽；盖随时之义不一，故《诗》人之志有二也。

观夫"兴"之托谕，婉而成章；"称名也小"，"取类也大"。《关雎》有别，故后妃方德；尸鸠贞一，故夫人象义。义取其贞，无从于夷禽；德贵其别，不嫌于鸷鸟："明而未融"，故发注而后见也。且何谓为"比"？盖写物以附意，飏言以切事者也。故"金锡"以喻明德，"珪璋"以譬秀民，"螟蛉"以类教诲，"蜩螗"以写号呼，"浣衣"以拟心忧，"卷席"以方志固：凡斯切象，皆"比"义也。至如"麻衣如雪"、"两骖如舞"，若斯之类，皆"比"类者也。楚襄信谗，而三闾忠烈，依《诗》制《骚》，讽兼比兴。炎汉虽盛，而辞人夸毗；《诗》刺道丧，故“兴”义销亡。于是赋颂先鸣，故“比”体云构；纷纭杂遝，倍旧章矣。

夫“比”之为义，取类不常：或喻于声，或方于貌，或拟于心，或譬于事。宋玉《高唐》云：“纤条悲鸣，声似竽籁。”此比声之类也。枚乘《菟园》云：“焱焱纷纷，若尘埃之间白云。”此则比貌之类也。贾生《鵩赋》云：“祸之与福，何异糾纆？”此以物比理者也。王褒《洞箫》云：“优柔温润”，“如慈父之爱子也”，此以声比心者也。马融《长笛》云：“繁缛络绎，范、蔡之说也。”此以响比辩者也。张衡《南都》云：“起郑舞”，“茧抽绪。”此以容比物者也。若斯之类，辞赋所先；日用乎“比”，月忘乎“兴”：习小而弃大，所以文谢于周人也。

至于扬、班之伦，曹、刘以下，图状山川，影写云物，莫不纤综“比”义，以敷其华：惊听回视，资此效绩。又安仁《萤赋》云“流金在沙”，季鹰《杂诗》云“青条若总翠”，皆其义者也。故“比”类虽繁，以切至为贵；若刻鹄类鹜，则无所取焉。

赞曰：诗人比兴，触物圆览；物虽胡越，合则肝胆。

拟容取心，断辞必敢。攒杂咏歌，如川之涣。

《夸饰》第三十七

夫“形而上者谓之道，形而下者谓之器”。神道难摹，精言不能追其极；形器易写，壮辞可得喻其真：才非短长，理自难易耳。故自天地以降，豫入声貌，文辞所被，夸饰恒存。虽《诗》《书》雅言，风俗训世，事必宜广，文亦过焉。是以言峻则嵩高极天，论狭则河不容舠；说多则“子孙千亿”，称少则民靡孑遗；襄陵举滔天之目，倒戈立漂杵之论：辞虽已甚，其义无害也。且夫鸮音之丑，岂有泮林而变好？荼味之苦，宁以周原而成饴？并意深褒赞，故义成矫饰；大圣所录，以垂宪章：孟轲所谓“说《诗》者不以文害辞，不以辞害意”也。

自宋玉、景差，夸饰始盛；相如凭风，诡滥愈甚。故《上林》之馆，奔星与宛虹入轩；从禽之盛，飞廉与焦明俱获。及扬雄《甘泉》，酌其余波：语瑰奇则假珍于玉树，言峻极则颠坠于鬼神。至《东都》之比目，

《西京》之海若，验理则理无可验，穷饰则饰犹未穷矣。又子云《校猎》，鞭宓妃以饷屈原；张衡《羽猎》，困玄冥于朔野。娈彼洛神，既非魑魅；惟此水怪，亦非魍魉：而虚用滥形，不其疏乎？此欲夸其威，而其事义睽刺也。

至如气貌山海，体势宫殿，嵯峨揭业、熠耀焜煌之状，光采炜炜而欲然，声貌岌岌其将动矣：莫不因夸以成状，沿饰而得奇也。于是后进之才，奖气挟声；轩翥而欲奋飞，腾掷而羞跼步。辞入炜烨，春藻不能程其艳；言在萎绝，寒谷未足成其凋。谈欢则字与笑并，论戚则声共泣偕：信可以发蕴而飞滞，披瞽而骇聋矣。

然饰穷其要，则心声锋起；夸过其理，则名实两乖。若能酌《诗》《书》之旷旨，翦扬、马之甚泰，使夸而有节，饰而不诬，亦可谓之懿也。

赞曰：夸饰在用，文岂循检？言必鹏运，气靡鸿渐。
倒海探珠，倾昆取琰。旷而不溢，奢而无玷。

《事类》第三十八

事类者，盖文章之外，据事以类义，援古以证今者也。昔文王繇《易》，剖判爻位。《既济》九三，远引高宗之伐；《明夷》六五，近书“箕子之贞”：斯略举人事，以征义者也。至若胤征羲和，陈政典之训；盘庚诰民，叙迟任之言：此全引成辞，以明理者也。然则明理引乎成辞，征义举乎人事，乃圣贤之鸿谟，经籍之通矩也。《大畜》之《象》：“君子以多识前言往行”，亦有包于文矣。

观夫屈、宋属篇，号依《诗》人；虽引古事，而莫取旧辞。唯贾谊《鵩赋》，始用鹖冠之说；相如《上林》，撮引李斯之书：此万分之一会也。及扬雄《百官箴》，颇酌于《诗》《书》；刘歆《遂初赋》，历叙于纪传：渐渐综采矣。至于崔、班、张、蔡，遂捃摭经史，华实布濩：因书立功，皆后人之范式也。

夫姜桂因地，辛在本性；文章由学，能在天资。才自内发，学以外成；有学饱而才馁，有才富而学贫。学贫者迍邅于事义，才馁者劬劳于辞情，此内外之殊分也。是以属意立文，心与笔谋；才为盟主，学为辅佐。

主佐合德，文采必霸；才学褊狭，虽美少功。夫以子云之才，而自奏不学；及观书石室，乃成鸿采：表里相资，古今一也。故魏武称："张子之文为拙，然学问肤浅，所见不博，专拾掇崔、杜小文，所作不可悉难，难便不知所出。"斯则寡闻之病也。

夫经典沉深，载籍浩汗[①]，实群言之奥区，而才思之神皋也。扬、班以下，莫不取资：任力耕耨，纵意渔猎；操刀能割，必裂膏腴。是以将赡才力，务在博见：狐腋非一皮能温，鸡蹠必数千而饱矣。是以综学在博，取事贵约；校练务精，捃理须核：众美辐辏，表里发辉。刘劭《赵都赋》云："公子之客，叱劲楚令歃盟；管库隶臣，呵强秦使鼓缶。"用事如斯，可称理得而义要矣。故事得其要，虽小成绩，譬寸辖制轮，尺枢运关也。或微言美事，置于闲散，是缀金翠于足胫，靓粉黛于胸臆也。

凡用旧合机，不啻自其口出；引事乖谬，虽千载而为瑕。陈思，群才之英也，《报孔璋书》云："葛天氏之乐，千人唱，万人和，听者因以蔑《韶》《夏》矣。"此引事之实谬也。按葛天之歌，唱和三人而已。相如《上林》云："奏陶唐之舞，听葛天之歌，千人唱，万人和。"唱和千万人，乃相如接人。然而滥侈葛天，推三成万者，信赋妄书，致斯谬也。陆机《园葵》诗云："庇足同一智，生理合异端。"夫葵能卫足，事讥鲍庄；葛藟庇根，辞自乐豫。若譬葛为葵，则引事为谬；若谓庇胜卫，则改事失真：斯又不精之患。夫以子建明练，士衡沉密，而不免于谬；曹仁之谬高唐，又曷足以嘲哉！夫山木为良匠所度，经书为文士所择；木美而定于斧斤，事美而制于刀笔：研思之士，无惭匠石矣！

赞曰： 经籍深富，辞理遐亘；皓如江海，郁若昆邓。
文梓共采，琼珠交赠。用人若己，古来无懵。

《练字》第三十九

夫文象列而结绳移，鸟迹明而书契作，斯乃言语之体貌，而文章之宅宇也。苍颉造之，鬼哭粟飞；黄帝用之，官治民察。先王声教，书必同文；

---

① 通行本作"浩瀚"。

輶轩之使，纪言殊俗，所以一字体，总异音。《周礼》保氏，掌教“六书”。秦灭旧章，“以吏为师”。及李斯删籀而秦篆兴，程邈造隶而古文废。

汉初草律，明著厥法：太史学童，教试“六体”；又吏民上书，字谬辄劾。是以马字缺画，而石建惧死；虽云性慎，亦时重文也。至孝武之世，则相如撰《篇》。及宣、成二帝，征集小学：张敞以正读传业，扬雄以奇字纂《训》，并贯练《雅》《颂》，总阅音义。鸣笔之徒，莫不洞晓；且多赋京苑，假借形声。是以前汉小学，率多玮字；非独制异，乃共晓难也。

暨乎后汉，小学转疏；复文隐训，臧否太半。及魏代缀藻，则字有常检；追观汉作，翻成阻奥。故陈思称：“扬、马之作，趣幽旨深，读者非师传不能析其辞，非博学不能综其理。”岂直才悬，抑亦字隐。自晋来用字，率从简易；时并习易，人谁取难？今一字诡异，则群句震惊；三人弗识，则将成字妖矣。后世所同晓者，虽难斯易；时所共废，虽易斯难：趣舍之间，不可不察。

夫《尔雅》者，孔徒之所纂，而《诗》《书》之襟带也；《苍颉》者，李斯之所辑，而鸟籀之遗体也。《雅》以渊源诂训，《颉》以苑囿奇文；异体相资，如左右肩股：该旧而知新，亦可以属文。若夫义训古今，兴废殊用；字形单复，妍蚩异体。心既托声于言，言亦寄形于字；讽诵则绩在宫商，临文则能归字形矣。

是以缀字属篇，必须拣择：一避诡异，二省联边，三权重出，四调单复。诡异者，字体瑰怪者也。曹摅诗称：“岂不愿斯游，褊心恶𧮰呶。”两字诡异，大疵美篇；况乃过此，其可观乎！联边者，半字同文者也。状貌山川，古今咸用；施于常文，则龃龉为瑕。如不获免，可至三接；三接之外，其字林乎！重出者，同字相犯者也。《诗》《骚》适会，而近世忌同；若两字俱要，则宁在相犯。故善为文者，富于万篇，贫于一字；一字非少，相避为难也。单复者，字形肥瘠者也。瘠字累句，则纤疏而行劣；肥字积文，则黯黕而篇暗。善酌字者，参伍单复，磊落如珠矣。凡此四条，虽文不必有，而体例不无；若值而莫悟，则非精解。

至于经典隐暧，方册纷纶：简蠹帛裂，三写易字；或以音讹，或以文变。子思弟子，“於穆不祀”者，音讹之异也；晋之史记，“三豕渡河”，文变之谬也。《尚书大传》有“别风淮雨”，《帝王世纪》云“列风淫雨”：“别”“列”“淮”“淫”，字似潜移；“淫”“列”义当而不奇，“淮”“别”理乖而新异。傅毅制诔，已用“淮雨”；固知爱奇之心，古今一也。史之阙文，圣人所慎；若依义弃奇，则可与正文字矣。

赞曰：篆隶相镕，《苍》《雅》品训；古今殊迹，妍蚩异分。

字靡异[①]流，文阻难运。声画昭精，墨采腾奋。

《隐秀》第四十

夫心术之动远矣，文情之变深矣！源奥而派生，根盛而颖峻，是以文之英蕤，有秀有隐。隐也者，文外之重旨者也；秀也者，篇中之独拔者也。隐以复意为工，秀以卓绝为巧，斯乃旧章之懿绩，才情之嘉会也。

夫隐之为体，义生文外；秘响傍通，伏采潜发：譬爻象之变互体，川渎之韫珠玉也。故互体变爻，而化成四象；珠玉潜水，而澜表方圆。

始正而末奇，内明而外润，使玩之者无穷，味之者不厌矣。彼波起辞间，是谓之秀。纤手丽音，宛乎逸态，若远山之浮烟霭，娈女之靓容华。然烟霭天成，不劳于妆点；容华格定，无待于裁镕。深浅而各奇，秾纤而俱妙；若挥之则有余，而揽之则不足矣。

夫立意之士，务欲造奇，每驰心于玄默之表；工辞之人，必欲臻美，恒溺思于佳丽之乡。呕心吐胆，不足语穷；锻岁炼年，奚能喻苦？故能藏颖词间，昏迷于庸目；露锋文外，惊绝乎妙心。使酝藉者蓄隐而意愉，英锐者抱秀而心悦。譬诸裁云制霞，不让乎天工；斫卉刻葩，有同乎神匠矣。若篇中乏隐，等宿儒之无学，或一叩而语穷；句间鲜秀，如巨室之少珍，若百诘而色沮：斯并不足于才思，而亦有愧于文辞矣。

将欲征隐，聊可指篇：《古诗》之“离别”，乐府之“长城”，词怨旨深，而复兼乎比兴；陈思之“黄雀”，公幹之“青松”，格刚才劲，而并长

① “异”，黄侃《文心雕龙札记》主张校为“易”，如此可与“文阻难运”为偶，名言疏解引文从其说。

*于讽谕；叔夜之"□□"，嗣宗之"□□"，境玄思澹，而独得乎优闲；士衡之"□□"，彭泽之"□□"，心密语澄，而俱适乎□□。如欲辨秀，亦惟摘句："常恐秋节至，凉飙夺炎热"，意凄而词婉，此匹妇之无聊也；"临河濯长缨，念子怅悠悠"，志高而言壮，此丈夫之不遂也；"东西安所之，徘徊以旁皇"，心孤而情惧，此闺房之悲极也。*①

"朔风动秋草，边马有归心"，气寒而事伤，此羁旅之怨曲也。

凡文集胜篇，不盈十一；篇章秀句，裁可百二：并思合而自逢，非研虑之所求也。或有雕削取巧，虽美非秀矣。故自然会妙，譬卉木之耀英华；润色取美，譬缯帛之染朱绿。朱绿染缯，深而繁鲜；英华曜树，浅而炜烨：秀句所以照文苑，盖以此也。

赞曰：深文隐蔚，余味曲包；辞生互体，有似变爻。
言之秀矣，万虑一交；动心惊耳，逸响笙匏。

《指瑕》第四十一

管仲有言："无翼而飞者，声也；无根而固者，情也。"然则声不假翼，其飞甚易；情不待根，其固匪难。以之垂文，可不慎欤！古来文士，异世争驱：或逸才以爽迅，或精思以纤密；而虑动难圆，鲜无瑕病。

陈思之文，群才之俊也；而《武帝诔》云"尊灵永蛰"，《明帝颂》云："圣体浮轻"。"浮轻"有似于蝴蝶，"永蛰"颇疑于昆虫；施之尊极，岂其当乎？左思《七讽》，说孝而不从；反道若斯，余不足观矣。潘岳为才，善于哀文。然悲内兄，则云感"口泽"；伤弱子，则云心"如疑"。《礼》文在尊极，而施之下流；辞虽足哀，义斯替矣。若夫君子，"拟人必于其伦"。而崔瑗之诔李公，比行于黄、虞；向秀之赋嵇生，方罪于李斯。与其失也，虽"宁僭无滥"；然高厚之诗，"不类"甚矣。凡巧言易标，拙辞难隐；"斯言之玷"，实深白圭。繁例难载，故略举四条。

若夫立文之道，惟字与义；字以训正，义以理宣。而晋末篇章，依希其旨：始有"赏际奇至"之言，终无"抚叩酬即"之语；每单举一字，指

① 以上斜体文字是伪作之补文。

以为情。夫“赏”训锡赉，岂关心解？“抚”训执握，何预情理？《雅》《颂》未闻，汉魏莫用；悬领似如可辩，课文了不成义：斯实情讹之所变，文浇之致弊。而宋来才英，未之或改；旧染成俗，非一朝也。

近代辞人，率多猜忌；至乃比语求蚩，反音取瑕：虽不屑于古，而有择于今焉。又制同他文，理宜删革。若掠人美辞，以为己力；宝玉、大弓，终非其有。全写则“揭箧”，傍采则“探囊”；然世远者太轻，时同者为尤矣。

若夫注解为书，所以明正事理；然谬于研求，或率意而断。《西京赋》称“中黄”、“育、获之畴”，而薛综谬注，谓之“阉尹”，是不闻执雕虎之人也。又《周礼》井赋，旧有“匹马”；而应劭释“匹”，或量首数蹄，斯岂辩物之要哉？原夫古之正名，车“两”而马“匹”；“匹”“两”称目，以并耦为用。盖车贰佐乘，马俪骖服；服乘不只，故名号必双；名号一正，则虽单为匹矣。匹夫匹妇，亦配义也。夫车马小义，而历代莫悟；辞赋近事，而千里致差；况钻灼经典，能不谬哉？夫辩匹而数首蹄，选勇而驱阉尹：失理太甚，故举以为戒。丹青初炳而后渝，文章岁久而弥光；若能檃括于一朝，可以无惭于千载也。

赞曰： 羿氏舛射，东野败驾。虽有俊才，谬则多谢。
斯言一玷，千载弗化。令章靡疚，亦善之亚。

《养气》第四十二

昔王充著述，制“养气”之篇；验己而作，岂虚造哉！“夫耳目鼻口，生之役也”；心虑言辞，神之用也。率志委和，则理融而情畅；钻砺过分，则神疲而气衰：此性情之数也。

夫三皇辞质，心绝于道华；帝世始文，言贵于敷奏。三代、春秋，虽沿世弥缛，并适分胸臆，非牵课才外也。战代技诈，攻奇饰说；汉世迄今，辞务日新：争光鬻采，虑亦竭矣。故淳言以比浇辞，文质悬乎千载；率志以方竭情，劳逸差于万里：古人所以余裕，后进所以莫遑也。

凡童少鉴浅而志盛，长艾识坚而气衰；志盛者思锐以胜劳，气衰者虑密以伤神：斯实中人之常资，岁时之大较也。若夫器分有限，智用无涯；

或惭凫企鹤，沥辞镌思。于是精气内销，有似尾闾之波；神志外伤，同乎“牛山之木”：怛惕之盛疾，亦可推矣。至如仲任置砚以综述，叔通怀笔以专业；既暄之以岁序，又煎之以日时。是以曹公惧为文之伤命，陆云叹用思之困神：非虚谈也。

夫学业在勤，故有锥股自厉；至于文也，则有申写郁滞，故宜从容率情，优柔适会。若销铄精胆，蹙迫和气；秉牍以驱龄，洒翰以伐性：岂圣贤之素心，会文之直理哉！且夫思有利钝，时有通塞：“沐则心覆”，且或反常；神之方昏，再三愈黩。是以吐纳文艺，务在节宣：清和其心，条畅其气；烦而即舍，勿使壅滞。意得则舒怀以命笔，理伏则投笔以卷怀；逍遥以针劳，谈笑以药倦。常弄闲于才锋，贾余于文勇，使刃发如新，腠理无滞：虽非胎息之万术，斯亦卫气之一方也。

赞曰：纷哉万象，劳矣千想。玄神宜宝，素气资养。

水停以鉴，火静而朗。无扰文虑，郁此精爽。

《附会》第四十三

何谓“附会”？谓总文理，统首尾，定与夺，合涯际；弥纶一篇，使杂而不越者也。若筑室之须基构，裁衣之待缝缉矣。夫才童学文，宜正体制。必以情志为神明，事义为骨鲠，辞采为肌肤，宫商为声气；然后品藻玄黄，摛振金玉，献可替否，以裁厥中：斯缀思之恒数也。

凡大体文章，类多枝派；整派者依源，理枝者循干。是以附辞会义，务总纲领；驱万涂于同归，贞百虑于一致。使众理虽繁，而无倒置之乖；群言虽多，而无棼丝之乱。扶阳而出条，顺阴而藏迹；首尾周密，表里一体：此附会之术也。夫画者谨发而易貌，射者仪毫而失墙：锐精细巧，必疏体统。故宜诎寸以信尺，枉尺以直寻；弃偏善之巧，学具美之绩：此命篇之经略也。

夫文变无方，意见浮杂：约则义孤，博则辞叛；变故多尤，需为事贼。且才分不同，思绪各异：或制首以通尾，或尺接以寸附；然通制者盖寡，接附者甚众。若统绪失宗，辞味必乱；义脉不流，则偏枯文体。夫能悬识腠理，然后节文自会，如胶之粘木，石之合玉矣。是以四牡异力，而

“六辔如琴”；驭文之法，有似于此。去留随心，修短在手；齐其步骤，总辔而已。

故善附者异旨如肝胆，拙会者同音如胡越。改章难于造篇，易字艰于代句，此已然之验也。昔张汤拟奏而再却，虞松草表而屡谴：并事理之不明，而词旨之失调也。及倪宽更草，钟会易字，而汉武叹奇，晋景称善者，乃理得而事明，心敏而辞当也。以此而观，则知附会巧拙，相去远哉！

若夫绝笔断章，譬乘舟之振楫；克终底绩，寄在写以远送。若首唱荣华，而媵句憔悴，则遗势郁湮，余风不畅：此《周易》所谓“臀无肤，其行次且”也。惟首尾相援，则附会之体，固亦无以加于此矣。

赞曰： 篇统间关，情数稠叠。“原始要终”，疏条布叶。
道味相附，悬绪自接。“如乐之和”，心声克协。

《总术》第四十四

今之常言，有文有笔；以为无韵者笔也，有韵者文也。夫“文以足言”，理兼《诗》《书》；别目两名，自近代耳。颜延年以为，笔之为体，言之文也；经典则言而非笔，传记则笔而非言。请夺彼矛，还攻其楯矣。何者？《易》之《文言》，岂非言文？若笔不言文，不得云经典非笔矣。将以立论，未见其论立也。予以为：发口为言，属笔曰翰；常道曰经，述经曰传。经传之体，出言入笔；笔为言使，可强可弱。六经以典奥为不刊，非以言、笔为优劣也。昔陆氏《文赋》，号为“曲尽”；然泛论纤悉，而实体未该。故知九变之贯匪穷，“知言之选”难备矣。

凡精虑造文，各竞新丽；多欲练辞，莫肯研术。落落之玉，或乱乎石；碌碌之石，时似乎玉。精者要约，匮者亦鲜；博者该赡，芜者亦繁；辩者昭晳，浅者亦露；奥者复隐，诡者亦曲。或义华而声悴，或理拙而文泽；知夫调钟未易，张琴实难。“伶人告和”，不必尽窕槬之中；动用挥扇，[①] 何必穷初终之韵？魏文比篇章于音乐，盖有征矣。夫不截盘根，无以验利器；不剖文奥，无以辨通才：才之能通，必资晓术。自非圆鉴区

① “动用挥扇”，杨明照《文心雕龙校注》作“动角挥羽”，名言疏解引文从其说。

域，大判条例，岂能控引情源，制胜文苑哉？

是以执术驭篇，似善弈之穷数；弃术任心，如博塞之邀遇。故博塞之文，借巧傥来；虽前驱有功，而后援难继。少既无以相接，多亦不知所删；乃多少之并惑，何妍蚩之能制乎？若夫善弈之文，则术有恒数：按部整伍，以待情会；因时顺机，动不失正。数逢其极，机入其巧，则义味腾跃而生，辞气丛杂而至；视之则锦绘，听之则丝簧，味之则甘腴，佩之则芬芳：断章之功，于斯盛矣。

夫骥足虽骏，纆牵忌长；以万分一累，且废千里。况文体多术，共相弥纶；一物携贰，莫不解体。所以列在一篇，备总情变，譬三十之辐，共成一毂：虽未足观，亦鄙夫之见也。

赞曰： 文场笔苑，有术有门。务先大体，鉴必穷源。
乘一总万，举要治繁。思无定契，理有恒存。

《时序》第四十五

时运交移，质文代变；古今情理，如可言乎？昔在陶唐，德盛化钧：野老吐“何力”之谈，郊童含“不识”之歌。有虞继作，政阜民暇：“薰风”诗于元后，“烂云”歌于列臣。尽其美者何？乃心乐而声泰也。至大禹敷土，九序咏功；成汤圣敬，“猗欤”作颂。逮姬文之德盛，《周南》“勤而不怨”；太王之化淳，《邠风》“乐而不淫”。幽、厉昏而《板》《荡》怒，平王微而《黍离》哀。故知歌谣文理，与世推移；风动于上，而波震于下者。

春秋以后，角战英雄；“六经”泥蟠，百家飙骇。方是时也，韩魏力政，燕赵任权；“五蠹”“六虱”，严于秦令。唯齐楚两国，颇有文学。齐开庄衢之第，楚广兰台之宫；孟轲宾馆，荀卿宰邑：故稷下扇其清风，兰陵郁其茂俗。邹子以谈天飞誉，驺奭以雕龙驰响；屈平联藻于日月，宋玉交彩于风云：观其艳说，则笼罩《雅》《颂》。故知炜烨之奇意，出乎纵横之诡俗也。

爰至有汉，运接燔书；高祖尚武，戏儒简学。虽礼律草创，《诗》《书》未遑，然《大风》《鸿鹄》之歌，亦天纵之英作也。施及孝惠，迄于文、景，经术颇兴，而辞人勿用：贾谊抑而邹、枚沉，亦可知已。逮孝武崇儒，润色鸿业；礼乐争辉，辞藻竞骛。柏梁展朝燕之诗，金堤制恤民之咏；征枚乘以蒲轮，申主父以鼎食；擢公孙之对策，叹倪宽之拟奏；买臣负薪而衣锦，相如涤器而被绣。于是史迁、寿王之徒，严、终、枚皋之属，应对固无方，篇章亦不匮：遗风余采，莫与比盛。越昭及宣，实继武绩：驰骋石渠，暇豫文会；集雕篆之轶材，发绮縠之高喻。于是王褒之伦，底禄待诏。自元暨成，降意图籍。美玉屑之谭，清金马之路；子云锐思于千首，子政雠校于六艺：亦已美矣。爰自汉室，迄至成、哀，虽世渐百龄，辞人九变，而大抵所归，祖述《楚辞》：灵均余影，于是乎在。

自哀、平陵替，光武中兴，深怀图谶，颇略文华。然杜笃献诔以免刑，班彪参奏以补令：虽非旁求，亦不遐弃。及明帝叠耀，崇爱儒术；肄礼璧堂，讲文虎观。孟坚珥笔于国史，贾逵给札于瑞颂；东平擅其懿文，沛王振其通论：帝则藩仪，辉光相照矣。自安、和已下，迄至顺、桓，则有班、傅、三崔，王、马、张、蔡。磊落鸿儒，才不时乏；而文章之选，存而不论。然中兴之后，群才稍改前辙：华实所附，斟酌经辞，盖历政讲聚，故渐靡儒风者也。降及灵帝，时好辞制，造羲皇之书，开鸿都之赋，而乐松之徒，招集浅陋，故杨赐号为“驩兜”，蔡邕比之“俳优”：其余风遗文，盖蔑如也。

自献帝播迁，文学蓬转；建安之末，区宇方辑。魏武以相王之尊，雅爱诗章；文帝以副君之重，妙善辞赋；陈思以公子之豪，下笔琳琅：并体貌英逸，故俊才云蒸。仲宣委质于汉南，孔璋归命于河北，伟长从宦于青土，公幹徇质于海隅；德琏综其斐然之思，元瑜展其翩翩之乐。文蔚、休伯之俦，子叔、德祖之侣，傲雅觞豆之前，雍容衽席之上，洒笔以成酣歌，和墨以藉谈笑。观其时文，雅好慷慨，良由世积乱离，风衰俗怨，并志深而笔长，故梗概而多气也。至明帝纂戎，制诗度曲；征篇章之士，置崇文之观；何、刘群才，迭相照耀。少主相仍，唯高贵英雅；顾盼含章，动言成论。于时正始余风，篇体轻澹；而嵇、阮、应、缪，并驰文路矣。

逮晋宣始基，景、文克构，并迹沉儒雅，而务深方术。至武帝惟新，承平受命，而胶序篇章，弗简皇虑。降及怀、愍，缀旒而已。然晋虽不文，文才实盛：茂先摇笔而散珠，太冲动墨而横锦；岳、湛曜“联璧”之华，机、云标“二俊”之采。应、傅、三张之徒，孙、挚、成公之属，并结藻清英，流韵绮靡。前史以为运涉季世，人未尽才：诚哉斯谈，可为叹息！

元皇中兴，披文建学；刘、刁礼吏而宠荣，景纯文敏而优擢。逮明帝秉哲，雅好文会；升储御极，孳孳讲艺。练情于诰策，振采于辞赋；庾以笔才逾亲，温以文思益厚：揄扬风流，亦彼时之汉武也。及成、康促龄，穆、哀短祚；简文勃兴，渊乎清峻。微言精理，亟满玄席；澹思浓采，时洒文囿。至孝武不嗣，安、恭已矣。其文史则有袁、殷之曹，孙、干之辈；虽才或浅深，珪璋足用。自中朝贵玄，江左弥盛；因谈余气，流成文体。是以世极迍邅，而辞意夷泰；诗必柱下之旨归，赋乃漆园之义疏。故知文变染乎世情，兴废系乎时序；原始以要终，虽百世可知也。

自宋武爱文，文帝彬雅；秉文之德，孝武多才，英采云构。自明帝以下，文理替矣。尔其缙绅之林，霞蔚而飙起：王、袁联宗以龙章，颜、谢重叶以凤采；何、范、张、沈之徒，亦不可胜也。盖闻之于世，故略举大较。

暨皇齐驭宝，运集休明。太祖以圣武膺箓，高祖以睿文纂业，文帝以贰离含章，中宗以上哲兴运：并文明自天，缉熙景祚。今圣历方兴，文思光被；海岳降神，才英秀发；驭飞龙于天衢，驾骐骥于万里。经典礼章，跨周轹汉；唐虞之文，其鼎盛乎！鸿风懿采，短笔敢陈？飏言赞时，请寄明哲！

赞曰：蔚映十代，辞采九变；枢中所动，环流无倦。
　　　质文沿时，崇替在选；终古虽远，暧焉如面。

《物色》第四十六

春秋代序，阴阳惨舒；物色之动，心亦摇焉。盖阳气萌而玄驹步，阴律凝而丹鸟羞；微虫犹或入感，四时之动物深矣。若夫珪璋挺其惠心，英华秀其清气；物色相召，人谁获安？是以“献岁发春”，悦豫之情畅；“滔滔孟夏”，郁陶之心凝；天高气清，阴沉之志远；霰雪无垠，矜肃之虑深。

岁有其物，“物有其容”；情以物迁，辞以情发。一叶且或迎意，虫声有足引心；况清风与明月同夜，白日与春林共朝哉！

是以《诗》人感物，联类不穷；流连万象之际，沉吟视听之区。写气图貌，既随物以宛转；属采附声，亦与心而徘徊。故“灼灼”状桃花之鲜，“依依”尽杨柳之貌，“杲杲”为出日之容，“瀌瀌”拟雨雪之状，“喈喈”逐黄鸟之声，“喓喓”学草虫之韵。“皎”日、“嘒”星，一言穷理；“参差”“沃若”，两字连形：并以少总多，情貌无遗矣！虽复思经千载，将何易夺？及《离骚》代兴，“触类而长”；物貌难尽，故重沓舒状：于是“嵯峨”之类聚，“葳蕤”之群积矣。及长卿之徒，诡势瑰声；模山范水，字必鱼贯：所谓诗人丽则而约言，辞人丽淫而繁句也。至如《雅》咏棠华，“或黄或白”；《骚》述秋兰，“绿叶”“紫茎”：凡摛表五色，贵在时见；若青黄屡出，则繁而不珍。

自近代以来，文贵形似；窥情风景之上，钻貌草木之中。吟咏所发，志惟深远；体物为妙，功在密附。故巧言切状，如印之印泥；不加雕削，而曲写毫芥：故能瞻言而见貌，即字而知时也。然物有恒姿，而思无定检；或率尔造极，或精思愈疏。且《诗》《骚》所标，并据要害；故后进锐笔，怯于争锋：莫不因方以借巧，即势以会奇。善于适要，则虽旧弥新矣。

是以四序纷回，而入兴贵闲；物色虽繁，而析辞尚简：使味飘飘而轻举，情晔晔而更新。古来辞人，异代接武，莫不参伍以相变，因革以为功；物色尽而情有余者，晓会通也。若乃山林皋壤，实文思之奥府；略语则阙，详说则繁。然屈平所以能洞监《风》《骚》之情者，抑亦江山之助乎！

赞曰： 山沓水匝，树杂云合；目既往还，心亦吐纳。
“春日迟迟”，秋风飒飒；情往似赠，兴来如答。

《才略》第四十七

九代之文，富矣盛矣；其辞令华采，可略而详也。虞夏文章，则有皋陶“六德”，夔序“八音”，益则有赞；五子作歌，辞义温雅，万代之仪表也。商周之世，则仲虺垂诰，伊尹敷训；吉甫之徒，并述诗颂：义固为经，文亦师矣。

及乎春秋大夫，则修辞聘会，磊落如琅玕之圃，焜耀似缛锦之肆。薳敖"择楚国之令典"，随会讲晋国之礼法；赵衰以文胜从飨，国侨以修辞扞郑；子太叔"美秀而文"，公孙挥"善于辞令"：皆文名之标者也。战代任武，而文士不绝。诸子以道术取资，屈、宋以《楚辞》发采。乐毅报书辩以义，范雎上书密而至，苏秦历说壮而中，李斯自奏丽而动：若在文世，则扬、班俦矣。荀况学宗，而象物名赋；文质相称，固巨儒之情也。

汉室陆贾，首发奇采，赋孟春而选典诰，其辩之富矣。贾谊才颖，陵轶飞兔，议惬而赋清，岂虚至哉！枚乘之《七发》，邹阳之《上书》，膏润于笔，气形于言矣。仲舒专儒，子长纯史，而丽缛成文，亦《诗》人之"告哀"焉。相如好书，师范屈、宋，洞入夸艳，致名"辞宗"；然覆取精意，理不胜辞，故扬子以为"文丽用寡者长卿"，诚哉是言也！王褒构采，以密巧为致，附声测貌，泠然可观。子云属意，辞人最深，观其涯度幽远，搜选诡丽，而竭才以钻思，故能理赡而辞坚矣。

桓谭著论，富号"猗顿"，宋弘称荐，爰比相如；而《集灵》诸赋，偏浅无才，故知长于讽论，不及丽文也。敬通雅好辞说，而坎壈盛世，《显志》自序，亦蚌病成珠矣。二班、两刘，弈叶继采，旧说以为固文优彪，歆学精向，然《王命》清辩，《新序》该练：璇璧产于昆冈，亦难得而逾本矣。傅毅、崔骃，光采比肩；瑗、寔踵武，能世厥风者矣。杜笃、贾逵，亦有声于文；迹其为才，崔、傅之末流也。李尤赋铭，志慕鸿裁，而才力沉腿，垂翼不飞。马融鸿儒，思洽登高，吐纳经范，华实相扶。王逸博识有功，而绚彩无力。延寿继志，瑰颖独标；其善图物写貌，岂枚乘之遗术欤！

张衡通赡，蔡邕精雅；文史彬彬，隔世相望：是则竹柏异心而同贞，金玉殊质而皆宝也。刘向之奏议，旨切而调缓；赵壹之辞赋，意繁而体疏。孔融气盛于为笔，祢衡思锐于为文：有偏美焉。潘勖凭经以骋才，故绝群于锡命；王朗发愤以托志，亦致美于序铭。然自卿、渊已前，多役才而不课学；向、雄以后，颇引书以助文：此取与之大际，其分不可乱者也。

魏文之才，洋洋清绮，旧谈抑之，谓去植千里。然子建思捷而才俊，诗丽而表逸；子桓虑详而力缓，故不竞于先鸣，而乐府清越，《典论》辩要：迭用短长，亦无懵焉。但俗情抑扬，雷同一响，遂令文帝以位尊减才，思王以势窘益价，未为笃论也。仲宣溢才，捷而能密，文多兼善，辞少瑕累：摘其诗赋，则“七子”之冠冕乎！琳、瑀以符檄擅声，徐幹以赋论标美；刘桢情高以会采，应玚学优以得文。路粹、杨修，颇怀笔记之工；丁仪、邯郸，亦含论述之美：有足算焉。刘劭《赵都》，能攀于前修；何晏《景福》，克光于后进。休琏风情，则《百壹》标其志；吉甫文理，则《临丹》成其采。嵇康师心以遣论，阮籍使气以命诗：殊声而合响，异翮而同飞。

张华短章，奕奕清畅；其《鹪鹩》寓意，即韩非之《说难》也。左思立才，业深覃思；尽锐于《三都》，拔萃于《咏史》，无遗力矣。潘岳敏给，辞自和畅；钟美于《西征》，贾余于哀诔，非自外也。陆机才欲窥深，辞务索广，故思能入巧，而不制繁。士龙朗练，以识检乱，故能布采鲜净，敏于短篇。孙楚缀思，每直置以疏通；挚虞述怀，必循规以温雅，其品藻流别，有条理焉。傅玄篇章，义多规镜；长虞笔奏，世执刚中：并桢干之实才，非群华之韡萼也。成公子安，选赋而时美；夏侯孝若，具体而皆微。曹摅清靡于长篇，季鹰辨切于短韵：各其善也。孟阳、景阳，才绮而相埒，可谓“鲁卫之政”，兄弟之文也。刘琨雅壮而多风，卢谌情发而理昭：亦遇之于时势也。

景纯艳逸，足冠中兴：《郊赋》既穆穆以大观，《仙诗》亦飘飘而凌云矣。庾元规之表奏，靡密以闲畅；温太真之笔记，循理而清通：亦笔端之良工也。孙盛、干宝，文胜为史；准的所拟，志乎《典》《训》：户牖虽异，而笔彩略同。袁宏发轸以高骧，故卓出而多偏；孙绰规旋以矩步，故伦序而寡状。殷仲文之孤兴，谢叔源之闲情，并解散辞体，缥渺浮音：虽滔滔风流，而大浇文意。

宋代逸才，辞翰鳞萃；世近易明，无劳甄序。

观夫后汉才林，可参西京；晋世文苑，足俪邺都。然而魏时话言，必以元封为称首；宋来美谈，亦以建安为口实。何也？岂非崇文之盛世，招才之嘉会哉？嗟夫，此古人所以贵乎时也！

赞曰：才难然乎！性各异禀。一朝综文，千年凝锦。

余采徘徊，遗风籍甚。无曰纷杂，皎然可品。

《知音》第四十八

“知音”其难哉！音实难知，知实难逢；逢其知音，千载其一乎！

夫古来“知音”，多贱同而思古，所谓“日进前而不御，遥闻声而相思”也。昔《储说》始出，《子虚》初成，秦皇、汉武，恨不同时；既同时矣，则韩囚而马轻，岂不明鉴同时之贱哉？至于班固、傅毅，文在伯仲，而固嗤毅云“下笔不能自休”。及陈思论才，亦深排孔璋；敬礼请润色，叹以为“美谈”；季绪好诋诃，方之于“田巴”：意亦见矣。故魏文称“文人相轻”，非虚谈也。至如君卿唇舌，而谬欲论文，乃称史迁著书，谘东方朔；于是桓谭之徒，相顾嗤笑。彼实博徒，轻言负诮；况乎文士，可妄谈哉？故鉴照洞明，而贵古贱今者，二主是也；才实鸿懿，而崇己抑人者，班、曹是也；学不逮文，而信伪迷真者，楼护是也。“酱瓿”之议，岂多叹哉？

夫麟凤与麏雉悬绝，珠玉与砾石超殊，白日垂其照，青眸写其形。然鲁臣以麟为麏，楚人以雉为凤，魏民以夜光为怪石，宋客以燕砾为宝珠。形器易征，谬乃若是；文情难鉴，谁曰易分？夫篇章杂沓，质文交加；知多偏好，人莫圆该。慷慨者逆声而击节，酝藉者见密而高蹈，浮慧者观绮而跃心，爱奇者闻诡而惊听。会己则嗟讽，异我则沮弃；各执一偶之解，欲拟万端之变：所谓“东向而望，不见西墙”也。

凡操千曲而后晓声，观千剑而后识器，故圆照之象，务先博观：阅乔岳以形培塿，酌沧波以喻畎浍。无私于轻重，不偏于憎爱；然后能平理若衡，照辞如镜矣。是以将阅文情，先标“六观”：一观位体，二观置辞，三观通变，四观奇正，五观事义，六观宫商。斯术既形，则优劣见矣。

夫缀文者情动而辞发，观文者披文以入情：沿波讨源，虽幽必显。世远莫见其面，觇文辄见其心；岂成篇之足深？患识照之自浅耳！夫志在山水，琴表其情；况形之笔端，理将焉匿？故心之照理，譬目之照形：目瞭则形无不分，心敏则理无不达。然而俗监之迷者，深废浅售；此庄周所以笑《折扬》，宋玉所以伤《白雪》也。昔屈平有言：“文质疏内，众不知余之异采。”见异，唯知音耳。扬雄自称：“心好沉博绝丽之文”，其事浮浅，亦可知矣。夫唯深识鉴奥，必欢然内怿，譬春台之熙众人，乐饵之止过客。盖闻兰为国香，服媚弥芬；书亦国华，玩绎方美：知音君子，其垂意焉。

赞曰：“洪钟万钧”，夔、旷所定；良书盈箧，妙鉴乃订。
流郑淫人，无或失听。独有此律，不谬蹊径。

《程器》第四十九

《周书》论士，方之“梓材”，盖贵器用而兼文采也。是以“朴斫”成而“丹雘”施，“垣墉”立而雕杇附。而近代词人，务华弃实，故魏文以为：“古今文人，类不护细行。”韦诞所评，又历诋群才。后人雷同，混之一贯，吁可悲矣！

略观文士之疵：相如窃妻而受金，扬雄嗜酒而少算；敬通之不循廉隅，杜笃之请求无厌；班固谄窦以作威，马融党梁而黩货；文举傲诞以速诛，正平狂憨以致戮；仲宣轻脆以躁竞，孔璋惚恫以粗疏；丁仪贪婪以乞货，路粹餔啜而无耻；潘岳诡祷于愍怀，陆机倾仄于贾、郭；傅玄刚隘而詈台，孙楚很愎而讼府。诸有此类，并文士之瑕累。

文既有之，武亦宜然；古之将相，疵咎实多。至如管仲之盗窃，吴起之贪淫，陈平之污点，绛、灌之谗嫉：沿兹以下，不可胜数。孔光负衡据鼎，而仄媚董贤；况班、马之贱职，潘岳之下位哉？王戎开国上秩，而鬻官嚣俗；况马、杜之磬悬，丁、路之贫薄哉？然子夏无亏于名儒，浚冲不尘乎竹林者，名崇而讥减也。若夫屈、贾之忠贞，邹、枚之机觉，黄香之淳孝，徐幹之沉默：岂曰文士，必其玷欤？

盖人禀五材，修短殊用；自非上哲，难以求备。然将相以位隆特达，文士以职卑多诮，此江河所以腾涌，涓流所以寸折者也。名之抑扬，既其然矣；位之通塞，亦有以焉。盖士之登庸，以成务为用。鲁之敬姜，妇人之聪明耳，然推其机综，以方治国；安有丈夫学文，而不达于政事哉？彼扬、马之徒，有文无质，所以终乎下位也。昔庾元规才华清英，勋庸有声，故文艺不称；若非台岳，则正以文才也。文武之术，左右惟宜。郤縠敦《书》，故举为元帅，岂以好文而不练武哉？孙武《兵经》，辞如珠玉，岂以习武而不晓文也？

是以"君子藏器"，"待时而动"，发挥事业。固宜蓄素以弸中，散采以彪外；楩楠其质，豫章其干。摛文必在纬军国，负重必在任栋梁；穷则独善以垂文，达则奉时以骋绩：若此文人，应"梓材"之士矣。

赞曰：瞻彼前修，有懿文德。声昭楚南，采动梁北。

雕而不器，贞干谁则？岂无华身，亦有光国！

《序志》第五十

夫"文心"者，言为文之用心也。昔涓子《琴心》，王孙《巧心》，心哉美矣夫，故用之焉。古来文章，以雕缛成体，岂取驺奭之群言"雕龙"也？

夫宇宙绵邈，黎献纷杂；拔萃出类，智术而已。岁月飘忽，性灵不居；腾声飞实，制作而已。夫肖貌天地，禀性五才，拟耳目于日月，方声气乎风雷：其超出万物，亦已灵矣。形甚草木之脆，名逾金石之坚，是以君子处世，树德建言。岂好辩哉？不得已也。

予生七龄，乃梦彩云若锦，则攀而采之。齿在逾立，则尝夜梦执丹漆之礼器，随仲尼而南行；旦而寤，乃怡然而喜：大哉，圣人之难见也，乃小子之垂梦欤！自生人以来，未有如夫子者也。敷赞圣旨，莫若注经；而马、郑诸儒，弘之已精，就有深解，未足立家。唯文章之用，实经典枝条。五礼资之以成，六典因之致用；君臣所以炳焕，军国所以昭明：详其本源，莫非经典。而去圣久远，文体解散。辞人爱奇，言贵浮诡；饰羽尚画，文绣鞶帨：离本弥甚，将遂讹滥。盖《周书》论辞，贵乎"体要"；尼父陈训，恶乎"异端"：辞、训之"异"，宜体于要。于是搦笔和墨，乃始论文。

详观近代之论文者，多矣。至如魏文述典，陈思序书，应玚《文论》，陆机《文赋》，仲治《流别》，宏范《翰林》：各照隅隙，鲜观衢路。或臧否当时之才，或铨品前修之文；或泛举雅俗之旨，或撮题篇章之意。魏典密而不周，陈书辩而无当；应论华而疏略，陆赋巧而碎乱；《流别》精而少功，《翰林》浅而寡要。又君山、公幹之徒，吉甫、士龙之辈，泛议文意，“往往间出”：并未能振叶以寻根，观澜而索源；不述先哲之诰，无益后生之虑。

盖《文心》之作也，本乎道，师乎圣，体乎经，酌乎纬，变乎骚；文之枢纽，亦云极矣。若乃论文叙笔，则囿别区分：原始以表末，释名以章义，选文以定篇，敷理以举统。上篇以上，纲领明矣。至于剖情析采，笼圈条贯：摛神、性，图风、势，苞会、通，阅声、字。崇替于《时序》，褒贬于《才略》，怊怅于《知音》，耿介于《程器》。长怀《序志》，以驭群篇。下篇以下，毛目显矣。位理定名，彰乎大《易》之数：其为文用，四十九篇而已。

夫铨序一文为易，弥纶群言为难。虽复轻采毛发，深极骨髓；或有曲意密源，似近而远：辞所不载，亦不可胜数矣。及其品评成文，有同乎旧谈者，非雷同也，势自不可异也；有异乎前论者，非苟异也，理自不可同也。同之与异，不屑古今；“擘肌分理”，唯务折衷。按辔文雅之场，环络藻绘之府，亦几乎备矣。但“言不尽意”，圣人所难；识在瓶管，何能矩矱？茫茫往代，既洗予闻；眇眇来世，倘尘彼观也。

赞曰：“生也有涯”，无涯惟智。逐物实难，凭性良易。

傲岸泉石，咀嚼文义。文果载心，余心有寄。

参考文献

一 古籍类

1. （战国）慎到撰《慎子》（四部备要第52册），中华书局，1989年据1936年版影印。

2. （汉）司马迁撰《史记》，中华书局，1959。

3. （汉）班固撰《汉书》，中华书局，1962。

4. （汉）桓谭著，吴则虞辑校《桓谭〈新论〉》，社会科学文献出版社，2014。

5. （宋）陆游著，钱仲联校注《剑南诗稿校注》，上海古籍出版社，2005。

6. （宋）欧阳修、宋祁撰《新唐书》，中华书局，1975。

7. （清）阮元校刻《十三经注疏》，上海古籍出版社，1997。

8. （清）王先谦撰，沈啸寰，王星贤点校《荀子集解》，中华书局，1988。

9. 刘文典：《淮南鸿烈集解》，中华书局，1989。

10. 汪荣宝撰，陈仲夫点校《法言义疏》，中华书局，1987。

二 著作类

1. 〔日〕安居香士、中村璋八：《纬书集成》，河北人民出版社，1994。

2. 〔日〕兴膳宏撰，彭恩华编译《〈文心雕龙〉论文集》，齐鲁书社，1984。

3. 陈鼓应：《老子译注及评价》，中华书局，2009。

4. 陈鼓应：《庄子今注今译》（修订本），商务印书馆，2007。

5. 郭绍虞主编《中国历代文论选》，上海古籍出版社，2001。

6. 胡辉：《刘勰诗经观研究》，云南大学出版社，2015。

7. 黄侃著，周勋初导读《文心雕龙札记》，上海古籍出版社，2000。

8. 黄霖编著《文心雕龙汇评》，上海古籍出版社，2005。

9. 刘师培：《刘申叔遗书》，江苏古籍出版社，1997。

10. 刘勰著：《文心雕龙》，黄叔琳注，纪昀评，李详补注，刘咸炘阐说，戚良德辑校，上海古籍出版社，2015。

11. 刘永济：《文心雕龙校释》，中华书局，2007。

12. 鲁迅：《鲁迅全集》，人民文学出版社，1973。

13. 鲁迅：《鲁迅作品精选·理论：中国小说的历史的变迁》，中国文史出版社，2002。

14. 陆玖译注《吕氏春秋》，中华书局，2011。

15. 陆侃如、牟世金：《文心雕龙译注》，齐鲁书社，1995。

16. 王元化：《文心雕龙讲疏》，广西师范大学出版社，2004。

17. 王元化选编《日本研究〈文心雕龙〉文论集》，齐鲁书社，1983。

18. 夏成钢：《湖山品题：颐和园匾额楹联解读》，北京出版社，2019。

19. 杨伯峻：《论语译注》，中华书局，1990。

20. 杨伯峻：《孟子译注》，中华书局，2008。

21. 袁枚：《随园诗话》，人民文学出版社，1982。

22. 詹锳：《文心雕龙义证》，上海古籍出版社，1989。

23. 张国庆、涂光社：《〈文心雕龙〉集校、集释、直译》，中国社会科学出版社，2015。

24. 张立斋：《文心雕龙注订》，国家图书馆出版社，2010。

25. 张利群：《〈文心雕龙〉体制论》，广西师范大学出版社，2010。

26. 周振甫注《文心雕龙注释》，人民文学出版社，1982。

27. 朱供罗：《“依经立义”与〈文心雕龙〉的理论建构》，云南人民出版社，2019。

三 论文

1. 韩泉欣：《〈文心雕龙·体性〉篇“各师成心，其异如面”说》，《浙江大学学报》（人文社会科学版）2000年第1期。

2. 王建光：《道德文章》，《光明日报·国学》2013年7月8日版。

3. 张利群：《中国古代作者创作素质构成论研究——刘勰的“才气学习”说新解》，《江西师范大学学报》2002年第4期。

4. 周兴陆：《刘勰“文德”论新探》，《文艺理论研究》2015年第1期。

后　记

2020年8月，我和团队成员申报的“《文心雕龙》名言300句”（SKPJ202055）很幸运地获得了云南省哲社规划课题科普项目的立项。在接下来的两年多时间里，我一边完成我的国家社科课题“《文心雕龙》‘依经立义’研究”（16XZW001），一边和团队成员一起对《文心雕龙》的名言进行精选、注译与疏解。这两项工作恰好能很好地相互促进。

需要说明的是，本书最终以《〈文心雕龙〉名言疏解》结题，一方面是因为全书所选的名言约340句，已超出原来的300句之数；另一方面是因为“名言疏解”更切合本书的体例。本书的体例是名言、注释、翻译、疏解四者结合，而疏解才是本书的重点所在。

本书的写作也是团队合作的结果。首先，本书的体例以及疏解的类型是全体老师协商后确定的。其次，孔德明教授、陈志刚副教授对于魏晋文学非常熟悉，对《文心雕龙》也曾撰写专论；胡辉副教授对于《文心雕龙》的作家论、《诗经》观用功很多，写了不少论文；杨勇、李笑频两位好友，对于中西哲学、美学也多有深刻见解；大家不时在一起讨论，推进了本课题的研究进展。最后，我的一些硕士研究生也对本书提出了一些不错的建议，并对全书的校对做了一些具体的工作。如钟佳芳同学认为，书中的某些名言“知名度”并不大，这就提醒我一方面要突出名言的内涵，在义理上多加挖掘；另一方面也要突出历代评论家，特别是有名的评论家对于《文心雕龙》的评点，或者是找出这些名言在现实中的应用，在名言的传承、接受与运用上多下功夫。此外，还有吕倩、王梦洁、黄倍哲、刘苏瑶、朱兆迎、王崧百、郝森、阮轩轩等同学参与校对。为此，我要对团队成员和我的研究生们表示深深的谢意。

本书得以出版，要感谢昆明学院科技处的出版资助！也要感谢社会科学文献出版社罗卫平女士、杨雪女士认真细致的编辑、校对工作！当然，尊敬的龙学前辈戚良德先生百忙之中对本书提出了不少修改建议，并欣然为本书撰序，其严谨治学、奖掖后进的精神，让我们不胜感激！

前言已有提及，《文心雕龙》的知名度很大，但它是用骈文写成的古代文论巨著，理解起来难度很大，“时并习易，人谁取难”，很多人并没有真正深入地学习《文心雕龙》。所以，如果本书能够让读者简要地理解《文心雕龙》的无穷妙趣，从而吸引更多的非专业读者去学习理解《文心雕龙》，那就令我们无比欣慰。当然，我也深知，《文心雕龙》的普及工作，还需要更多人做更多的事！

2023 年 11 月

图书在版编目(CIP)数据

《文心雕龙》名言疏解 / 朱供罗，胡辉编著. -- 北京：社会科学文献出版社，2024.1
ISBN 978-7-5228-2689-9

Ⅰ.①文… Ⅱ.①朱… ②胡… Ⅲ.①《文心雕龙》-研究 Ⅳ.①I206.2

中国国家版本馆 CIP 数据核字(2023)第 197796 号

《文心雕龙》名言疏解

编　　著 / 朱供罗　胡　辉

出 版 人 / 冀祥德
组稿编辑 / 罗卫平
责任编辑 / 杨　雪
责任印制 / 王京美

出　　版 / 社会科学文献出版社 · 人文分社（010）59367215
地址：北京市北三环中路甲 29 号院华龙大厦　邮编：100029
网址：www.ssap.com.cn
发　　行 / 社会科学文献出版社（010）59367028
印　　装 / 三河市龙林印务有限公司

规　　格 / 开 本：787mm × 1092mm　1/16
印 张：21　字 数：321 千字
版　　次 / 2024 年 1 月第 1 版　2024 年 1 月第 1 次印刷
书　　号 / ISBN 978-7-5228-2689-9
定　　价 / 128.00 元

读者服务电话：4008918866